Günter Schäfer

Tod auf dem Daniel

AF188795

Der Inhalt dieses Buches ist in allen Teilen urheberrechtlich geschützt. Jede Verwertung außerhalb des Urheberrechtgesetzes ist ohne ausdrückliche Genehmigung des Autors unzulässig und strafbar. Dies gilt sowohl für Vervielfältigungen, Übersetzungen, Verfilmungen, sowie für die Speicherung und Verarbeitung in elektronischen Systemen.

© 2017
3. Auflage
(Erstauflage: 2009)
www.krimi-lokal.de

ISBN: 9783746014555

Herstellung und Verlag:
BoD - Books on Demand, Norderstedt

Anmerkungen des Autors

Woher meine Informationen stammen

Das Meiste an Begriffen und Erklärungen stammt aus dem Internet, in dem man beispielsweise in der ergiebigen Wissensbörse Wikipedia und den dort unzählig weiterführenden Seiten über Voodoo recherchiert. Meist gleichen sich die Erklärungen, teilweise gehen sie aber auch auseinander. Unumstritten ist, dass es sich beim eigentlichen Begriff *Voodoo* um eine Religion handelt die bis heute ebenso gelebt wird, wie beispielsweise das Christentum oder der Islam, der Hinduismus oder der Buddhismus, um hier nur einige der vielen Glaubensrichtungen und Weltanschauungen unserer Zeit zu nennen. Sie alle hier aufzulisten erscheint mir unmöglich. Dies würde wohl den Rahmen des Buches sprengen, und steht außerdem in keiner Beziehung zu seinem Thema.

Hiermit möchte ich darauf hinweisen, dass alle in diesem Buch dargestellten Personen und Handlungen rein fiktiv und ausschließlich meiner Fantasie entsprungen sind. Eine eventuelle Übereinstimmung oder Ähnlichkeit mit lebenden oder toten Personen, sowie tatsächlichen Ereignissen, wäre in jeder Hinsicht rein zufällig und nicht beabsichtigt.

1. KAPITEL

Nachdenklich stand Michael Akebe am Fenster seiner Praxis und sah hinaus auf die nächtlichen Straßen Nördlingens.

Er ließ die Vergangenheit vor seinem geistigen Auge Revue passieren. Seit einigen Jahren schon hatte der inzwischen 36-jährige Sohn eines afrikanischen Arztes und einer deutschen Reiseleiterin nun seine Arztpraxis für Naturheilkunde und Allgemeinmedizin im Zentrum der Stadt.

Für die Familie war es nicht gerade einfach gewesen, hier in Deutschland Fuß zu fassen. Das Vertrauen der Menschen zu gewinnen hatte sich als langwierige Prozedur herausgestellt.

Gerade für Michael, der einen afrikanischen Vater hatte. Aber auch seine Mutter Christine war in ihrem Bekanntenkreis häufig auf Unverständnis gestoßen, als heraus kam, dass sie mit einem Afrikaner nach Nördlingen zurückkehrte.

Abedi Akebe und Michaels Mutter hatten sich damals auf einer ihrer Studienreisen nach Togo kennen gelernt. Sein Vater hatte in Deutschland das Medizinstudium mit Auszeichnung absolviert, bevor er nach Afrika zurückging, um dort in einem Krankenhaus in Lomé, der Hauptstadt Togos, sein erworbenes Wissen anzuwenden.

Auf ihrer damaligen Reise hatte Michaels Mutter einen kleinen Unfall, bei dem sie sich am rechten Fuß verletzte. Nicht besonders schlimm, jedoch etwas schmerzhaft.

Um eine ambulante Versorgung im Krankenhaus war sie nicht herum gekommen.

Michael erinnert sich daran, dass sie manchmal lächelnd zu seinem Vater sagte: „Natürlich war es notwendig, dass ich damals ins Krankenhaus ging. Sonst hätten wir beide uns womöglich niemals kennen gelernt."

Christine ahnte schon bei dieser ersten Begegnung, dass sich in ihrem Leben etwas entscheidend verändern würde. Sie brach ihre Studienreise kurzfristig ab, und mietete sich für die verbleibenden Tage in einem kleinen Hotel in der Nähe des Krankenhauses ein. Sie wollte auf alle Fälle jede Möglichkeit nutzen, um diesen Menschen näher kennen zu lernen.

Immer wieder suchte sie eine Gelegenheit, um Abedi zufällig oder auch geplant über den Weg zu laufen. So ließ sie sich dann auch ihre kleine Verletzung von ihm öfter nachbehandeln, als es eigentlich notwendig gewesen wäre. Irgendwann verstand auch er, dass ihre Besuche im Krankenhaus eigentlich mehr ihm als ihrem inzwischen fast verheilten Knöchel galten.

Dass auch er von Christines Art, ihrem Auftreten und ihrer Ausstrahlung mehr und mehr gefangen genommen wurde, konnte er nicht allzu lange verheimlichen.

So kam es schließlich, dass die Beiden die letzten Tage von Christines Aufenthalt in Afrika mehr und mehr gemeinsam verbrachten. Kurz vor ihrer Rückreise in die Heimat gestand Abedi ihr, dass er sich ein Leben ohne sie nicht mehr vorstellen könne.

Nachdem Michaels Mutter dann nach Deutschland zurückgekehrt war, gab es einen regen Briefwechsel und jede Menge Telefonate zwischen ihnen. Auch gegenseitige Besuche hatten sie geplant, diese erwiesen sich von Seiten der Angehörigen allerdings eher als schwierig.

Schwarz und Weiß ist nun einmal schon seit jeher ein nicht enden wollender Gegensatz in unserer Gesellschaft. Diesen jedoch haben Christine und Abedi durch die Beständigkeit ihrer Liebe eindrucksvoll widerlegt. Sie wollten sich durch nichts auf dieser Welt mehr auseinanderbringen lassen. Als die Beiden sich letztendlich sicher waren, den restlichen Weg ihres Lebens gemeinsam gehen zu wollen, war eigentlich eine traditionelle Hochzeitsfeier in Afrika vorgesehen.

Christines Eltern allerdings, beide damals schon in fortgeschrittenem Alter, überzeugten sie davon, sich lieber in ihrer Heimatstadt das Jawort zugeben.

Obwohl sie den zukünftigen Ehemann ihrer Tochter als liebevollen und aufrichtigen Menschen kennen gelernt hatten, gab es irgendwo in ihrem Innersten noch diese veralteten Ansichten.

Da sowohl Abedi als auch Christine wussten, dass man Menschen in diesem Alter nicht mehr umdrehen kann gelang es den Beiden schließlich, auch seine Familie zu überzeugen.

Einerseits fand es Christine schade, denn sie hatte viel gehört und gelesen über die farbenprächtigen Zeremonien auf dem afrikanischen Kontinent.

Nach der Hochzeit kehrte Christine mit Michaels Vater zurück in dessen Heimat. Er wollte unbedingt noch für einige Jahre dort arbeiten, um die in Deutschland erworbenen medizinischen Kenntnisse weiter zu vermitteln. Er war bereits am Aufbau von zwei Krankenhäusern beteiligt, und man schätzte sein Fachwissen sowie sein soziales Engagement über alles.

Nicht dass es in Afrika keine guten Ärzte gab, allerdings waren die Europäer in der medizinischen Entwicklung, und vor allem in der Ausstattung der Kliniken mit medizinischem Gerät ein ganzes Stück voraus.

Diesen Vorsprung wollte Abedi Akebe, soweit es ihm möglich war, in seine Heimat mitnehmen. Und wo könnte er dies besser umsetzen als in einem Krankenhaus? Er wurde ein angesehener Arzt, auch wenn er anfangs mit Vorurteilen zu kämpfen hatte.

Abedi, der aus einem kleinen Dorf im Landesinneren von Togo stammte, hatte es mit sehr viel Fleiß, aber auch dem Glück des Tüchtigen zu einem Stipendium der medizinischen Hochschule in Hannover geschafft. Diese Früchte seiner mühsamen Arbeit konnte er nun ernten. Mit jedem Patienten der als geheilt entlassen werden konnte, sah er sich in seiner Arbeit bestätigt.

Um ab und zu etwas Ruhe und Erholung zu finden, fuhren er und Christine zu den Verwandten in sein Heimatdorf. Dieses lag nahe der Grenze zu Ghana, und die Einwohner bewahren sich bis heute viele ihrer Traditionen.

So gibt es verschiedene Rituale für den Menschen bei dessen Geburt, bei seiner Volljährigkeit, bei Eheschließungen und auch beim Tod.

Auch Michael, der ein Jahr nach Christines und Abedis Rückkehr nach Afrika zur Welt kam, wuchs hier zum Großteil auf. Lebten er und seine Eltern zwar hauptsächlich in der Stadt, waren sie jedoch an vielen Wochenenden oder während der Urlaubstage hier draußen, wo das Leben teilweise noch sehr ursprünglich ablief.

Am liebsten ging Michael mit seinem Großvater durch den Busch. Hier gab es so viel Faszinierendes und Geheimnisvolles zu entdecken, und Michael konnte zusammen mit Gleichaltrigen wertvolle Erfahrungen über die Natur und ihre Wunder sammeln. Wenn sein Großvater sich jedoch mit anderen Männern in den Busch begab, durfte Michael ihn nicht begleiten.

Auf sein Nachfragen erfuhr er immer nur den gleichen Grund, dass sich sein Großvater mit Medizinmännern auf den Weg machte, um Pflanzen und andere Zutaten zu sammeln. Diese wurden gebraucht, um die alten, seit Urzeiten überlieferten Rituale afrikanischer Heilkunst durchzuführen.

Eines Tages wird der Zeitpunkt da sein, an dem ich dich in die Geheimnisse des Heilens einweihen werde, sagte er zu Michael. *Da dein Vater sich mehr der ärztlichen Kunst der Neuzeit verschrieben hat wirst du es sein, der die alten Traditionen fortführen soll. Ich glaube, dass du dafür vorbestimmt bist.*

Die meisten Bewohner der kleinen Dörfer in Afrika hielten nicht viel von der modernen Medizin. Sie ließen sich lieber von den erfahrenen Alten helfen. Sie waren Naturmenschen, lebten in, mit und von der Natur.

Was die Natur schwächt, kann durch sie auch wieder gestärkt werden. Und der alte Akebe war sich seiner Aufgabe bewusst, diese Traditionen weiterzugeben. In seinen Augen war sein Enkel der Richtige, nur den Zeitpunkt dafür sah er noch nicht als gekommen.

Um das Ganze in seiner Wichtigkeit und Tragweite zu begreifen, war er in den Augen des alten Akebe noch einige Jahre zu jung, aber der Moment würde kommen, an dem er ihn in seine Bestimmungen einweihen konnte. Und wenn er die notwendige Reife besitzt, wird er all das erfahren, was man über die Götter der Natur wissen muss, um sich ihrer Kraft und Geheimnisse zum Wohle der Menschen zu bedienen.

Die Götter der Natur stehen für viele der afrikanischen Einwohner im Mittelpunkt ihres Lebens.

Voodoo!

Diese uralte Religion ist auch heute noch für viele Menschen verschiedener Kulturen der Mittelpunkt ihres Glaubens. Er wird von den Ältesten der Familien an ihre Nachkommen vererbt.

Michaels Großvater gar war ein echter Priester des Voodoo! Er war ein Eingeweihter der alten Traditionen. Er besaß das medizinische Wissen und kannte die uralten Gesetze, Tänze und Lieder durch die er es verstand, Mensch und Natur in Einklang zu bringen.

Wenn Michael manchmal etwas vorlaut oder zu unbedacht war und damit die Missachtung anderer auf sich zog, wies ihn der alte Akebe oft zurecht.

Deine Worte sind zerbrechlich wie Glas. Wenn dieses erst einmal zerbrochen ist, kann man es nicht wieder richtig zusammen fügen. Denke also mehr als nur einmal nach, bevor du sprichst.

Michaels Vater hielt als praktischer Arzt nicht sehr viel von diesen uralten Weisheiten. Durch seinen jahrelangen Aufenthalt in Europa hatte er gelernt, anders zu denken. Für ihn musste alles einen logischen Sinn ergeben. Rationales und modernes Denken war mehr und mehr in den Vordergrund seines nicht nur beruflichen Alltags getreten.

Da er zwar des Öfteren die Heilkunst seines Vaters erleben konnte, zweifelte er nicht an deren Kraft und Wirkung, allerdings erschien es ihm oft zu langwierig, zu langatmig und zu umständlich, bis diese Wirkung zum Tragen kam. Die überlieferten Rituale waren einem stets genauen Ablauf unterworfen. Mit den Opfergaben und Tänzen, spirituellen Gesängen und Gebeten wurde es sehr genau genommen.

In der modernen Medizin dagegen gilt es meist auf schnellem und direktem Wege zu handeln. Nicht nur um die schnellere Genesung, sondern auch einen entsprechenden Profit zu erreichen. Denn die moderne Medizin ist eben auch teuer. Sowohl die Erforschung, als auch die Bereitstellung und Ausübung durch entsprechendes Fachpersonal verschlingt nach wie vor Unsummen.

Michael selbst hingegen war seit jeher fasziniert vom Wirken seines Großvaters. Immer wieder staunte er nur darüber, wie man mit den einfachsten

Dingen aus der Natur die verschiedensten Krankheiten heilen konnte, indem man deren Ursachen beseitigte.

Schon damals entschloss er sich dazu, auch einmal Medizin zu studieren. Allerdings wollte er nicht nur die modernen Methoden verwenden, sondern sie vielmehr mit den alten, aus der Natur wirkenden Möglichkeiten kombinieren. Er hatte bereits in jungen Jahren erkannt, dass es vorteilhafter sein könnte, die uralten und schier unerschöpflichen Erfahrungen mit modernem Wissen zu vereinen.

Sein Großvater empfand dies zumindest vom Ansatz her als einen guten Gedanken. Denn genau wie in der modernen Schulmedizin, so gibt es auch bei allen traditionellen Heilungsmethoden immer wieder unheilbare Krankheiten, und somit stellen sich auch unlösbare Probleme dar.

Ein durch die Natur zum Sterben verurteiltes Wesen, egal ob Mensch, Tier oder Pflanze, kann man seinem Schicksal nicht entreißen. Man kann diesen Weg natürlich verlängern, kann ihn lindern oder auch verkürzen, aber man vermag ihn nicht zu verhindern.

Und nachdem alles auf dieser Welt in einer magischen Beziehung zueinandersteht, entstehen Krankheiten immer durch ein Ungleichgewicht der Gemeinschaft. Kann die Ursache dieser Störung nicht beseitigt werden, können kein Arzt, kein Heiler, keine Medizin und kein Ritual auf dieser Welt den Untergang abwenden.

An diese Sätze erinnerte sich Michael Akebe, als er in Gedanken versunken am Fenster stand.

Er spürte die kälter werdende Nachtluft. Er war zwar nun schon viele Jahre in Deutschland, sein körperliches Temperaturempfinden hatte sich diesem Klima allerdings noch immer nicht vollständig anpassen können. Es waren eben die Gene seiner afrikanischen Vorfahren, die sich hier in den Vordergrund drängten. Manchmal vermisste er sie schon, die wärmende Sonne Afrikas. Selbst im Sommer, wenn es in Deutschland heiß und trocken war, gab es keinen Vergleich mit dem Klima in seiner Heimat.

Die Ausgewogenheit der Natur war es, die er hier vermisste, auch wenn es der Mensch inzwischen selbst in Afrika schaffte, diese Ausgewogenheit aus dem Gleichgewicht zu bringen.

Wälder werden gerodet, und dadurch ureigene Existenzen vernichtet. Es gab in seinen Augen keinen nachvollziehbaren und vernünftigen Grund für diesen Raubbau an der Natur, außer dem des finanziellen Profits.

Immer mehr, immer weiter, immer höher, immer tiefer. Die Natur beginnt schon seit einiger Zeit, sich dagegen zu wehren. Noch werden diese Zeichen der Gegenwehr als bloße Naturkatastrophen abgetan.

Einerseits ja zu Recht. Aber ein Teil der Menschheit scheint noch immer nicht verstanden zu haben, dass es sich hierbei um eine Warnung der natürlichen Kräfte handelt. Werden diese Warnungen nicht ernst genommen und dieses Aufbäumen weiterhin permanent unterdrückt, wird sich die Natur eines Tages Stück für Stück aufgeben.

Sie wird sich selbst und somit auch all das was in ihr existiert vernichten, um dadurch einen Neubeginn zu erzwingen.

Michael fröstelte es bei diesen Gedanken.

Ja, der Mensch scheint immer mehr seine Skrupel und sein Gewissen zu verdrängen. Die Verantwortung der Natur und somit irgendwie auch sich selbst gegenüber scheint immer weniger zu gelten.

Ursprünglich wollte er ja wie schon sein Vater sein ärztliches Wissen in der Heimat seiner Vorfahren anwenden. Doch er verwarf diesen Gedanken nach Afrika zu gehen, denn auch hier in Deutschland, in der Stadt in der seine Mutter geboren war, sah er ja im Grunde genommen seine Heimat.

Nach dem Tode seines Vaters wollte Christine nicht wieder zurück. Zuviel würde sie dort an ihre glückliche Zeit erinnern, zu viele der schmerzlichen Gedanken würden sie dort gefangen nehmen. Also entschloss er sich dazu, hierzubleiben.

2. KAPITEL

Michael Akebes Vater starb vor nunmehr 14 Jahren bei einem Verkehrsunfall, dessen Verlauf aber niemals richtig aufgeklärt werden konnte. Michael steckte zu dieser Zeit mitten in seinem Medizinstudium. Die Nachricht vom Tode seines Vaters hätte ihn damals beinahe aus der Bahn geworfen.

Lange hatten er und seine Mutter versucht, die zweifelhaften Umstände aufzudecken, sie stießen dabei jedoch immer wieder auf die unterschiedlichsten Widerstände und Ungereimtheiten.

Als Christine Akebe ihre zuletzt verzweifelten Versuche, sich gegen die Anwälte, Gesetze und Widersprüche durchzusetzen schließlich aufgab, sich mit einer finanziellen Abfindung der Versicherungen zufrieden stellen ließ, schien langsam wieder Ruhe im Hause Akebe einzukehren.

Das Leben ihres Mannes war mit keiner Summe auf dieser Welt zu bezahlen. Allerdings wollte Christine ihrem Sohn eine sichere Zukunft bieten, und dazu war nun einmal auch eine solide finanzielle Grundlage notwendig. Michael sollte sein Medizinstudium in aller Ruhe beenden können, dafür hatte sie sich stets mit aller Kraft eingesetzt.

Glücklicherweise, so mag mancher denken, hatte Michael nicht die Hautfarbe seines Vaters geerbt, was sich einerseits in der heutigen Gesellschaft als hilfreich erwies, allerdings konnte er seine Herkunft auf Grund seines Namens auch nicht verleugnen.

Er musste trotz der so oft angepriesenen Toleranz gegenüber Ausländern mehrere Male erleben, dass es in gewissen Kreisen nicht weit her war mit dieser Tugend.

Mehrmals wurde er mit absolut zweideutigen Bemerkungen konfrontiert Ob er denn von seinen Vorfahren im Dschungel auch einen Regentanz gelernt hätte, oder er nicht vielleicht einmal in traditioneller Bemalung als afrikanischer Medizinmann auftreten würde? Michael tat diese Anspielungen auf seine Herkunft meist nur mit einem milden Lächeln ab. Als er sich jedoch einmal nach der Mittagspause zu seiner nächsten Vorlesung begab, eskalierte beinahe eine dieser Situationen.

Im damals anstehenden Thema des Professors ging es um die Kombination alternativer Heilmethoden mit der klassischen Schulmedizin. Ein Thema, an dem Michael natürlich sehr viel Interesse zeigte. Er hatte sich auch schon im Vorfeld dieser Vorlesung mit dem Professor darüber unterhalten und dieser erkannte, dass in diesem jungen Mann einiges an Potenzial steckte.

Die persönlichen Erfahrungen auf Grund seiner Herkunft und des Wirkens seines Großvaters sollte auch den anderen Studenten zuteilwerden. Als Michael schließlich nach vorn gebeten wurde um etwas über die Behandlungsweisen der afrikanischen Ureinwohner zu berichten, kam es im Vorlesungssaal zu einer unschönen Szene.

Zwei von Michaels unliebsamen Studienkollegen steckten kurz ihre Köpfe zusammen und als er auf seinem Weg zum Rednerpult an ihnen vorbei gehen

wollte, stellten sie sich ihm in den Weg.

Einer der Beiden drückte ihm einen Gegenstand in den Arm mit der Bemerkung, dass man zu jeder Behandlungsmethode auch das entsprechend passende medizinische Besteck benötigen würde. Im ersten Moment war Michael etwas perplex über das, was ihm da zugesteckt wurde.

Es handelte sich hierbei um eine recht billige Kopie einer Voodoo-Puppe, die man in so manchen Souvenirläden für wenig Geld erwerben konnte. Der Blick in die Gesichter ihm gegenüber zeigte ihm nur das zunächst hämische Grinsen zweier junger Männer, die da glaubten, einen gelungenen Scherz gelandet zu haben.

Michael dachte nur wenige Augenblicke nach, bevor er sich dazu entschloss, die Flucht nach vorn zu ergreifen. Er entsann sich noch genau der Worte, die er dem oberschlauen Burschen mit auf den Weg gab.

Medizinisches Besteck ist kein Spielzeug für dumme Jungs. Wenn man das Falsche wählt oder nicht sorgfältig damit umgeht, könnte man sich leicht daran verletzen.

Nachdem er diese Worte mit einem seltsamen Unterton gesprochen hatte, sah er die vor ihm stehenden Männer an. Seine Augen verengten sich dabei zu zwei schmalen Schlitzen, und sein Blick schien bis in die hintersten Zellen ihres Gehirns zu dringen. Dann streckte Michael demjenigen die Puppe entgegen, der sie ihm kurz zuvor zugesteckt hatte. Er hielt sie ihm direkt vors Gesicht und drückte ihr dabei mit zwei Fingern den Hals zu.

Pass auf, dass sie Dir nicht weh tut, zischte er ihm

dabei leise entgegen, griff mit der anderen Hand nach dem Kragen seines Pullovers und schob ihm die Puppe von oben hinein.

Ob der junge Mann nur auf Grund von Michaels Reaktion so überrascht wurde, dass er einen plötzlich heftigen Hustenanfall erlitt, wusste anschließend keiner von den Anwesenden im Saal mehr zu sagen.

Fast eine Minute lang kämpfte er mit hochrotem Gesicht gegen seinen Hustenreiz an, den Michael schlussendlich stoppte, indem er ihm die eine Hand auf die Brust und die Andere auf den Rücken legte.

Er erzeugte mit sanft kreisenden Bewegungen einen leichten Gegendruck auf dem Oberkörper, der dazu führte, dass sich sein Kollege augenblicklich beruhigte. Dessen erstaunten Blick quittierte er nur mit einem wissenden Lächeln.

Die Kunst des Heilens besteht nicht nur in der richtigen Wahl der medizinischen Mittel, man sollte auch verstehen sie richtig anzuwenden, sprach er mit leiser Stimme zu den Beiden, bevor er seinen Weg durch die Sitzreihen fortsetzte.

Michael war während seiner Studienzeit schon mehrmals der Versuchung nahe gewesen, den Mädchennamen seiner Mutter anzunehmen. Seine Familienehre und die Erinnerung an seinen Vater hatten ihn schließlich davon abgehalten. Er wollte den Namen seines Vaters und dessen Ahnen mit Stolz tragen. So nahm er sich trotz aller widrigen Umstände vor, sein Leben so zu gestalten wie er allein es für richtig hielt.

Und im Gegensatz zu seiner Mutter schwor er

sich damals schon die mysteriösen Umstände aufzuklären, die den Tod seines Vaters noch immer umgaben. Immer wieder studierte er die Unterlagen, Protokolle und Skizzen, die er nach dem offiziellen, behördlichen Abschluss der *Sache* als Kopien ausgehändigt bekam. Für ihn war es noch lange nicht klar, dass es sich hierbei um einen tragischen Unfall gehandelt hatte.

Im Laufe der Jahre recherchierte er mehrmals auf eigene Faust, versuchte Unfallzeugen aufzutreiben, um so neues Licht in die Angelegenheit zu bringen, doch warf man ihm stets den bildlich gesprochenen Knüppel zwischen die Beine. Die Aussagen, die er zu hören bekam, lauteten immer gleich: Es sei alles zu schnell gegangen, man hätte auch keine genaue Erinnerung mehr, alles sei schon so oft gesagt worden und man wolle nichts mehr damit zu tun haben.

Letztendlich gelte die deutsche Rechtsprechung nun auch einmal für einen hier lebenden Afrikaner. Jedoch gab sich Michael damit nicht wirklich zufrieden. Er suchte weiter nach Augenzeugen, und hatte irgendwann auch Erfolg. Kürzlich, es war an einem späten Nachmittag, kam ein älterer Herr in seine Praxis.

Michael kannte ihn schon lange als einen seiner Patienten. Er bemerkte beim Durchlesen dessen Akte, dass der Mann zwar an einer Herzschwäche litt, sich jedoch seit seiner Pensionierung und der dadurch geänderten Lebensweise keine allzu gravierenden Verschlechterungen bei ihm eingestellt hatten.

So konnte er nur selten bei den Behandlungsterminen ein rein körperliches Leiden feststellen. Meist wurden von ihm psychosomatische Ursachen diagnostiziert, hin und wieder auch einmal leichte Beschwerden an der Wirbelsäule oder an den Bandscheiben. Diese wurden sicherlich durch seine früher überwiegend sitzende Tätigkeit hervorgerufen, denn als Fahrer eines bekannten Politikers aus der Region verbrachte er die meiste Zeit im Dienstwagen, um seinen Chef von einem Termin zum nächsten zu befördern.

Als man damals jedoch die Herzschwäche entdeckte, reichte Gerd Stetter frühzeitig seine Pensionierung ein. Er klagte diesmal über leichten Schwindel und Übelkeit, aber auch jetzt konnte Michael nach eingehender Untersuchung keine eindeutige Diagnose stellen, und doch merkte er dem Mann an, dass etwas nicht in Ordnung war.

Er hatte ein seltsames Gefühl dabei, als er seinen Patienten während der Untersuchung berührte. Es schien fast so, als würden seine Hände auf dem Körper des Mannes Angstgefühle bei ihm hervorrufen. Michael konnte sich diese Reaktion zu diesem Zeitpunkt noch nicht erklären. Er bat seinen Patienten anschließend, sich wieder anzukleiden und an seinem Schreibtisch Platz zu nehmen.

„Ich kann leider keine körperlichen Merkmale finden die mir irgendeinen Hinweis auf Ihr Unwohlsein geben würden, Herr Stetter. Könnten Sie mir den Verlauf der letzten Zeit bitte etwas genauer schildern? So kann ich mir eher ein Bild von Ihrer Gesamtsituation machen. Erzählen Sie mir bitte auch falls irgendwelche Probleme Sie belasten, denn seelischer Stress kann sich früher oder später ebenfalls körperlich bemerkbar machen. Möglicherweise finden wir ja so eine Ursache für Ihre immer wiederkehrenden Beschwerden."

Als sich der Arzt in seinem Sessel hinter dem Schreibtisch niederließ und für einen Moment in das besorgte Gesicht seines Patienten blickte, vernahm er dessen fast hörbares Schlucken. Seine bis dahin schon etwas fahle Gesichtsfarbe schien nochmals an Intensität zu verlieren.

„Also gut", begann Gerd Stetter langsam und mit zittriger Stimme. „Anscheinend ist nun die Zeit gekommen um endlich reinen Tisch zu machen."

Michael Akebe wurde hellhörig, als der Mann zu erzählen begann.

„Damals, im Sommer 1994, fuhr ich meinen ehemaligen Arbeitgeber, den Staatssekretär Albert Urban, zur Eröffnung einer Kunstausstellung in den Räumen der Nördlinger Stadtsparkasse. Es war wie immer bei solchen Veranstaltungen. Es wurde viel geredet, gegessen und auch getrunken.

Ich bemerkte, dass sich mein Chef im Laufe der Veranstaltung sehr intensiv mit einer ihm wohl näher bekannten Dame unterhielt. Dies führte am Ende dazu, dass ich kurzfristig für den Rest des besagten Abends frei bekommen sollte.

Herr Urban wollte den Dienstwagen selbst nach Hause fahren und unterwegs seine Bekannte absetzen, da diese anscheinend etwas zuviel Alkohol getrunken hatte.

Nun gut, lange Rede, kurzer Sinn.

Ich nahm das Angebot meines Chefs an, hielt mich noch eine Weile am Buffet auf um mich zu stärken, und machte mich anschließend zu Fuß auf den Heimweg. Da am bevorstehenden Wochenende keine dienstlichen Termine anstanden, konnte ich mich auf zwei ruhige Tage zu Hause freuen.

Dass mein Chef auch schon einige Gläser getrunken hatte blieb mir zwar nicht verborgen, ihn darauf anzusprechen unterließ ich allerdings. Er verbat sich diese Hinweise stets mit der Begründung, dass er selbst am besten einschätzen könne ob er noch fahrtüchtig war oder nicht."

Michael Akebe hörte den Erzählungen seines Patienten aufmerksam zu, obwohl seine innere Anspannung in den letzten Minuten immer mehr zugenommen hatte. Er dachte sich anfangs, dass sich sein Gegenüber wohl nur seinen Kummer von der Seele reden wollte.

Er war zwar kein Psychotherapeut, und das Budget der Krankenkassen sprach auch immer seltener dafür, doch sah er auch gerade das Zuhören bei seinen Patienten als eine seiner ärztlichen Aufgaben. Oftmals konnte man auf Grund solcher Gespräche besser auf ein Krankheitsbild schließen.

An diesem Spätnachmittag jedoch hatte er das untrügliche Gefühl, dass endlich Licht in eine Angelegenheit kommen sollte, die auch ihn persönlich betraf. Dass nun endlich das was scheinbar seit Jahren im Verborgenen gehalten wurde, ans Tageslicht kam. Und so ermunterte er also den Mann mit ruhigen Worten dazu, weiter zu erzählen.

„Nun denn", fuhr Gerd Stetter mit seinen Ausführungen fort.

„Ich verabschiedete mich also von meinem Chef und seiner Bekannten, und machte mich dann zu Fuß auf den Heimweg. Ich wollte die Gelegenheit nutzen, wieder einmal ohne jeglichen Alltagsstress durch die Nördlinger Altstadt zu gehen. Wenn man wie ich damals die meiste Zeit des Tages im Auto verbringt, geht man gerne zwischendurch ein paar Schritte zu Fuß.

Ich rief vorher nur kurz zu Hause an und gab Bescheid, dass ich nach einem kleinen Spaziergang früher als geplant daheim sein würde. So ging ich dann etwa eine Stunde durch die bereits leeren Gassen und genoss die Ruhe des Abends.

Als ich schließlich stadtauswärts in Richtung des Reimlinger Tores kam, fuhr der Dienstwagen meines Chefs an mir vorbei. Ich weiß noch, dass ich kurz die Hand zum Gruß hob und Herr Urban und seine Begleiterin lachend zurückwinkten. Als sich der Wagen dann nach dem Stadttor der Ampelanlage näherte dachte ich mir: Das ist typisch für ihn, wie immer zu schnell.

Der fährt ohne abzubremsen, als ob ihm die Straße alleine gehören würde, obwohl die Ampel schon auf Höhe des davor liegenden Parkplatzes gelbes Licht zeigte. Es musste ihm in diesem Moment doch bewusst gewesen sein, dass er es nicht mehr ohne Risiko über die Kreuzung schaffen würde. Die Lichtanlage stand längst auf Rot, als er so unvorsichtig in die Kreuzung einfuhr.

Dann gab es plötzlich diesen Knall. Jeder aufmerksame Beobachter hätte darauf gewartet, dass so etwas passieren muss.

Ein stadteinwärts fahrendes Auto konnte nicht mehr rechtzeitig ausweichen und erwischte zwar etwas abgebremst, aber dennoch frontal die Beifahrerseite von Herrn Urbans Limousine. Der Fahrer des Wagens war sich anscheinend über die Situation völlig im Klaren, denn er reagierte sofort.

Ich konnte erkennen, dass er sich irgendwie seitlich drehte und auch ziemlich schnell und, wie es im ersten Moment schien ohne größere Verletzungen seinen Wagen verließ. Als er sich sogleich zum Fahrzeug meines Chefs begab, passierte das eigentlich Unvorhergesehene.

Zwei weitere Fahrzeuge näherten sich der Unfallstelle. Der erste Wagen bremste direkt an der Ampel ab. Der Fahrer des zweiten Autos erkannte die Situation vor sich anscheinend viel zu spät, war meiner Meinung nach auch noch etwas zu schnell.

Er konnte trotz einer Vollbremsung nicht mehr verhindern, dass sich sein Wagen in das Heck des plötzlich vor ihm zum stehenden gekommenen Autos bohrte, und dieses wie in einer Kettenreaktion auf die anderen vor ihm aufschob. Die hässlichen Geräusche von splitterndem Glas und kreischendem Blech habe ich noch heute in den Ohren.

Schlimmer jedoch war der Schrei des Mannes der aus dem ersten Fahrzeug ausgestiegen war um anscheinend erste Hilfe zu leisten. Er wurde durch den nachfolgenden Zusammenstoß der hinteren Autos regelrecht zwischen seinem eigenen Wagen und dem meines Chefs eingeklemmt. Es war ein furchtbarer Anblick.

Wenn ich im Nachhinein überlegte, dauerte das ganze Geschehen nicht viel mehr als etwa ein bis zwei Minuten."

Michael Akebe starrte ins Leere. Er ahnte schon länger, dass ihm Gerd Stetter vom Unfallabend seines Vaters erzählte. Er hatte es immer geahnt, dass damals nicht alles mit rechten Dingen zugegangen sein musste. Würde Stetter derjenige sein, der nun endlich Licht in die ganze Geschichte brachte?

Michael hatte die Finger ineinander verschlungen, rieb sich immer wieder nervös seine Hände. Würde er heute endlich all das in Erfahrung bringen können, wonach er seit Jahren gesucht hatte? Ein untrügliches Gefühl in ihm sagte, dass die Zeit gekommen schien, die Schuldigen am Tode seines Vaters nun zur Rechenschaft zu ziehen.

Ungeduldig drängte er seinen Patienten dazu weiter zu erzählen, sich so seinen Kummer von der Seele zu reden, nicht ohne den Gedanken daran, dass dies schließlich auch in seinem eigenen Interesse war. Michael Akebe bemerkte, dass dem Mann vor ihm das Sprechen sichtlich schwerfiel. Er blickte kurz auf die gegenüber hängende Wanduhr. Die Sprechstunde war schon vorüber.

Der Arzt sah Gerd Stetters leeren Blick, stand kurz entschlossen auf und öffnete die Türe des angrenzenden Wartezimmers. Da sich dort niemanden mehr aufhielt, verabschiedete er noch wie jeden Abend seine Sprechstundenhilfe mit einigen Hinweisen für den nächsten Tag und einem freundlichen Dankeschön in den Feierabend. Um Gerd Stetters Unterlagen wollte er sich selbst kümmern.

Er schloss darauf die Türe wieder hinter sich, nahm eine Flasche Mineralwasser aus dem Kühlschrank, schenkte zwei Gläser ein, und stellte eines davon vor Gerd Stetter auf dem Schreibtisch ab. Dankend wie ein Verdurstender griff dieser nach dem Glas und nahm einen tiefen Schluck daraus, bevor er schließlich mit seiner Erzählung fortfuhr.

„Ich stand wie erstarrt am Fußweg, wollte zuerst loslaufen um zu helfen. Überall sah ich Scherben und Blechteile auf der Straße liegen, hörte Hilfeschreie und war doch gleichzeitig unfähig, mich zu bewegen.

Inzwischen hatten weitere Fahrzeuge angehalten. Ich sah Menschen laufen, hektisch an den Unfallfahrzeugen hantieren. Man versuchte, die Verletzten zu befreien. Jemand rief nach einem Notarzt. Mein Chef stieg etwas unbeholfen, aber anscheinend nur leicht verletzt aus seinem demolierten Wagen.

Seine Begleiterin, die zu ihrem Glück auf dem Rücksitz Platz genommen hatte, konnte von den anwesenden Helfern durch beruhigendes Zusprechen davon abgehalten werden, in Panik zu verfallen.

In meinem Kopf schwirrten die Gedanken. Mein Chef hatte in seiner Unachtsamkeit, wohl auch im Zusammenhang mit seiner Begleiterin und wahrscheinlich unter Alkoholeinfluss diesen Unfall verursacht. Wie durch einen Nebel vernahm ich die heulenden Sirenen der herannahenden Rettungsfahrzeuge. Glücklicherweise liegt ja das Krankenhaus nicht weit von der Unfallstelle entfernt. Ein Polizeiauto kam mit Blaulicht und Martinshorn durch das Stadttor.

Ich befand mich auf dem Gehweg zwischen Tor und Stadtmauer, sodass ich für die Polizisten Gott sei Dank nicht sichtbar war. Sicherlich hätte man mich unmittelbar als Zeugen gesucht. Oder sollte ich vielleicht von mir aus dorthin? Mich in das Geschehen mit einmischen? Mich den Fragen der nun eingetroffenen Polizeibeamten stellen? Sollte ich mich mit meinen wahrheitsgemäßen Beobachtungen möglicher Weise selbst in Schwierigkeiten bringen?

Mein Arbeitsplatz, meine Familie, mein anstehender Ruhestand kamen mir plötzlich in den Sinn. Sollte ich dies alles riskieren? Ich wusste zu diesem Zeitpunkt noch nicht, dass der Fahrer des ersten Wagens durch den Aufprall so schwer verletzt worden war, dass er noch an der Unfallstelle verstarb.

Auch dass es sich um ihren Vater handelte, erfuhr ich erst am nächsten Tag, denn ich war angesichts meiner eigenen Situation und meiner Selbstzweifel an diesem Abend zu feige, um mich der Wahrheit zu stellen."

Michaels Blick haftete an den Lippen der nun scheinbar seelisch gebrochenen Gestalt, die ihm gegenüber saß. Ja, seelisch gebrochen, so kam ihm der Mann vor, der ihm seit nun fast einer Stunde in seinem Sprechzimmer gegenüber saß und sich ihm offenbarte. Es schien ihm, als sei Gerd Stetter in dieser Zeit noch um weitere Jahre gealtert.

Anfangs stieg Wut in ihm auf, als er hörte, dass sich dieser Mensch seiner Verantwortung entzogen und somit das Leid anderer Menschen in Kauf genommen hatte.

Inzwischen jedoch wollte er nur noch die ganze Wahrheit erfahren. Er zwang sich also dazu, seine aufkommenden Rachegedanken zu verdrängen. Er wollte den Mann nicht verunsichern und sich somit selbst die Möglichkeit nehmen, auch noch den Rest des damaligen Geschehens in Erfahrung zu bringen. Etwas angespannt lehnte er sich in seinem Sessel zurück und blickte ermutigend auf Gerd Stetter.

„Sprechen Sie ruhig weiter. Es tut gut, wenn man seinen Kummer loswerden kann. Ihr Körper und Ihre Seele werden es Ihnen danken."

Mit traurigem und schuldbewusstem Blick sah ihn Gerd Stetter an. So, als wüsste er genau, was seine Schilderungen nach sich ziehen würden. Aber er wusste auch, dass er dies alles nicht länger für sich behalten konnte und durfte. Die letzten Jahre waren kein Leben mehr für ihn gewesen. Auch nicht für seine Frau und seinen Sohn. Er wurde seit jenem Tag immer verschlossener, mürrischer und seinem eigenen Empfinden nach zur Belastung für sich und andere. Es war Zeit, die Wahrheit ans Licht zu bringen. Und so sprach er also weiter:

„Aus Angst, mich den Fragen der Polizei stellen und meinen Chef ans Messer liefern zu müssen, ging ich so schnell ich konnte die Stufen zur Stadtmauer hinauf. Somit hatte ich die Möglichkeit den Unfallort zu umgehen, und musste mich nicht auf unangenehme Fragen einlassen.

Aber sie können mir glauben, es fiel mir in diesem Moment alles andere als leicht, mich so einfach aus meiner Verantwortung zu stehlen. Doch angesichts meiner persönlichen, aber auch familiären Situation sah ich keinen anderen Ausweg. Es tut mir unendlich leid, dass sie und ihre Mutter durch mich so lange Zeit im Ungewissen blieben, was die tatsächlichen Umstände zum Tode ihres Vaters angehen. Ich wünschte mir, dass ich damals mehr Rückgrat und Selbstachtung aufgebracht hätte, um den wahren Schuldigen seiner gerechten Strafe zuzuführen."

Michael Akebe schwieg einige Sekunden, nachdem der alte Mann seinen Redefluss beendet hatte. Er sah ihn schweigend, aber mit durchdringendem Blick an. Der Arzt besaß eine sehr gute Menschenkenntnis und konnte daher am Gesichtsausdruck des Mannes feststellen, dass dieser noch nicht alles gesagt hatte was ihn belastete.

Der ehemalige Chauffeur konnte dem Blick seines Hausarztes nicht lange standhalten und senkte seinen Kopf zu Boden. Er schien die Forderungen aus Akebes Augen fast körperlich zu spüren. Als sich die beiden Männer wieder in die Augen sahen, war eine traurige Entschlossenheit in Gerd Stetters Blick zu erkennen.

„Aber dies ist noch nicht die ganze Wahrheit", begann er weiter zu sprechen.

Michael Akebe nickte zustimmend. Er hatte doch geahnt, dass da noch mehr war, als der Mann bisher preisgegeben hatte. Aufmunternd nickte er ihm zu, ganz so als wollte er ihm damit sagen: *Gut so, nur die ganze Wahrheit bringt dir deinen Frieden zurück.*

„Ich selbst habe mich auch mitschuldig gemacht. Nicht nur allein, dass sich durch mein feiges Davonlaufen an diesem Abend ein Schuldiger seiner Verantwortung gegenüber dem Gesetz entziehen konnte. Ich habe aus der heutigen Sicht keinerlei logische Erklärung für mein damaliges Handeln. Weiß Gott warum ich mich darauf eingelassen habe, mit meinem Wissen auch noch eigene Vorteile aus dieser Situation herauszuschlagen.

Als ich meinen Chef während seines Krankenhausaufenthaltes besuchte gab ich ihm dabei deutlich zu verstehen, dass ich den ganzen Unfall aus nächster Nähe beobachten konnte. Oder wohl eher beobachten musste. Denn ich wünschte mir in den letzten Jahren so manches Mal, ich wäre an diesem besagten Abend ohne Umwege nach Hause gegangen. So hätte ich meiner Familie und mir eine ganze Menge Kummer erspart.

Ich sagte ihm auch, dass ich mit meiner Frau und meinem Sohn darüber gesprochen hätte warum ich jetzt zu ihm kam und diese mich letztendlich sogar noch dazu ermuntert hätten, diesen Schritt zu gehen. Vielleicht kann durch mein, wenn jetzt auch viel zu spätes Geständnis Ihnen gegenüber, Herr Akebe, nun doch noch ein Stück Gerechtigkeit zurückgegeben werden."

Gerechtigkeit, dachte sich der Arzt in diesem Augenblick, *wie kann dieser Mann sich erdreisten von Gerechtigkeit zu sprechen, wenn er und seine Familie über all die Jahre darüber geschwiegen haben, wer der Schuldige am Tode meines Vaters ist?*

Für einen Moment ergriff unmäßiger Zorn Besitz von Michael Akebe. Er ballte die Fäuste so stark, dass dabei die Knöchel hervortraten. Er wollte am liebsten aufstehen, den Mann am Kragen packen und ihn zum nur ein paar Straßen entfernten Polizeirevier bringen, um ihn dort zur Wiederholung seiner Aussage zu bewegen. Doch schnell verwarf er diesen Gedanken wieder. Zunächst wollte er noch den Rest der Geschichte hören, die ihm Gerd Stetter zu beichten hatte. Langsam entspannte sich der Arzt wieder und hörte weiter zu.

„Ich schilderte Herrn Urban meine persönliche Situation, dass unser Haus noch nicht vollständig abbezahlt war. Auch, dass meine bevorstehende Pensionierung dies für uns nicht einfacher machte. Ich wusste nicht, ob das Geld auch weiterhin reichen würde um aus den verbleibenden Schulden herauszukommen.

Von unserem Sohn, der als Türmer auf dem Daniel arbeitet, waren damals auch keine großen finanziellen Zuwendungen zu erwarten. Herr Urban schien sofort zu ahnen auf was ich hinaus wollte. Er gestand mir angesichts seiner Lage ohne große Umschweife seine finanzielle Hilfe zu, natürlich nur unter der Voraussetzung, dass ich das von mir Gesehene an jenem Abend dadurch vergessen würde.

Normalerweise hatte ich eine empörende Ablehnung und meine sofortige Entlassung erwartet, insgeheim jedoch auf seine Reaktion gehofft. Ich wusste ja durch meine täglichen Gespräche mit den damaligen Kollegen, wie sehr die Politiker alle an ihrem Posten kleben. Manche sogar um jeden Preis. Und anscheinend die Folgen des Unfalls in der Öffentlichkeit vor Augen, reagierte mein Chef genauso. Das Bekanntwerden seines Vergehens hätte wohl mehr als nur Unannehmlichkeiten für ihn gebracht.

Bitte verstehen Sie mich, Herr Doktor. Ich habe in diesem Moment nur noch diese eine Möglichkeit gesehen, den Lebensabend von meiner Frau und mir einigermaßen ruhig und sorgenfrei begehen zu können. Mich meinem Hobby, alten afrikanischen Kulturen, zu widmen. Wieder einmal in dieses Land reisen zu können, ohne sich Sorgen darüber zu machen, wovon wir dies Alles bezahlen sollten.

Sie selbst wissen am besten wie faszinierend dieser Kontinent ist. Aber trotz allem hätte es doch niemals geschehen dürfen, dass ich mich auf diesen Weg begebe. Mein Lebensweg war bis zu diesem Abend immer frei von Schuld, zumindest was meinen Charakter angeht. Niemals hätte ich mir vorstellen können, eines Tages zum Erpresser zu werden. Ich gäbe weiß Gott was dafür her, wenn ich diese Sache ungeschehen machen könnte."

Wieder hielt Gerd Stetter für einige Augenblicke mit seinen Erzählungen inne. Äußerst nervös, ja sogar schon fast ängstlich schwankte er auf seinem Stuhl vor und zurück, knetete dabei immer wieder seine Hände und sah schuldbewusst zu Boden. Seine Stimme wurde immer leiser, fast unhörbar. Der Arzt musste sich regelrecht anstrengen, damit er den Mann verstand.

„So, nun wissen Sie, warum ich heute zu Ihnen in die Praxis gekommen bin. Ich hatte mir schon lange vorgenommen, Ihnen die ganze Wahrheit zu erzählen. Immer wieder, wenn ich in den letzten Jahren allein oder mit meiner Frau bei Ihnen war, ging es mir hinterher meist schlechter als vor meinem Besuch."

Er versuchte, seinen letzten Satz etwas komisch klingen zu lassen, bemerkte aber dann im selben Augenblick, dass ihm dies angesichts seiner Situation wohl ziemlich misslungen war. Als er das Gesicht von Michael Akebe betrachtete, konnte er im ersten Moment keinerlei Regung darin erkennen. Der Arzt erhob sich plötzlich und Gerd Stetter dachte schon, dass dieser ihm nun wohl mächtig auf die Füße treten, oder sich gar auf ihn stürzen würde, aber Nichts davon geschah.

Michael Akebe trat hinter seinem Schreibtisch hervor und kam mit ruhigen Schritten auf den Mann zu. Er ergriff dessen rechte Hand und nahm diese in seine eigenen Hände. Dabei sah er dem ehemaligen Chauffeur lange in die Augen, ohne auch nur ein einziges Wort zu sagen. Dem war in diesem Augenblick alles andere als wohl in seiner Haut. Er wusste den Gesichtsausdruck seines Arztes nicht zu deuten. Er erkannte darin weder Wut noch Traurigkeit.

„Soll ich mit Ihnen zur Polizei gehen? Ich bin gerne bereit dort meine Aussage zu Protokoll zu geben, damit Albert Urban zur Rechenschaft gezogen werden kann. Ich bin auch dazu bereit, die wohl auf mich wartende Strafe anzunehmen. Bitte sagen Sie mir doch, was ich nun tun soll. Wie kann ich das Geschehene wieder gut machen?"

In Michael Akebes Augen kehrte ein Ausdruck der Zufriedenheit ein.

Er war sich schon länger darüber im Klaren, was er nun tun wollte. Nein! Tun musste!

„Um eines möchte ich Sie bitten, obwohl ich es sowieso verlangen müsste. Ich möchte, dass Sie das mir eben Erzählte in allen Einzelheiten niederschreiben. Ich werde mit meiner Mutter besprechen ob, und wenn ja, was wir nun unternehmen werden. Ich kann Ihnen noch nicht sagen, was dabei herauskommen wird. Dies hängt auch von der Entscheidung meiner Mutter ab.

Sie brauchen sich aber keine Sorgen zu machen", sagte er dann in einem für seinen Patienten überraschend ruhigem Ton. „Ich bin Ihnen trotz der langen Jahre dankbar dafür, dass Sie den Weg zu mir gefunden haben, um meine bestehenden Zweifel am damaligen Ablauf der Geschichte zu bestätigen. Ich habe auch nicht vor, Sie rechtlich zur Rechenschaft zu ziehen."

Wobei er das *rechtlich* etwas merkwürdig betonte, was Gerd Stetter in seiner momentanen psychischen Verfassung allerdings in diesem Moment nicht weiter auffiel.

Der alte Mann glaubte im ersten Moment nicht, was er da von Michaels Akebes Lippen zu hören bekam. Sollte ihm dieser tatsächlich sein schändliches Tun, oder besser gesagt sein Nichttun vergeben? Sollte nun wirklich die lange Zeit der Schuldgefühle und Selbstzweifel vorüber sein?

„Natürlich werde ich Ihnen meine Aussage auch schriftlich geben", sagte er zu seinem Arzt, der inzwischen Papier und Stift bereitgelegt hatte.

Gerd Stetter schrieb nun im Beisein des Arztes sein Geständnis nieder.

Nachdem fast eine weitere Stunde vergangen war

hatte er letztendlich mit etwas zittriger Hand, doch relativ leserlich all das vorher zwischen ihnen Gesprochene zu Papier gebracht. Etwas erschöpft ließ er den Stift aus seiner Hand fallen, lehnte sich in seinem Stuhl zurück, bevor er sich schließlich erhob und seinem Arzt gegenüber trat.

„Ich bin froh, diesen Schritt gegangen zu sein", sprach er mit anscheinend unendlich erleichtertem Gewissen zu Michael Akebe, während dieser ihm die Hand reichte.

„Sie können sich gar nicht vorstellen, wie sehr ich all die Jahre unter dieser Situation gelitten habe. Mit dieser Schuld, Sie und Ihre Mutter im Ungewissen darüber zu lassen, was damals wirklich geschah."

„Es wird alles gut werden", erwiderte der Arzt, ließ Stetters Hand los und blickte ihm tief in die Augen. „Es wird jetzt alles seinen gerechten Weg gehen, alles!"

Michael Akebe nahm die Papiere und legte sie zufrieden in eine Schublade seines Schreibtisches. Er hatte, jedenfalls zu diesem Zeitpunkt in keiner Weise vor, seine Mutter über den Besuch und das Geständnis Gerd Stetters zu unterrichten.

In den letzten Worten seines Hausarztes glaubte dieser eine Entschlossenheit zu spüren, die ihm einen kalten Schauer über den Rücken jagte. Gegenwärtig wusste er dies jedoch noch nicht genauer zu deuten. Er brachte die nun scheinbaren Vergeltungsgedanken in Zusammenhang mit seinem ehemaligen Arbeitgeber und dessen Begleiterin.

Michael Akebe brachte seinen Patienten dann

zur Praxistüre, ließ ihn hinaus und schloss diese wortlos.

Als er die sich entfernenden Schritte vernahm, lehnte er sich erschöpft an die geschlossene Türe.

Nach einigen Augenblicken vernahm er nur noch Stille. Er trat ans nächstliegende Fenster, öffnete es, und atmete tief die kühle Abendluft ein. Er sah hinauf zu den langsam erkennbaren Sternen, und für ein paar Minuten schien sein Blick ins Unendliche zu wandern und versuchte wieder, sich an seine Jugendzeit in Afrika zu erinnern.

An die Zeit, als er sich mit seinen Eltern oft in dem kleinen Dorf in Togo aufhielt, in dem sein Großvater lebte. Es war schon ein komisches Gefühl gewesen damals. Gerade für ihn, einen Jungen mit heller Hautfarbe unter all den dunkelhäutigen Altersgenossen.

Er war zwar als Weißer geboren, wurde aber durch den Status seines Vaters von allen als einer der ihren akzeptiert. Sowohl sein Großvater als auch sein Vater hatten viel Gutes getan für die Dorfbewohner und die ganze Umgebung.

Die ärztliche Kunst seines Vaters war anerkannt und geschätzt, selbst unter den Alten. Obwohl viele von ihnen immer wieder auch Rat bei den Medizinmännern in der Gegend suchten, war Abedi Akebe auf Grund seines Wissens und seiner Heilkunst ein angesehener Mann. Nur wenn es darum ging das uralte Wissen anzuwenden, blockte er immer ab.

Michael wusste ja, dass sein Vater nicht allzu viel davon hielt. Er wollte immer im Bereich der medizinischen Versorgung sein erlerntes Wissen verbreiten. Er hatte damit auch immer wieder gerade bei den jüngeren Patienten überraschende Heilerfolge erzielt und wurde dafür auch von den Alten geehrt. So fühlte er sich in seiner Arbeit bestens bestätigt. Auch Michael war beeindruckt vom Wissen seines Vaters.

Was ihn aber noch viel mehr beeindruckte, waren die alten Rituale seines Großvaters. Manchmal bekam er eine Gänsehaut, wenn er ihn hin und wieder heimlich dabei belauschte, wie er sich auf eine Behandlung vorbereitete.

Ja, er musste es heimlich tun, denn der alte Akebe verbat sich jegliche Störung beim Zubereiten dieser uralten Medizin. Viele Jugendliche im Dorf taten dies als Spinnerei ab. Michael jedoch glaubte den Erzählungen seines Großvaters, denn diesem ging sein Glaube über alles.

Er wusste aus seinen vielen Erzählungen, dass dieser so manchmal geheimnisvolle Glaube Voodoo die Religion der Alten war. Man erzählte sich von phantastischen Heilungen kranker Menschen, die man schon aufgegeben hatte, die aber dann doch wieder genesen unter ihnen weilten. Allerdings gab es auch noch andere Geschichten, die Michael faszinierten.

Wie in jedem Glauben gibt es auch im Voodoo so manche Schattenseiten. Die Alten und Ratsuchenden, die früher einen Houngan, einen weißen Priester des Voodoo aufgesucht haben, lebten immer in der Hoffnung an die Genesung.

Sie glaubten an die Kräfte der Natur, und sie

wussten von der Macht der Eingeweihten, diese Kräfte zu nutzen zum Wohle der Menschen. Doch wie alle anderen Wesen in der Natur auch, ist ein Heiler des Voodoo nicht allmächtig. Es gibt und gab schon immer Dinge, die durch die Natur vorbestimmt sind. Und so versuchte ein Houngan oder eine Mambo, die weibliche Voodoo-Priesterin, auch manchmal vergeblich, Unabwendbares abzuhalten.

Was in der Natur zum Sterben vorgesehen ist, das wird auch sterben. Wer dies nicht einsehen will, wird nie im Einklang mit dem Ganzen sein. Einen geliebten Menschen zu verlieren ist und war von jeher schon immer eine schmerzliche Angelegenheit, und der Traum vom ewigen Leben ist eben nur ein Traum.

Und das ist auch gut so, dachte Michael Akebe, als er vom Fenster zurücktrat, da es ihn langsam anfing zu frösteln. *Sonst hätten Ärzte keine Daseinsberechtigung, und ich hätte nie die Möglichkeit gehabt das zu erlernen, was ich gelernt habe. Ich hätte nie den Schwachen und Kranken die Hoffnung auf eine Zukunft geben können. Irgendwo ist es doch der Sinn im Leben eines Arztes, Gutes zu tun.*

Den letzten Satz stellte er sich mehr als Frage denn als Feststellung, denn er war sich seit dem Geständnis seines Patienten darüber im Klaren, dass er dem uralten Wissen der Voodoopriester nun seine eigentliche Bestimmung absprechen und es missbrauchen würde. Er wollte und konnte das ungeheure Vorgehen der am Tode seines Vaters Beteiligten nicht so einfach hinnehmen und vergeben.

Er dachte wieder zurück an das Leid, das an diesem unsäglichen Abend über ihn und seine Familie gebracht wurde. Er dachte auch an seine Mutter und die Verwandten in Afrika, die am Tode seines Vaters fast verzweifelt waren. Die lächerlichen Beschuldigungen, sein Vater wäre unachtsam in die Kreuzung hinein gefahren, hatte er noch nie gut geheißen. Aber einem angesehenen Politiker hatte man schon damals mehr geglaubt als einem *schwarzen, afrikanischen Medizinmann.*

Diese für ihn beleidigende Bezeichnung wurde in diesem Zusammenhang des Öfteren gebraucht, und schon damals hatte er sich geschworen, dass er diese *Menschen* irgendwann eines Besseren belehren würde.

Weder sein Vater noch seine Mutter wussten, dass Michael einmal unwissentlich seinem Großvater gefolgt war. Aber auch für ihn galt das, was für viele andere Jugendliche in diesem Alter gilt:

Verbotenes macht neugierig.

So konnte er miterleben, wie sich sein Großvater mit drei anderen Alten traf und sie über verschiedene Dinge redeten, die in Michael sowohl Unglauben, als auch Schauder und Entsetzen verursachten, ihn jedoch gleichzeitig faszinierten.

Da war die Rede von einem Bokor.

Michael konnte im Laufe des Gesprächs mitbekommen, dass es sich dabei um einen schwarzen Priester des Voodoo handelte. Um einen Heiler, der von den Eingeweihten ausgestoßenen wurde, da er sich der schwarzen Magie verschworen hatte.

Es wurden Beispiele dieser schwarzen Magie erzählt. Dies ging über die negative Verwendung von Fetischen, über geheime Rituale um anderen Schaden zuzufügen. Auch über Praktiken des Totenkults wurde gesprochen, dass man sogar versucht hatte, Tote durch uralte, verbotene Opferzeremonien wieder zum Leben zu erwecken.

Am meisten jedoch faszinierten Michael die Erzählungen über die Voodoo-Puppen-Rituale.

Normalerweise wurden diese nur zu Heilungszwecken aus der Ferne eingesetzt, denn sie sind aus der Not der Sklaven heraus entstanden, denen einst die freie Ausübung ihrer Religion untersagt wurde. In die angefertigten Puppen wurde mit Nadeln hinein gestochen, um Krankheit und Schaden von der betroffenen Person abzuwenden.

Allerdings nutzten die Priester der schwarzen Magie dieses Ritual dazu, um die Puppen an bestimmten Stellen mit ihren Nadeln zu durchbohren und dem Betroffenen so körperlichen Schaden zuzufügen, oder ihn im schlimmsten Falle sogar zu töten.

Als Michael zurückgekehrt war und sich schlafen gelegt hatte, fand er in dieser Nacht keine Ruhe mehr. Er wusste, dass er das was er eben gehört hatte, gar nicht hätte erfahren dürfen. Sein Großvater hatte ihm stets von den guten Seiten des Voodoo berichtet, ihm die heilenden Möglichkeiten der uralten Überlieferungen geschildert und auch gezeigt. Ihn teilhaben lassen an der religiösen Einstellung der Gläubigen und ihm stets erklärt wie wichtig es ist, sich mit der Natur im Einklang zu befinden.

Michael hatte ihm versprochen, sich niemals gegen die Grundsätze der Natur zu stellen, und auch später einmal die Weisheiten seines Großvaters in all seiner Erinnerung mit zu leben.

Er wollte das Alte mit dem Neuen verbinden, die Kräfte der Natur mit den Errungenschaften der modernen Medizin zum Wohle der Menschen. Doch jetzt, Jahre später, war mit einem Schlag plötzlich alles anders. Das Schicksal hatte erbarmungslos in der Familie Akebe zugeschlagen und dabei seine bösen Narben hinterlassen. Michael hatte lange ausgeharrt, lange geschwiegen. Zu lange schon, wie er glaubte. Eines jedoch hatte er dabei niemals verloren: Den Glauben an die Gerechtigkeit der Natur.

Die Natur, dachte sich Michael, *wenn sie geschlagen wird, dann rächt sie sich irgendwann.*

Auch er fühlte sich seit damals in seiner Familie geschlagen, und auch er wollte jetzt nur noch dieses Eine: Gerechtigkeit und Rache!

Michael Akebe glaubte zu wissen, was er seinem Vater schuldig war. Alles soll mit dem Ganzen im Einklang sein, nichts Böses darf ungeahnt bleiben. Die Natur löscht irgendwann das aus, was ihr Schaden zufügt. Seiner Familie wurde Schaden zugefügt und er würde jetzt dafür sorgen, dass die Ursachen dafür beseitigt würden und er würde es so tun, dass die ganze Stadt es miterleben konnte. Hier in Nördlingen gab es seiner Meinung nach keinen besseren Ort dafür als den Turm der St. Georgskirche, den Daniel. Er stand im Mittelpunkt dieser historischen Stadt und war in den Augen des Arztes somit ein würdiger Platz, um alles wieder in seine natürliche Ordnung zu bringen.

3. KAPITEL

Michael Akebe öffnete das Fenster seiner Arztpraxis, durch welches er freien Blick auf den Kirchturm hatte. Seine inzwischen wieder hellwachen Augen richteten sich hinauf zur Spitze des Daniel, dem Turm der Nördlinger St. Georgskirche. Er sah die erleuchteten Fenster unter der Turmspitze und erkannte einen beweglichen Schatten.

Michael sah auf seine Armbanduhr. Es war kurz vor 22:00 Uhr, und somit würde es nicht mehr lange dauern, bis sich dieser Schatten in Gestalt des Türmers nach draußen bewegen und so wie jeden Abend seiner Aufgabe nachkommen würde. Nur dieses Mal würde es anders sein. An diesem Abend sollte sich den Touristen und Einwohnern ein schauriges Erlebnis bieten, welches ihnen noch lange im Gedächtnis bleiben würde. Michael sah den Mann nach draußen treten.

Erst vor einigen Tagen war er selbst auf den Daniel gestiegen, um sich auf diesen Moment vorzubereiten. Er hatte den Türmer Markus Stetter darum gebeten, ihm doch verschiedene Einzelheiten über seine Arbeit hier oben zu erklären.

Michael zeigte sich sehr interessiert an den Erzählungen. Er durfte auch in die Stube des Türmers hinein. Diese war nicht sonderlich groß, jedoch für die Verhältnisse zweckmäßig und schon relativ modern ausgestattet. Im hinteren Teil des Raumes war unterhalb der Decke ein großer Flachbildschirmfernseher mit einer Wandhalterung angebracht, und die Türmerstube verfügte auch über einen Internetanschluss. Michael sah ein Netbook auf dem kleinen Tisch stehen. An der rechten Seite befand sich ein alter Kachelofen, der an kalten Tagen eine wohlige Wärme verbreitete. Oberhalb dieses Ofens an der Wand hingen in einem Halbkreis Bilder von den Turmwächtern vergangener Generationen.

Seit der Fertigstellung des Daniel im Jahre 1492 waren diese Männer hier oben in ihrer Eigenschaft als Türmer tätig, und wachten so über die Stadt. In der heutigen Zeit beschränken sich die Tätigkeiten von Markus Stetter jedoch in erster Linie auf den Tourismus. Aus aller Herren Länder kommen die Menschen nach Nördlingen und besuchen dabei auch das Wahrzeichen der Stadt.

Neben den Erklärungen und den Geschichten für die Touristen sorgt Markus auch für Ordnung in gewissen Bereichen des Daniel. Unterstützung hat er dabei durch einige Kameras, die innerhalb des gesamten Turmes verteilt sind. Die beiden Überwachungsmonitore hatte Michael Akebe bereits vor dem Betreten der Türmerstube hinter dem Tresen von Markus Stetter entdeckt.

Als er an diesem vorbei durch die Türe trat, fuhr er dem Mann wie zufällig über seine Kleidung und steckte sich unbemerkt einige darauf befindliche Haare in eine kleine Tüte in seiner Tasche.

Nachdem der Türmer das helle Läuten der kleinen Glocke am Ende der Treppe vernahm, ging er kurz nach draußen, um den auf dem Turm angekommenen Besuchern die Eintrittskarten und eventuell einige Souvenirs zu verkaufen.

Diesen Moment nutzte Michael Akebe, um vom Tisch ein Trinkglas an sich zu nehmen. Er steckte es ebenfalls rasch in eine der mitgebrachten Plastiktüten, und ließ diese dann kurzerhand in der Tasche seiner Jacke verschwinden. Damit war alles erledigt, was er sich vorgenommen hatte.

Michael verließ das Zimmer wieder, bedankte sich bei Markus Stetter für dessen interessante Ausführungen, und stieg anschließend die letzten Stufen der Treppe hinauf. Als er hinaus auf die Brüstung des Daniel trat, vernahm er ein seltsames Kribbeln in sich. Er beugte sich über die halbhohe Mauer und sah in die Tiefe. Wer immer auch den Arzt in diesem Moment beobachtet hätte, dem wäre sicherlich das seltsame Lächeln auf dessen Lippen aufgefallen.

Der Nachthimmel war sternenklar, und so konnte man selbst aus einiger Entfernung wie auch vom Fuße des Daniel erkennen, als der Türmer auf die Brüstung trat. Michael Akebe spürte, wie sich feine Schweißtropfen auf seiner Stirn bildeten und ging nun zu einem Tresor, der sich in der Ecke seiner Praxis befand. Er drehte das Zahlenschloss, bis sich die kleine Stahltüre öffnen ließ, und holte aus dem untersten Fach eine schwarze Figur hervor.

Der Arzt betrachtete die Puppe, die er nach langem Entschluss und mit äußerster Sorgfalt an einem der letzten Abende angefertigt hatte. Sie war unscheinbar, geformt aus Wachs. Jedoch bei genauerem Betrachten würde jeder richtige Nördlinger erkennen, dass es sich bei den Stoffresten, in welche die Figur gehüllt war, um eine verblüffende Ähnlichkeit mit der historischen Bekleidung des Nördlinger Turmwächters handelte.

Seit Michael Akebe vor etwas mehr als einer Woche erfahren hatte, dass die wahren Umstände die zum Tod seines Vaters geführt hatten, vorsätzlich und aus Eigennutz vertuscht wurden hatte er sich dazu entschlossen, alle daran Beteiligten ihrer gerechten Strafe zuzuführen. Sie hatten den Kummer und das Leid von anderen zu ihrem eigenen Vorteil in Kauf genommen, und dafür würden sie nun ihrerseits Kummer und Leid erfahren müssen.

Denn Michael war tief in seiner vor Trauer vernarbten Seele davon überzeugt, dass nur durch seine Vergeltung das natürliche Gleichgewicht in den Familien wieder hergestellt werden konnte.

Um sein Vorhaben durchzuführen, wollte der Arzt einen bestimmten Voodoo-Zauber anwenden. Mit Hilfe eines Wedo-Ouanga wollte er die Schuldigen bestrafen, um so seine selbst erlittenen Qualen loszuwerden.

Dieses ganz spezielle Ritual wird angewandt, um einem anderen Lebewesen körperlichen Schaden zuzufügen. Neben diesem Ritual gibt es weitere, die sowohl zu negativen aber auch positiven Ergebnissen führen können.

Noch einmal fiel Michael Akebes prüfender Blick auf die Puppe. Die einzelnen Haare, die er bei seinem Besuch auf dem Daniel unauffällig von der Kleidung des Türmers gestreift hatte, waren am Kopf angebracht.

Mit den Getränkeresten des Trinkglases aus der Stube des Turmwächters hatte er den Stoff der

Puppe benetzt. Er betrachtete die beiden Nadeln, die nur mit ihrer Spitze in Brust und Kopf gestochen waren, und stellte dann die Figur auf den inneren Sims des Fensters. Auf diesen hatte Michael Akebe mit einem Pulver, welches er aus dem Nachlass seines Großvaters hervorgeholt hatte, ein seltsames Gebilde geformt.

Dieses sah aus wie ein schmiedeeisernes Gitter. Diese Form, ein so genanntes Vèvè, war das Emblem eines Loa, einer Gottheit aus dem Voodoo. Diese Embleme stellen oft die Eigenschaften der Loas graphisch dar.

Die Loa-Petro bezeichnen die negativen Gottheiten des Voodoo. Im Gegensatz dazu kennt man die Rada-Loa, welche für die positiven Seiten des Lebens stehen. Der wichtigste der Loas ist wohl Papa Legba, der im Christentum am ehesten mit Petrus zu vergleichen ist.

Erzulie, eine Göttin der Schönheit, vergleichbar mit der griechischen Göttin Aphrodite, oder Ogoun, der oberste Krieger unter den Loas. Oft haben Loas verschiedene Aspekte, die sich in Auftreten und Funktion unterscheiden. Ein erwähnenswerter Aspekt von Ougun ist Ougun Deux Manières. Er wird sowohl im Petro-, als auch im Rada-Voodoo verehrt.

Eine Parallele zu anderen Religionen ist die Ähnlichkeit mit dem römischen Kriegsgott Mars. Je nach Absicht des Anrufers eines Loa kann sowohl die positive als auch die negative Eigenschaft erbeten werden.

Dass Michael Akebe mit seinem Vorhaben sowohl in rechtlicher als auch in moralischer Hinsicht keineswegs positiv handelte, war ihm durchaus bewusst. Gerechtigkeit wollte er auch nur im Sinne seiner eigenen Vorstellung. Und Ougun wollte er dabei um dessen Hilfe bitten. Als Opfergaben für das Ritual hatte der Arzt verschiedene Dinge bereitgelegt, welche nach einem genau vorgeschriebenen Zeremoniell vorbereitet wurden.

So G'sell So, waren die Worte des historischen Rufes hoch oben vom Turm vernehmen.

Der kühle Nachtwind trug die Worte wie ein Startsignal an Michael Akebes Ohren. Seine Augen hatten einen seltsamen Glanz angenommen. Tiefschwarz erschienen die Pupillen in der gelblich verfärbten Iris. Als er nach der Puppe griff, sprach er mit monotoner Stimmlage uralte Worte in der Sprache seiner Vorfahren. Dabei stellte er die Puppe in die Mitte des Vèvè.

Nachdem die Worte des Türmers aus der Ferne verklungen waren, hob er die Figur auf den äußeren Fenstersims, hielt sie noch kurz in seiner Hand, bevor er ihr die beiden Nadeln mit einem tiefen Seufzer durch den Wachskörper jagte, dann ließ er sie vom Sims aus dem zweiten Stockwerk nach unten auf das Pflaster fallen.

4. KAPITEL

Der Daniel. Turm der Nördlinger St. Georgskirche. Mit seinen 89,9 Metern Höhe ragt er stolz in den Himmel der Stadt, die jährlich von Touristen aus aller Herren Länder besucht wird.

350 Stufen sind hinauf zu steigen, um am Westportal der spätgotischen Hallenkirche bis unter die Spitze des Turmes zu gelangen. Im Jahre 1454 wurde für ihn der Grundstein gelegt, und es dauerte 38 weitere Jahre bis zu seiner Fertigstellung.

Bei entsprechender Wetterlage erhält man von der Brüstung einen überwältigenden Ausblick über die gesamte Stadt mit ihrem historischen Altstadtkern, sowie über das fast gesamte Donau-Ries. Dieses war vor mehr als 14 Millionen Jahren entstanden, nachdem ein Asteroid mit ca. 100.000 km/h in die Erde einschlug, und dabei einen Krater von 25 km Durchmesser und 1000 m Tiefe hinterließ.

Seinen Namen erhielt der Turm aus dem Volksmund wohl nach einem Bibelvers (Daniel 2,48): "Und der König erhöhte Daniel und ... machte ihn zum Fürsten über das ganze Land".

In der Turmstube wohnt seit jeher der Türmer, der über die Stadt zu wachen hatte. Traditionsgemäß ruft er auch heute noch sein *So G'sell So* halbstündlich zwischen 22:00 Uhr und Mitternacht. Durch diesen Ruf sollte der Geschichte nach, die Verbindung zu den Wächtern an den Stadttoren aufrechterhalten werden, um deren Wachsamkeit wechselseitig zu kontrollieren. Diesen Beruf des

Türmers gibt es so nur noch zweimal in Europa, nämlich in Münster auf St. Lamberti und in der Marienkirche im polnischen Krakau.

Wie an so manchem Abend, so hielten sich auch heute Touristen und Einheimische am Fuße des Daniel auf, um diesem historischen Ruf zu lauschen. Die Augenpaare der Menschen waren in Richtung Turmspitze gereckt, als die Stimme des Mannes von hoch oben erklang. Blitzlichter aus einigen Kameras erhellten mehrmals die Dunkelheit, um die Erinnerung an diesen Abend festzuhalten. Auch die eine oder andere Videokamera richtete sich nach oben, unwissentlich zu diesem Zeitpunkt, dass damit in wenigen Augenblicken eine Tragödie aufgezeichnet werden sollte.

Eine Touristengruppe mit ihrem Stadtführer machte sich bereits auf ihren Platz zu verlassen, als plötzlich ein Raunen durch die Reihen der Anwesenden ging. Stimmen wurden lauter, Menschen in verschiedenen Sprachen redeten durcheinander, Fingerspitzen zeigten nach oben. Aber erst als sich aus dem Munde einer Japanerin ein Entsetzensschrei löste, starrten alle Augen wie gebannt in Richtung Turmspitze.

Sie sahen den Türmer wankend auf der Brüstung stehen, gehalten wie von einer unsichtbaren Hand. Er ruderte noch kurz mit den Armen, schien verzweifelt nach einer Möglichkeit zu suchen sich irgendwo festzuhalten, um jedoch Augenblicke später mit einem bis ins Mark erschütternden Schrei in die Tiefe zu fallen.

Wenige Sekunden später vernahmen die vor

Schreck erstarrten Menschen nur noch das Geräusch des auf dem Kopfsteinpflaster aufprallenden Körpers.

5. KAPITEL

Markus Stetter legte seine Unterlagen zur Seite. Er hatte wie jeden Tag die Eintragungen über die Eintrittsgelder und die verkauften Souvenirs vorgenommen. Dies geschah noch immer in Handarbeit, die Daten wurden erst später elektronisch erfasst und archiviert. Nachdem er auch noch den Bestand der vorhandenen Andenken kontrolliert hatte, blickte er auf die Uhr.

Es war kurz vor 22:00 Uhr und gleich würde er wie jeden Abend zum ersten Mal hinaustreten an die Brüstung, um seinen Wächterruf über die Stadt ertönen zu lassen. Er war schon seit einigen Jahren als Türmer hier oben auf dem Nördlinger Daniel, und er liebte diesen Job. Das Treppensteigen machte ihm nichts aus, und wann immer irgendwelche Dinge den Turm hinauf transportiert werden mussten, geschah dies durch einen elektrisch betriebenen Aufzug.

Dass dies nicht immer so war, können die Besucher des Turmes während ihres Aufstiegs in Erfahrung bringen. An der dritten Ebene etwa 35 Meter über dem Boden, ist auch heute noch ein altes hölzernes Laufrad zu sehen, über welches einst der erste Aufzug im Turm betrieben wurde. Dieses Rad mussten mehrere Personen, meist waren dies Häftlinge, durch ihre Körperkraft in Bewegung halten.

Markus Stetter war hier oben mehr oder weniger sein eigener Herr. Er kümmerte sich darum, dass die ankommenden Besucher stets ihren Wissensdurst und ihre Neugier gestillt bekamen. Er sorgte auch für Ordnung und Sauberkeit auf der siebten Ebene des Turmes, die direkt unterhalb seines kleinen Wohnbereiches lag. Daneben zählte auch die Betreuung einer kleinen Wetterstation zu seinen Aufgaben.

Als er in die Dunkelheit hinaus trat, ging sein Blick hinauf zum Firmament. Er spürte die frische Nachtluft und genoss für einen Augenblick wieder den fast sternenklaren Himmel. Er liebte diese Ruhe hier oben, zog die abendliche Einsamkeit dem hektischen Alltagstreiben vor. Kurz und gut: er war mit sich und seiner Situation mehr als zufrieden.

Als er sich an die Nordseite des Turmes begab, sah er kurz über die Brüstung nach unten. Wie fast an jedem Abend erkannte er auch heute wieder einige Touristen auf dem Vorplatz der Kirche. Sie alle warteten sicherlich darauf, dass er endlich sein *So G'sell So* in den Nachthimmel rief. Er war noch immer erstaunt darüber, dass dieses Zeremoniell Menschen aus aller Welt anlockte. Aber er war ja auch einer der Wenigen seines Standes. Türmer zu sein, dazu gehört eben mehr als nur Interesse an der historischen Vergangenheit eines Bauwerkes wie dem Daniel.

Als Markus Stetter sich von der Brüstung zurückzog, verspürte er ein seltsames und unangenehmes Kribbeln in den Beinen. Eine beklemmende Enge ergriff Besitz von seinem Köper. *Zu lange nach unten gesehen* dachte er kurz bei sich, sog einige Male tief die kühle Nachtluft in seine Lungen, legte beide Hände seitlich an den Mund und setzte zu seinem allabendlichen Ruf an.

So G'sell So tönte es wieder hinaus in Richtung der historischen Altstadt.

Als sich der Türmer anschließend zu seinem nächsten Standplatz begeben wollte, hatte er plötzlich das Gefühl, festgehalten zu werden. Seine Beine schienen sich keinen Zentimeter bewegen zu wollen. Wie gelähmt stand er auf der Stelle. Wirre Gedanken schwirrten durch seinen Kopf. Schwächeanfall? Höhenkoller? Was war plötzlich mit ihm los?

Eine panische Unruhe ergriff Besitz von ihm. Er fühlte sich auf einmal eingeengt hier oben, mehr als 60 Meter über dem Boden. Er musste weg, dachte sogar einen kurzen Augenblick daran, um Hilfe zu rufen. Angst machte sich in ihm breit. Nicht mehr in der Lage, einen klaren Gedanken zu fassen, kletterte er wie von Sinnen auf die Brüstung. Er richtete sich auf, stand kerzengerade da, als er einen stechenden Schmerz in der Brust fühlte.

Markus Stetter griff sich an den Oberkörper, versuchte, dabei das Gleichgewicht nicht zu verlieren. Er schwankte zur Seite, suchte verzweifelt nach einer Möglichkeit sich festzuhalten. Doch da war nichts, das er greifen konnte.

Nachdem er sich urplötzlich seiner Situation bewusst wurde, fiel sein Blick in die Tiefe. Er ruderte mit den Armen, wollte das Unvermeidliche irgendwie noch verhindern. Als er fühlte, dass seine Beine den Kontakt verloren, löste sich ein angsterfüllter Schrei von seinen Lippen und er stürzte in die Tiefe.

Eine gnädige Ohnmacht riss ihn in ein schwarzes Loch und so spürte er nichts mehr davon, als sein

Körper auf dem Kopfsteinpflaster aufschlug. Innerhalb nur weniger Augenblicke füllte sich der Platz vor der St. Georgskirche immer mehr mit neugierigen Zuschauern.

Der Führer einer Touristengruppe war es, der am schnellsten reagierte. Er griff aufgeregt zu seinem Handy und drückte mit zitternden Fingern eine der für den Notfall gespeicherten Kurzwahltasten. Sekunden später meldete sich am anderen Ende ein Beamter der Nördlinger Polizei.

6. KAPITEL

Manfred Kramer, Hauptwachtmeister in der Nördlinger Polizeiinspektion, hatte erst vor einigen Minuten seinen Dienst zur Nachtschicht angetreten. Er war gerade dabei die Unterlagen des vergangenen Tages durchzusehen, um sich ein Bild der Geschehnisse zu machen, als er das Läuten des Diensttelefons vernahm. Er und sein Kollege griffen fast gleichzeitig nach dem Hörer.

„Polizeiinspektion Nördlingen, Kramer", meldete er sich kurz und knapp.

Nach einigen Sekunden des Zuhörens forderte er den Anrufer ungläubig auf, seine Worte noch einmal zu wiederholen. Gleichzeitig schaltete er den Lautsprecher des Apparates ein, und gab seinem Kollegen ein Zeichen mit zu hören.

„Schnell... an der Kirche... es ist jemand vom Turm gestürzt... der Türmer... machen sie doch schnell. Bitte beeilen sie sich...", vernahmen die beiden Polizisten die vor Aufregung stotternde Stimme aus dem Lautsprecher.

Manfred Kramer versuchte, den Anrufer etwas zu beruhigen. Im ersten Moment dachte er an einen Scherz, vielleicht ein Jugendlicher oder ein Betrunkener. Als er aber im Hintergrund aufgeregtes Geschrei und hektische Stimmen vernahm, sah er seinen Kollegen fragend an. Dieser war zum Fenster des Büros gegangen und hatte es auch schon geöffnet.

Da das Polizeigebäude nur wenige Straßen von

der St. Georgskirche entfernt lag, konnte man durch das offene Fenster das ferne Stimmengewirr vernehmen.

Kramer wies den Mann am Telefon an sich von der Unfallstelle fern zu halten und Nichts zu berühren oder zu verändern. Als er den Hörer auflegte, hatte sein Kollege bereits die Mütze in der Hand und griff nach dem Schlüssel eines Dienstwagens.

Im Laufschritt verließen die beiden Beamten ihr Büro und spurteten durch den Gang hindurch in Richtung des Ausgangs zum Innenhof. Nur wenige Sekunden später, als der Motor des Polizeiwagens aufheulte, das Blaulicht gespenstisch den Nachthimmel erleuchtete und der Lärm des Martinshorns die nächtliche Stille durchdrang, öffnete sich bereits das Hoftor zur Innenstadt.

7. KAPITEL

Michael Akebe beobachtete mit verzerrtem Gesicht am geöffneten Fenster seiner Arztpraxis wie die Gestalt auf die Brüstung des Daniel kletterte, und dort für einen kurzen Augenblick wankend verharrte.

Als er die Puppe nach unten fallen ließ, wahrnahm, dass im gleichen Augenblick der wankende Körper des Türmers schreiend in die Tiefe stürzte, vernahm er fast gleichzeitig den Entsetzensschrei einer Frauenstimme. Dieser kam direkt aus der Richtung der Kirche. Kurze Zeit später öffnete sich nur wenige Straßen weiter das automatische Tor zum Hof der Nördlinger Polizeiinspektion, und ein Streifenwagen verließ mit Blaulicht und dem ohrenbetäubenden Signal des Martinhorns das Gelände.

Der verzerrte Blick des Arztes entspannte sich langsam wieder. *Der erste Schritt ist getan, die Gerechtigkeit nimmt ihren Lauf,* dachte er bei sich. *Die uralten Gesetze des Voodoo werden den Teil der menschlichen Natur wieder ins Gleichgewicht bringen, den der Tod meines Vaters ungleich werden ließ.*

Er schloss das Fenster, griff nach seiner schwarzen Tasche und machte sich auf den Weg nach unten. Er wollte als Arzt wenigstens am Ort des Geschehens sein um seine Hilfe anzubieten. Auch wenn er in diesem Augenblick wusste, dass für den Türmer jede Hilfe zu spät kommen würde. Einen Sturz aus über 60 Metern Höhe zu überleben würde einem Wunder gleich kommen.

Nachdem er das Haus verlassen hatte, ging er unter dem Fenster vorbei, aus welchem er kurz zuvor die Puppe fallengelassen hatte. Nach ihr suchend fand er nur ein deformiertes Etwas aus Wachs auf dem Gehweg vor.

Vermutlich wird er ebenfalls so aussehen, dachte Michael Akebe bei sich.

Er bückte sich nach dem Teil und steckte es kurzerhand in seine Jackentasche. Im gleichen Augenblick als er sich erhob, konnte er aus Richtung des Reimlinger Tores bereits das Signal des heranfahrenden Notarztfahrzeuges vernehmen. Als dieser dann gefolgt von einem Rettungswagen an ihm vorbei brauste, begab auch er sich auf dem schnellsten Weg zur Kirche.

Die verzweifelten Blicke seiner Mutter, die ihn vom Fenster ihrer Wohnung aus beobachtet hatte, nahm er nicht wahr. Zu sehr war er mit den Geschehnissen der letzten Minuten beschäftigt gewesen. Kurze Zeit später, als er sich den Weg durch die sich bereits angesammelte Menschenmenge bahnte, musste er auch an den Polizeibeamten vorbei, die inzwischen Verstärkung erhalten hatten und um den Ort des Geschehens bereits eine Absperrung errichteten. Nachdem sie den Arzt erblickten, gewährten sie ihm ohne Widerspruch Durchlass.

„Vorsicht, Doktor Akebe", sprach ihn einer der Beamten an. „Der Anblick der Sie erwartet ist nicht gerade angenehm. Der Mann, bzw. das was dort am Boden liegt, sieht nicht sehr erfreulich aus."

Kann ich mir vorstellen, dachte der Arzt bei sich. *Aber die Natur in ihrer Ganzheit kann nicht nur strahlend schön, sondern auch grausam und unbarmherzig sein.*

Als er den abgedeckten Leichnam erreichte, ging er kurz in die Knie, zog die Decke etwas zur Seite, und betrachtete für einen Augenblick den zerschmetterten Körper des Türmers.

„Nein", sagte er zu dem Polizisten, der ihn begleitet hatte, um ihn vor den neugierigen Blicken der Menschenmenge zu schützen. „Dieser Anblick ist nun wahrlich kein Augenschmaus."

Er blickte über die Schulter nach oben in das Gesicht des Beamten und bemerkte dessen fahle Gesichtsfarbe. Dem Mann bereitete der Anblick des blutigen, deformierten menschlichen Körpers sichtliches Unbehagen.

Michael Akebe öffnete seine schwarze Tasche, griff nach einem Tablettenröhrchen, öffnete dieses, und gab dem Beamten eine der weißen Pillen.

„Nehmen Sie. Danach wird es Ihnen bald etwas besser gehen. Keine Bange, es ist kein Beruhigungsmittel. Nur etwas zur Unterstützung Ihres Kreislaufs."

Der Polizist nahm das Medikament dankend entgegen und begab sich zum Rettungswagen, um es dort mit einem Schluck Wasser zu sich zu nehmen.

Michael Akebe zog die Decke wieder über den Leichnam, erhob sich langsam, und lenkte seine Schritte in Richtung eines der Polizeifahrzeuge. Er wollte sich zunächst um die japanische Touristin kümmern, die durch das Geschehen anscheinend einen schweren Schock erlitten hatte. Diese sah er auf dem Rücksitz liegend in eine Decke gehüllt.

Eine Polizeibeamtin kümmerte sich um die Frau, indem sie beruhigend auf sie einzureden versuchte. Als der Arzt an das Fahrzeug herantrat, konnte er unweigerlich den Schockzustand der Passantin feststellen.

Da inzwischen auch ein weiterer Rettungswagen eingetroffen war, half Michael gemeinsam mit der Polizistin der Frau aus dem Wagen und begleitete sie zu einem der Sanitäter, der sie sogleich in seine Obhut nahm. Anschließend besprach er mit dem Notarzt die Sachlage. Sie begaben sich gemeinsam zu der Stelle, an welcher der Tote lag.

„Wie konnte er nur von da oben herunter fallen?", fragte der Notarzt mit einem Blick nach oben mehr zu sich selbst gesprochen, als die Frage an seinen Kollegen zu richten. „Von ganz allein kann kein Mensch über die Brüstung stürzen. Da muss doch jemand nachgeholfen haben."

Mit dieser Vermutung könntest du gar nicht so unrecht haben, murmelte Michael Akebe etwas lauter zu sich selbst, als er eigentlich wollte.

„Wie meinen Sie das denn, Herr Kollege?" Der Notarzt drehte fragend den Kopf in die Richtung des Kollegen.

„Wie? Ach, nichts Besonderes" gab dieser schnell, jedoch ein wenig erschrocken über seine etwas unbedacht laute Äußerung zurück. „Vielleicht war er es ja auch selbst, der nachgeholfen hat. Wer weiß schon was in einem Menschen vorgeht, der ständig alleine dort oben lebt?"

Der Notarzt schaute ihn jetzt fragend an. „Sie vermuten also einen Suizid?"

„Nun, wenn ich dem Gerede verschiedener Passanten hier Glauben schenken kann, dann scheint dies momentan die einzige Erklärung dafür zu sein, denn angeblich sei der Tote einfach auf der Brüstung erschienen, um dort nach einigem Zögern in die Tiefe zu stürzen."

„Das kann ich mir beim besten Willen nicht vorstellen", schüttelte der Notarzt ungläubig seinen Kopf. „Ich kannte Markus Stetter und seine Familie ganz gut. Sein Vater und ich teilen ein Hobby. Afrika.

Ich traf mich früher fast regelmäßig mit ihm. Leider wurden diese Treffen in den letzten Jahren immer seltener. Der alte Stetter ist seit seiner Pensionierung nicht mehr der, der er einmal war. Scheint sich wohl aufs Altenteil abgeschoben zu fühlen. Wenn *er* hier liegen würde, so könnte ich Ihre Vermutung womöglich noch teilen. Aber dass Markus psychische Probleme gehabt hätte? Nein, da wüsste ich sicherlich davon. Es muss irgendetwas Anderes im Spiel gewesen sein. Warten wir ab bis der Staatsanwalt vor Ort ist und die Ermittlungen aufgenommen werden. Einen Selbstmord kann ich mir absolut nicht vorstellen. Ich bin gespannt darauf, was die Obduktion ergeben wird."

„In diesem Punkt könnte ich Ihnen zustimmen, Herr Kollege", sagte Michael Akebe. „Gerd Stetter ist einer meiner Patienten. Ihm scheint es wirklich in den letzten Jahren nicht besonders gut zu gehen. Ich kann ihnen zwar keine Auskunft über seine Besuche in meiner Praxis geben, aber auf Grund ihrer persönlichen Bekanntschaft doch diese Vermutung von meiner Seite her bestätigen."

„Ja, ich weiß, dass die alten Stetters schon lange Ihre Patienten sind", bestätigte der Notarzt. „Gerd Stetter hat mir früher das eine oder andere Mal gestanden, dass er sich gerne mit Ihnen über Ihre Heimat unterhalten würde, irgendwie aber nie die richtige Gelegenheit dafür gefunden hätte.

Nur seltsam, dass er bei den wenigen Treffen in den letzten Jahren nichts mehr davon erwähnt hat. Ihm schien sein Hobby sehr am Herzen zu liegen. Sein Interesse an Afrika schien mir doch recht intensiv zu sein. Ich kann mir kaum vorstellen was passiert sein könnte, dass dies so in den Hintergrund getreten ist."

Ich kenne in der Zwischenzeit den Grund dafür, dachte sich Michael, während sich sein Kollege aus der Hocke erhob. Er drehte seinen Kopf zur Seite, hielt nach einem Polizisten Ausschau, und rief diesen zu sich heran.

„Wissen Sie darüber Bescheid, ob denn schon jemand die Eltern von Markus Stetter verständigt hat? Wir sollten auf jeden Fall jemanden vorbei schicken der in der Lage ist, den beiden diese Nachricht schonend beizubringen. Sofern das in einem Fall wie diesem hier überhaupt möglich ist."

Abermals wandte er seinen Blick Michael Akebe zu.

„Todesnachrichten zu übermitteln ist die eine Sache, aber das hier …? Bitte sorgen Sie dafür, dass man sich umgehend darum kümmert", bat er schließlich den sichtlich betroffenen Polizisten.

Während der Notarzt mit dem Polizeibeamten

sprach, dachte Michael Akebe kurz über die Worte seines Kollegen nach, versuchte, sich an den einen oder anderen Besuch der Stetters in seiner Sprechstunde zu erinnern.

Stimmt. Ihm fiel nun ein, dass ihm Gerd Stetter einmal während eines EKGs ziemlich viele Fragen über seine Herkunft gestellt hatte. Michael ging anfangs nicht näher darauf ein, da er im Laufe der Jahre in diesen Dingen sehr sensibel und vorsichtig geworden war. Manche Menschen wurden ganz unbedacht und unbewusst in ihren Äußerungen über Ausländer verletzend. Manche auch provozierend.

Einen Patienten bat er in der Vergangenheit deshalb sogar, nicht mehr in seine Sprechstunde zu kommen, sollte er seine Vorurteile nicht für sich behalten. Michael erinnerte sich nun wieder etwas genauer an besagten Tag.

Stetters Frau war sogar ein wenig peinlich berührt von den vielen persönlichen Fragen ihres Mannes.

Nun lass doch Gerd. Doktor Akebe ist unser Arzt und nicht dein persönlicher Reiseleiter.

So, oder so ähnlich reagierte sie damals auf die vielen Fragen ihres Mannes. Nachdem Michael aber festgestellt hatte, dass das Interesse Stetters sich wirklich nur auf die Kultur seiner Heimat bezog, hatte er ihm auch gerne die eine oder andere Auskunft oder literarische Empfehlung gegeben. Was aber auch stimmte, war die Tatsache, dass dieses Interesse in den letzten Jahren fast vollkommen verschwunden schien.

Michael schob dies auf die Reaktionen von Frau Stetter, der ja die persönliche Fragerei ihres Mannes immer peinlich war. Erst seit besagtem Abend, an dem Stetter ihm vom Unfall seines Vaters gebeichtet hatte, wusste er es besser. Es war wohl Gerd Stetters Gewissen, das ihn davon abhielt, den Hausarzt mit seinen persönlichen Fragen zu löchern. Sicherlich hatte er bemerkt, dass Michael seither nicht mehr so frei und offen über dieses Thema sprechen mochte.

8. KAPITEL

Antonia und Gerd Stetter waren gerade dabei ins Bett zu gehen, als sie die Türglocke hörten. Sie konnten sich im ersten Moment nicht vorstellen, wer um diese Zeit noch zu ihnen kommen sollte.

Als Gerd Stetter die Haustüre öffnete und die beiden Polizeibeamten erkannte wusste er zunächst nicht, wie er die Situation deuten sollte. Er bat die beiden Männer ins Haus und führte sie in das Wohnzimmer. Antonia Stetter kam im gleichen Augenblick hinzu. Als sie in die Gesichter der beiden Männer blickte ahnte sie sofort, dass etwas Schreckliches geschehen sein musste. Ihr kam der Lärm der vergangenen Stunden in den Sinn. Sie erinnerte sich urplötzlich an das Geheul der Sirenen, das selbst durch die geschlossenen Fenster nicht zu überhören war.

Sie dachte dabei auch gleich an einen Unfall, und hatte in diesem Moment Mitleid mit den Betroffenen und Angehörigen. Als sie nun jedoch die beiden Polizisten im Wohnzimmer sah ahnte sie bereits, dass dieses Geschehen am Abend unmittelbar sie selbst betreffen würde. Sie fühlte eine furchtbare Unruhe in sich hochsteigen und begab sich zu einem der Wohnzimmersessel, um sich langsam darin nieder zu lassen.

Gerd Stetter stand indes regungslos an die Zimmertüre gelehnt, und beobachtete mit bangem Blick die beiden Männer.

Man konnte ihnen ansehen, dass es wohl zu den schlimmsten Aufgaben gehörte, eine Todesnachricht zu übermitteln.

„Es tut uns leid, dass wir Ihnen diese Nachricht überbringen müssen", sagte einer der Beiden zu Gerd Stetter gewandt. „Es handelt sich um Ihren Sohn Markus."

Antonia Stetter fühlte in diesem Augenblick, wie eine Eiseskälte ihren Rücken hinaufstieg. Sie schlug beide Hände ins Gesicht, und fragte mit leiser, zitternder Stimme:

„Was ist mit Markus? Hatte er einen Unfall? Er ist doch um diese Zeit oben auf dem Daniel. Um Himmels Willen, so sagen Sie uns doch was passiert ist."

„Den genauen Hergang des Geschehens kennt leider niemand. Als wir verständigt wurden und am Daniel eintrafen, lag Ihr Sohn bereits tot auf dem Platz vor dem Turm. Laut Zeugenaussagen sei er auf die Brüstung gestiegen und dann nach einigem Zögern in die Tiefe gestürzt. Völlig unverständlich, wie es dazu kommen konnte. Die Kollegen aus Augsburg sind bereits verständigt und auf dem Weg hierher. Wir müssen Sie nun bitten, uns zu begleiten."

Mit kalkweißem Gesicht hatte Antonia Stetter die Worte des Beamten vernommen. Ungläubig starrte sie zur Zimmertüre, sah Hilfe suchend in das Gesicht ihres Mannes. Dieser jedoch schien zu keiner Reaktion fähig zu sein. Sein Blick schien durch die Anwesenden hindurch zu gehen. Es sah aus, als würde er sich nicht in der Gegenwart befinden, sondern irgendwo in weiter Ferne. Weitab von dem, was man ihm und seiner Frau hier gerade schilderte.

„Herr Stetter?"

Einer der beiden Polizeibeamten fasste den Mann vorsichtig an seinem linken Arm.

„Sollen wir Ihnen einen Arzt rufen?"

Gerd Stetter drehte langsam seinen Kopf.

Der Beamte sah in die ausdruckslosen Augen des Mannes. Als er dann auch noch das hemmungslose Schluchzen von Antonia Stetter vernahm, griff er zu seinem Diensthandy, um einen Krankenwagen zu rufen. Gerd Stetter langte ihm in diesem Augenblick jedoch in den Arm. Diese Geste machte dem Polizisten deutlich, dass der Mann jetzt keinen weiteren Menschen sehen wollte.

„Lassen Sie nur, es ist schon in Ordnung. Bitte geben Sie uns ein paar Minuten Zeit zum Anziehen. Sie können gerne hier im Wohnzimmer warten", sprach er mit tonloser Stimme.

Nach diesen Worten schlurfte er mit schweren Schritten und gesenktem Kopf hinüber zu seiner Frau. Er stellte sich hinter den Sessel, legte ihr seine Hände auf die Schultern, und redete leise auf sie ein.

„Warum denn nur ausgerechnet Markus? Ob dies wohl die Strafe dafür ist, dass wir uns schuldig gemacht haben? Dass es einmal zu so etwas kommt. Hätte ich nur im Geringsten geahnt was mein Handeln für Folgen haben würde, ich wäre niemals so weit gegangen."

Antonia Stetter hob den Kopf, starrte ihren Mann mit großen Augen an, und vergrub dann ihr weinendes Gesicht wieder in ihren Händen.

Die beiden Beamten wirkten etwas ratlos, nachdem sie den kurzen Dialog zwischen dem Ehepaar vernommen hatten. Sie konnten dem Gehörten jedoch keinerlei Bedeutung zuweisen, und schoben die Aussagen auf die momentan sehr wohl zu verstehende seelische Belastung. Sie sahen mit an, wie Gerd Stetter seiner Frau aus dem Sessel half und sie dann stützend in ein Zimmer nach nebenan führte. Eine Viertelstunde später begab sich das Ehepaar in Begleitung der beiden Polizeibeamten auf den Weg zur St. Georgskirche.

9. KAPITEL

Staatsanwalt Frank Berger sah auf seine Armbanduhr, als das Telefon summte. Irgendwie
hatte er sich mit seinen 48 Jahren noch immer nicht
an diesen Ton gewöhnt. Auf seine Anweisung hin
wurde die neue Telefonanlage so programmiert,
dass keiner der penetranten Klingeltöne oder ner-
venden Musikstückchen ihn aus seinen Gedanken
riss, wenn er spätabends noch in seinem Büro saß.
Wenn schon permanent erneuert werden musste, so
wollte er doch wenigstens auch die angenehmen
Seiten der Technik nutzen.

Er blickte auf das Display des Apparates und war
sich, als er die Nummer erkannte darüber im Klaren,
dass es heute wohl wieder einmal später werden
würde, bis er nach Hause kam.

„Staatsanwaltschaft Augsburg, Berger am Apparat", meldete er sich mit dienstlichem Ton.

„Kriminalkommissariat Augsburg, Markowitsch
am Apparat", vernahm er die Stimme am anderen
Ende der Leitung.

Nach einigen Sekunden Stille hörte er den Mann
erneut sagen:

„Hier spricht Kommissar Markowitsch. Staatsanwalt Berger?"

„Markowitsch, Markowitsch", murmelte Berger
laut in den Hörer. „Ist das nicht dieser Kommissar
der uns immer wieder die verrücktesten Todesfälle
unter die Nase hält?"

„Da gehen Sie recht in der Annahme, verehrter

Herr Staatsanwalt. Hier spricht tatsächlich der Dienststellenleiter des Augsburger Kriminalkommissariats. Und dass ich mich immer mit den verrücktesten Todesfällen herumzuschlagen habe, das liegt nun wirklich nicht in meinem eigenen Ermessen. Ich hätte es manchmal auch gerne etwas ruhiger."

„Wollen Sie mir wieder mal einen meiner wohlverdienten Feierabende vermiesen, Markowitsch? Ich war heute bereits zweimal auf der Autobahn, um irgendwelche verrückten Schnösel mausetot in ihren viel zu schnellen, zertrümmerten Blechkarossen zu sehen.

Die werden es niemals lernen, dass sie mit diesen Raketen unter ihrem Hintern viel schneller tot sind, als sie piep sagen können. Nur einmal kurz nicht aufgepasst, an die Leitplanke, Überschlag und das war's dann meistens. Schlimm genug für die Angehörigen, aber noch schlimmer für diejenigen, die da unschuldig mit hineingezogen werden. Mein lieber Markowitsch, verschonen Sie mich bitte heute noch mit irgendwelchen Leichen."

„Kann ich Ihnen leider nicht ersparen, Herr Staatsanwalt. Sie müssen wohl oder übel heute noch mal raus. Aber keine Angst, es geht nicht auf die Autobahn. Allerdings dürfen Sie ein Stückchen mit mir fahren. Wenn Sie möchten, dann nehme ich Sie in meinem neuen Dienstwagen mit. Wenn Sie es jedoch für notwendig erachten sollten, dann fliegen wir auch mit dem Hubschrauber. Aber Sie müssen heute noch mal raus."

Berger vernahm den komischen Unterton in

Markowitsch' Stimme. Irgendetwas in ihm kam zu der Überzeugung, dass es sich hier nicht um einen der leider schon als üblich zu bezeichnenden Verkehrsunfälle handelte, bei denen mindestens einer der Raser ums Leben kam. Was aber wollte der Kommissar mit seinen Andeutungen sagen?

„Kein Verkehrsunfall?", fragte er seinen unsichtbaren Gegenüber. „Warum rufen Sie dann nicht den Kollegen Freiberg an? Sie wissen doch, dass ich mich am Liebsten auf der Straße aufhalte."

Frank Bergers sarkastisch seufzender Unterton war nicht zu überhören.

„Ihr Kollege Dr. Freiberg ist leider nicht zu erreichen. Und nachdem wir beide doch schon hin und wieder einmal so nett zusammengearbeitet haben dachte ich mir, rufst du halt einfach den Herrn Berger an. Der wird sich bestimmt darüber freuen."

„Und wie ich mich darüber freue, Markowitsch. Lieb von ihnen, dass Sie dabei an mich gedacht haben", maulte Berger in die Sprechmuschel.

„Nur komisch, dass es dabei immer kurz vor Feierabend ist. Sprechen Sie sich eigentlich mit dem Kollegen Freiberg ab?"

„Ich würde sagen, wir verlegen diese kleine Diskussion auf später. Man erwartet uns umgehend in Nördlingen. Die Kollegen vor Ort sind ziemlich nervös, denn die Geschichte ist leider öffentlicher als es allen Verantwortlichen lieb wäre."

„Von welcher Geschichte sprechen Sie, Markowitsch? Nun rücken Sie schon raus mit der Sprache, und reden Sie nicht immer um den heißen Brei herum. Warum um alles in der Welt sollte ich mit

Ihnen nach Nördlingen fahren?"

„Warum?" wiederholte Markowitsch mit einem Wort die Frage des Staatsanwaltes. „Weil dort einer vom Turm gefallen ist."

Für einige Sekunden herrschte Totenstille zwischen den beiden Gesprächspartnern.

„Man fliegt nicht so einfach von einem Turm, Markowitsch. Wollen Sie mich auf den Arm nehmen?", fragte Berger mit nun schon etwas genervtem Unterton in den Hörer.

„Würde ich mir bei Ihrer Figur nie antun, Herr Staatsanwalt. Nein, ich meine dies in allem Ernst.

Die Kollegen von der Polizeiinspektion in Nördlingen haben vor einigen Minuten hier angerufen um mir mitzuteilen, dass der Türmer des Nördlinger Daniel im wahrsten Sinne des Wortes zerschmettert am Boden liegt. Passanten haben beobachtet, dass er kurz nach seinem Wächterruf plötzlich auf der Brüstung stand und abstürzte."

Frank Berger musste unwillkürlich schlucken. Was ihm der Kommissar da am Telefon mitteilte, hörte sich nach allem Anderen als nach einem gewöhnlicher Unfall an.

„Also gut, Markowitsch", entgegnete er. „Wenn das so ist scheint es aber wirklich besser zu sein, dass wir uns auf dem schnellsten Weg dorthin begeben. Blaulicht oder Hubschrauber?"

Nachdem Kommissar Markowitsch gerne einmal mit dem Helikopter zum Einsatz fliegen würde war er fast so weit zu sagen: *Hubschrauber.*

Jedoch angesichts seiner Leidenschaft zum Autofahren und der Tatsache, dass er erst vor einigen

Tagen einen neuen Dienstwagen erhalten hatte, sprach er kurz entschlossen:

„Wir nehmen das Blaulicht. Ich muss mein neues Schmuckstück sowieso noch richtig einfahren. Wir sehen uns in ein paar Minuten vor Ihrer Türe, in etwa einer halben Stunde sind wir dann vor Ort."

„Übertreten Sie mir nicht alle Regeln der StVo, Markowitsch. Nicht dass uns die Kollegen nachher noch dienstlich auf der B2 besuchen müssen."

„Keine Sorge, Herr Staatsanwalt", entgegnete der Kommissar mit einem Lachen. „Ich bin ein sehr sicherer Fahrer. Bei mir sind Sie in besten Händen."

„Ihr Wort in Gottes Ohr. Ich erwarte Sie also in ein paar Minuten bei mir vor dem Büro."

Frank Berger legte den Hörer zurück auf das Telefon. Nachdenklich trat er ans Fenster und starrte auf das nächtliche Augsburg. Er kannte den Nördlinger Kirchturm, der als einer der wenigen in Europa noch mit einem Türmer besetzt war. Es war erst einige Wochen her, dass er mit seiner Frau die 350 Stufen hinaufstieg, um kurz oberhalb der siebten Turmebene in über 60 Metern Höhe die Aussicht über Nördlingen und das Donau-Ries zu genießen.

Er erinnerte sich noch genau daran, wie er im unteren Bereich des Turmes auf der steinernen Wendeltreppe fast einen Drehwurm bekommen hatte, es sich dann aber schnell abgewöhnte, beim Hinaufgehen immer nur auf die Stufen zu achten. Er hielt zwischendurch kurz an, richtete den Blick nach oben oder auch zur Seite, um so diesem komischen Schwindelgefühl zu entgehen.

Auf dem Weg nach unten mussten er und seine Frau des Öfteren stehen bleiben, da sie sich zwangsläufig mit den entgegenkommenden Besuchern des Turmes zu einigen hatten, ob diese zuerst nach oben, oder er und seine Frau zuerst nach unten weitergehen sollten.

Nachdem Berger, wie er selbst von sich zu sagen pflegte, in den letzten Jahren zwischen Hüftgelenk und Brustkorb etwas fülliger geworden war, wäre ein aneinander vorbei gehen wohl zum Scheitern verurteilt gewesen. Jedoch war man sich einig, dass man für den Auf- und Abstieg des Daniel auf jeden Fall durch die bei entsprechendem Wetter überwältigende Aussicht entschädigt wurde.

Der Staatsanwalt verließ mit diesen Gedanken sein Büro und stand noch keine zwei Minuten auf der Straße, als er auch schon den mit Blaulicht heranfahrenden Dienstwagen von Kommissar Markowitsch erblickte. Mit quietschenden Reifen hielt eine silbergraue Sportlimousine neben Frank Berger am Straßenrand.

„Wen um alles in der Welt mussten Sie denn in ihrem Haus bestechen um an dieses Teil zu kommen?", fragte er den spitzbübisch grinsenden Beamten beim Einsteigen.

„Was heißt hier Bestechung", gab Markowitsch entrüstet zurück. „Ich muss niemanden bestechen. So etwas gibt es nur in Kriminalromanen oder bei den Möchte-gerne-Kollegen im Fernsehen. Meine Wenigkeit dagegen argumentiert mit Tatsachen."

Mit diesen Worten legte er den ersten Gang ein, und gab seinem Wagen die Sporen.

Berger wurde unerwartet in den Beifahrersitz gepresst, noch ehe er sich seinen Sicherheitsgurt richtig angelegt hatte.

„Mit welchen Tatsachen konnten Sie denn aufwarten, damit man Ihnen so einen Schlitten als Dienstwagen genehmigt hat?"

„Wir waren damals hinter einem Autoknacker her", seufzte Markowitsch in leidiger Erinnerung, denn dieses Ereignis stellte einen der wenigen dunklen Flecke in seiner Karriere dar.

„Und dieser Gauner hat mich dann in meiner alten Rostlaube doch tatsächlich wie einen unerfahrenen Anfänger aussehen lassen und nach allen Regeln der Kunst abgehängt."

„Und das allein war der Grund dafür, dass Sie den hier genehmigt bekommen haben?", fragte Berger ungläubig.

„Nein, dies alleine gewiss nicht."

Der Kommissar lächelte jetzt wieder.

„Es war wohl eher der Umstand, dass es sich bei dem gestohlenen Fahrzeug um den Privatwagen meines Chefs handelte. Der hängt nun mal sehr an seinem Oldtimer."

Die Situation sichtlich genießend jagte Markowitsch sein Fahrzeug mit etwas überhöhter Geschwindigkeit aber dennoch sicher durch die Straßen Augsburgs. Nach nur wenigen Minuten befanden sie sich auch schon auf der Bundesstraße 2 und fuhren ziemlich rasant in Richtung Nördlingen.

Kurz darauf, auf der vor noch nicht allzu langer Zeit fertig gestellten Umgehung von Meitingen, drosselte Markowitsch die Geschwindigkeit seines

Wagens und hob seine rechte Hand zu einem Fingerzeig.

„Wenn es diese Straße damals schon gegeben hätte", sprach er etwas zerknirscht zu Frank Berger, „dann wäre mir dieser Schuft wohl nicht so leicht entkommen. An der zweiten Ampel in Meitingen hat er mich abgehängt. Ich musste eine Vollbremsung hinlegen, sonst hätte ich einen Fußgänger erwischt. Dabei ist mir der Motor abgewürgt. Als ich die Kiste endlich wieder zum Laufen gebracht hatte und ihm durch die Seitenstraßen hinterher bin, hatte ich ihn leider aus den Augen verloren."

Trotz der wieder erhöhenden Geschwindigkeit nahm der Kommissar eine Hand vom Lenkrad, und streichelte sanft über die Armaturen.

„Mit dir wäre es sicherlich ein Kinderspiel gewesen den Kameraden zu stellen", sprach er mit seinem Fahrzeug wie zu sich selbst.

„Aber die Kollegen der Streife waren Gott sei Dank auf Zack und hatten die Gegend weiträumig abgeriegelt. War ein ziemlicher Aufwand, dieser Einsatz. Aber was tut man nicht alles für seinen Chef. Hat sich letztendlich ja auch für mich gelohnt."

Sein Beifahrer schüttelte einige Male den Kopf, als sein Blick auf die digitale Geschwindigkeitsanzeige des futuristischen Armaturenbrettes fiel. Frank Berger kam sich beinahe so vor, als säße er im Cockpit eines Flugzeuges. Das Einzige das ihn ein wenig beruhigte, war die Tatsache, dass die vierspurige Bundesstraße um diese Zeit fast schon wie ausgestorben schien.

Der Kommissar drosselte die Geschwindigkeit des Wagens erst, als sich die Straße bei Donauwörth wieder auf zwei Fahrspuren verengte.

„Wird langsam Zeit, dass man sich an die weiteren Ausbauarbeiten macht", bemerkte Markowitsch dem Staatsanwalt gegenüber.

Als sie dann schließlich durch das Harburger Tunnel ins Ries hinein fuhren und nur wenige Minuten später das Ortsschild von Nördlingen passierten, sah der Staatsanwalt auf die Uhr. Er glaubte, seinen Augen nicht trauen zu können.

„Um auf Ihre Anmerkung von vorhin zurück zu kommen: Bei Ihrer Fahrweise benötigen Sie einen weiteren vierspurigen Ausbau der B2 überhaupt nicht, mein lieber Herr Kommissar."

Berger schüttelte unmerklich den Kopf.

„Wenn wir jetzt nicht im Dienst wären, Markowitsch, würde ich Sie glatt von der Straße weg festnehmen lassen. Sind Sie sich darüber im Klaren?"

„Natürlich, Herr Staatsanwalt", gab dieser süffisant lächelnd zurück. „Aber Sie müssen mich schon verstehen. Wenn man in diesem Wagen sitzt merkt man es überhaupt nicht wenn man zu schnell fährt. Falls Sie möchten, dürfen Sie ihn später auch gerne zurück fahren."

„Sicher", antwortete Berger säuerlich. „Weil wir es dann ja auch so verdammt eilig haben werden, nicht wahr?"

Von der alten Augsburger Straße in Richtung Reimlinger Tor fahrend überlegte er einen Moment und fragte den Kommissar schließlich:

„Hatten wir nicht an dieser Ampelkreuzung da

vorne schon einmal das Vergnügen miteinander? Sie waren doch damals dabei, Markowitsch, als dieser ehemalige Staatssekretär in diesen Unfall mit Todesfolge verwickelt war. Oder irre ich mich?"

„Nein, Herr Berger, da irren Sie nicht. Das war einer unserer ersten gemeinsamen Abende, wenn ich dies so salopp formulieren darf. Aber sicherlich keiner der angenehmsten. Hat ja damals einen mächtigen Wirbel verursacht, diese ganze Geschichte.

Ich war mir ja nie so hundertprozentig sicher, ob da wirklich alles so abgelaufen ist wie es letztendlich dargestellt wurde. Irgendwie hat man da bestimmt von ganz oben mitgespielt. Auf jeden Fall war zum Schluss der ganzen Angelegenheit der Maulkorb angesagt. Das konnte niemand so recht verstehen. Aber es ist ja auch schon eine ganze Weile her."

Als die Beiden mit ihrem Wagen die inzwischen weiträumige Absperrung um die St. Georgskirche erreicht hatten, kam auch schon ein Beamter auf sie zu. Markowitsch griff mit der rechten Hand in die Innentasche seiner Jacke, zog seinen Dienstausweis hervor und streckte ihn mit einem kurzen Gruß an den Kollegen aus dem Fenster.

Kurz nachdem dieser einen überraschten Blick darauf geworfen hatte, ließ er das Fahrzeug sofort durch. Die wenigen Meter bis an den hell erleuchteten Kirchenplatz waren schnell zurückgelegt. Nachdem Kommissar Markowitsch und der Staatsanwalt ausgestiegen waren, wurden sie auch schon von den mittlerweile eingetroffenen Reportern empfangen.

Kameras und Mikrofone wurden ihnen unter die

Nase gehalten. Dadurch bemerkten sie zunächst nicht die komischen Blicke der anwesenden Polizeibeamten in Richtung des abgestellten Zivilfahrzeuges.

Erst als Markowitsch eine neidische Bemerkung aufschnappte, blickte er mit säuerlichem Grinsen zu Frank Berger. Der schien diese Bemerkung ebenfalls mitbekommen zu haben, denn er winkte nur beschwichtigend in Richtung des Kommissars ab. Dann rief er einen der Polizisten nahe an sich heran und flüsterte ihm ins Ohr:

„Halten Sie uns bitte diese Aasgeier vom Hals, damit wir hier in Ruhe unsere Arbeit machen können. Die werden ihre gierigen Mäuler schon noch früh genug gefüttert bekommen."

„Den Aasgeier haben wir jetzt aber alle deutlich gehört, Herr Staatsanwalt", tönte eine ihm bekannte Stimme höhnisch aus dem Pulk der versammelten Reporter. „Sparen Sie sich Ihre Beleidigungen der freien Presse gegenüber, und erklären Sie uns lieber was hier vorgefallen ist. Bedeutet die Verstärkung die Sie mitgebracht haben etwa, dass es sich hier vielleicht gar nicht um einen Unfall handelt?"

Frank Berger kannte diese Stimme, und er entdeckte kurz darauf auch das passende Gesicht dazu. Er war lange genug als Staatsanwalt tätig, um gewisse Leute aus dieser Branche einordnen zu können. Er wusste genau, dass ein Teil dieser Damen und Herren zum einen sowieso nur die Ermittlungen behinderten, zum anderen mussten er und Markowitsch sich selbst erst einmal über den Stand der Dinge informieren.

Eine Stellungnahme vor den Presseheinis kam für ihn zu diesem Zeitpunkt in keiner Weise in Frage. Sollten diese ruhig ihre sensationshungrigen Vermutungen an die Öffentlichkeit bringen. Aber nicht mit seiner Unterstützung. Es würde schon noch früh genug eine öffentliche Pressekonferenz geben.

Als er und Markowitsch sich schließlich der Stelle näherten, an der man den Leichnam des Türmers mit einer Plane abgedeckt hatte, begann es Markowitsch zu frösteln. Gespenstisch stellte sich ihm die ganze Szene dar.

Der Kommissar blickte nach oben zur Turmspitze. Seltsam unheimlich und bedrohend ragte der Daniel in den fast schwarzen Nachthimmel. Das grelle Licht der aufgestellten Flutlichtstrahler verlieh dem historischen Bauwerk eine seltsame, fast mystische Aura. Dazu der erleuchtete Kirchenplatz, der davor liegende Tote, Polizei- und Notarztfahrzeuge mit Blaulicht, einzelne Passanten die noch als Zeugen zurückgehalten wurden, und der bereits wartende Leichenwagen, der den Toten wohl anschließend in das gerichtsmedizinische Institut bringen würde. Als Markowitsch sich suchend umsah, kam sofort unaufgefordert einer der anwesenden Polizeibeamten auf ihn zu.

„Der Tote liegt hier drüben, Herr Kommissar", sprach er mit einer Handbewegung in Richtung der Stelle, an der man den abgedeckten Körper liegen sehen konnte. „So richtig mitbekommen hat zunächst eigentlich keiner etwas. Erst als man den Mann auf der Brüstung stehen sah, aber da war es dann wohl auch schon zu spät. Da sich bekanntermaßen außer dem Türmer um diese Zeit keiner dort oben aufhält wäre auch niemand in der Lage gewesen, ihn am Springen zu hindern."

„Woher wissen Sie denn, dass er gesprungen ist?", fragte Markowitsch den Beamten.

„Nun ja", kam wie aus der Pistole geschossen dessen pflichtbewusste Antwort. „Wir haben den Zugang zum Daniel natürlich umgehend gesperrt und waren selbstverständlich in der Zwischenzeit auch oben um uns persönlich davon zu überzeugen, dass hier niemand nachgeholfen hat. Wir haben mit drei Kollegen den gesamten Turm abgesucht um sicher zu gehen, ob sich dort außer dem Toten möglicherweise noch weitere Personen aufgehalten haben. Aber sowohl in der Türmerstube als auch sonst im Turm konnten wir absolut keinerlei Hinweise darauf entdecken. Die Kollegen der Spurensicherung werden das natürlich noch genau überprüfen."

„Danke, Herr Kollege. Wer ist der verantwortliche Arzt hier?"

„Es gibt den Notarzt und einen weiteren Arzt, der den Toten anscheinend auch persönlich gekannt hat."

Markowitsch hob etwas überrascht die Augenbrauen.

„Ach ja? Dann stellen Sie mich den Herren doch mal vor. Mit den beiden würde ich gerne sprechen."

„Selbstverständlich", gab der Polizeibeamte ihm umgehend zur Antwort, und begleitete den Kommissar in Richtung der Absperrung.

„Sie finden die Herren drüben am Rettungswagen. Dort wird noch eine der Passantinnen versorgt, die wohl direkt mit angesehen hat wie der Mann von der Brüstung stürzte."

„Also doch nicht gesprungen", bemerkte Markowitsch.

„Was meinen Sie damit?", kam die Frage des Beamten zurück.

„Na, Sie sagten mir doch vorhin, dass den Mann niemand am Springen hindern konnte, und eine Zeugin hat Ihnen nun angeblich berichtet, dass er von oben gestürzt sei. Das, mein lieber Kollege sind zwei verschiedene Dinge. Ein Sprung geschieht wohl eher aus eigenem Antrieb. Ein Sturz dagegen deutet auf einen Unfall hin, tragisch oder durch Fremdeinwirkung. Dies herauszufinden wird in den nächsten Tagen unsere Aufgabe sein."

Etwas zerknirscht nahm der Polizeibeamte die Ausführungen des Kommissars zur Kenntnis.

Wortklauberei dachte er bei sich.

Doch nach einigem Nachdenken musste er zugeben, dass es durchaus Sinn machte, was ihm der Kommissar aus Augsburg darlegte.

10. KAPITEL

Michael Akebe hatte gemeinsam mit seinem Kollegen in der Zwischenzeit Kreislauf stabilisierende Maßnahmen bei der japanischen Touristin durchgeführt. Diese stand noch immer unter Schock, konnte allerdings nicht dazu bewegt werden, mit ins Krankenhaus zu fahren. Man hatte bereits die Leitung ihrer Reisegruppe verständigt und wartete nun darauf, dass sich ein Verantwortlicher einfand, mit dem das weitere Vorgehen besprochen werden konnte. Es wäre unverantwortlich gewesen die Frau in diesem Zustand sich selbst zu überlassen. Außerdem musste noch geklärt werden, ob ihre persönliche Anwesenheit für die weiteren polizeilichen Ermittlungen notwendig war.

Nachdem Staatsanwalt Frank Berger sich inzwischen mit einem der anwesenden Polizeibeamten auf den Weg in Richtung Türmerstube machte, begann der Kommissar mit seinen Ermittlungen. Er bat die beiden Ärzte aus dem Rettungsfahrzeug heraus, um ihnen einige Routinefragen zu stellen. In erster Linie interessierte es ihn, ob die Frau in der Zwischenzeit noch weitere Angaben gemacht hätte.

„Sie erwarten jetzt aber nicht, dass sich ein durchschnittlich verdienender Notarzt oder ein Allgemeinmediziner problemlos mit einer japanischen Touristin unterhalten können. Noch dazu, wenn sie weder einen deutschen, noch einen englischen Satz verständlich hervorbringt."

„Nein, verdammt, natürlich nicht", gab Markowitsch zurück. Er rief sofort nach einem Nördlinger Kollegen, um ihn zu fragen, bis wann denn endlich jemand von der Reiseleitung eintreffen würde.

„Schon auf dem Weg, Herr Kommissar. Es müsste jeden Moment jemand hier sein", kam die Antwort.

Wenige Augenblicke später trat bereits eine junge Dame in Begleitung einer weiteren Japanerin heran. Wild gestikulierend verlangte diese den Zutritt zum Rettungswagen, um sich um ihre Schwester, wie sich sogleich herausstellte, zu kümmern. Der Kommissar bat die Reiseleiterin darum, ihn bei einer kurzen Befragung der Touristin zu unterstützen.

„Könnten Sie bitte für mich erfragen, was genau die Dame beobachtet hat? Jedes Detail ist wichtig für unsere Ermittlungen."

Er wandte sich an Michael Akebe.

„Was meinen Sie, Doktor. Ist die Frau wohl in der Lage, uns einige Fragen zu beantworten?"

Michael sah zunächst den Kommissar an, blickte dann auf die Reiseleiterin.

„Sie scheint noch immer sehr aufgeregt und verwirrt zu sein. Ihre Kreislaufwerte sind aber stabil. Wenn sie ihre Fragen ein wenig behutsam stellen, dürfte meiner Meinung nach nichts dagegen einzuwenden sein."

„Danke, Doktor ...", sagte Markowitsch grübelnd zu dem gegenüberstehenden Arzt.

„Akebe. Michael Akebe", kam die Antwort von diesem.

„Akebe? Doktor Akebe?"

Die Stirn des Kommissars legte sich in Falten.

84

Er schien einen Moment lang fieberhaft zu überlegen.

„Mir scheint, als hätte ich diesen Namen irgendwo in meinem Gedächtnis gespeichert. Hatten wir schon einmal das Vergnügen miteinander, Doc?"

„Nicht dass ich wüsste", antwortete Michael.

„Mir ist jedenfalls nicht bewusst, dass ich schon einmal straffällig geworden wäre im Zusammenhang mit einem Todesfall."

Markowitsch grübelte vor sich hin. Wie mit einer Erleuchtung gesegnet traf sein Blick auf Staatsanwalt Berger.

„Todesfall", sagte er plötzlich. „Sprachen wir nicht vorhin von diesem Verkehrsunfall? Einer der Beteiligten war doch ein Doktor Akebe, wenn mich mein altes Gedächtnis nicht im Stich lässt."

Frank Berger wusste im ersten Moment nicht, worauf der Kommissar hinaus wollte.

„Ja, das war mein Vater", antwortete Michael Akebe nun sichtlich gequält.

Es erschien ihm schon als eine etwas paradoxe Situation, sich jetzt mit einem Polizisten zu unterhalten, der damals im Todesfall seines Vaters ermittelt hatte. Und nun stand er hier und wurde ebenfalls von diesem Beamten befragt. Allerdings ahnte Markowitsch zu diesem Zeitpunkt noch nicht, dass der Tod des Nördlinger Türmers in direktem Zusammenhang mit der damaligen Geschichte stand.

„Ihr Vater", grummelte Markowitsch vor sich hin. „Ich erinnere mich wieder. Eine sehr undurchsichtige Geschichte damals, nicht wahr?"

„Ja", gab Michael zurück. „Sein Leben wurde

sinnlos von Menschen ausgelöscht. Genauso sinnlos, wie der Mensch in der Natur Leben auslöscht, indem er einfach Bäume fällt ohne vorher darüber nachzudenken. Das Gleichgewicht des Ganzen wird dadurch zerstört. Genauso wie damals auch unsere Familie zerstört wurde."

„Ja, es passieren schlimme Dinge auf der Welt", antwortete der Kommissar vom plötzlichen Redefluss des Arztes sichtlich betroffen, hatte sich aber gleich darauf wieder in seiner Gewalt. „Aber jedes Gleichgewicht kann wieder hergestellt werden, wenn man die Ursache der Störung beseitigt."

„Ach", sagte Michael Akebe etwas überrascht. „Sie kennen die Weisheiten der afrikanischen Kultur? Oder war dies nur ein Spruch, den Sie irgendwo gelesen haben?"

„Kein Spruch", gab Markowitsch zurück. „Reges Interesse an der Kultur ihrer Vorfahren, Doktor Akebe. Afrika ist ein Land das Faszination hervorruft, wenn man sich nur ein wenig näher mit ihm beschäftigt. Sowohl im Guten als auch im Bösen. Aber dies ist nur ein rein privates Interesse. Im Moment bin ich dienstlich hier."

Mit diesem Satz drehte sich der Kommissar um und wandte sich wieder der Reiseleiterin zu, die sich gestikulierend mit ihrer japanischen Begleiterin unterhielt. Anscheinend war diese überhaupt nicht damit einverstanden, dass man ihre Schwester hier festhielt. Nachdem sie dann in fließendem japanisch die Fragen des Kommissars übersetzt und ihm dadurch klar gemacht hatte, dass es weitere Augenzeugen gab und möglicherweise sogar Videoaufnahmen des Geschehens existierten, gab er auch sein Einverständnis dazu, dass man die Dame entlassen könnte. Vorausgesetzt, aus ärztlicher Sicht würde nichts dagegen sprechen.

In diesem Moment näherte sich ein Streifenwagen der Absperrung. Als die Türen des Fahrzeugs geöffnet wurden, ging ein leises Raunen durch die noch anwesenden Passanten. Einige Einheimische hatten in den beiden Personen, die sich nun langsam in Begleitung zweier Polizeibeamter näherten, die Eltern des Toten erkannt. Man brachte Beide zu der Stelle, an welcher der abgedeckte Leichnam des Türmers lag.

Ursprünglich wollte man aus Rücksicht auf den Zustand des Ehepaares zu diesem Zeitpunkt auf eine Identifizierung von ihrer Seite her verzichten. Schließlich hatte der anwesende Notarzt die Identität Markus Stetters bereits glaubhaft bestätigt. Allerdings ließen sich die beiden alten Leute nicht davon abhalten, ihren Sohn zu sehen.

Gerd Stetter hielt seine Frau eng umschlungen, als einer der Beamten das Tuch zur Seite nahm, um so den Blick auf den Oberkörper des Toten freizugeben. Antonia Stetter wurde sogleich wieder aschfahl im Gesicht. Die durch den Aufprall verrenkten und zum Teil gebrochenen Gliedmaßen boten einen grausigen Anblick.

Sie begann am ganzen Körper zu zittern, als sie auf das blutverschmierte Gesicht des Toten blickte, schien darin den furchtbaren Schrecken zu erkennen, der ihrem Sohn beim Sturz offenbar widerfahren war.

Sekunden lang starrte sie auf den leblosen Körper, dann sackte sie urplötzlich in sich zusammen. Gerd Stetter war nicht in der Lage, den kraftlosen Körper seiner Frau darin zu hindern, auf den Boden zu sinken.

Sofort eilte ein weiterer der Polizeibeamten hinzu, und kniete sich neben der Frau zu Boden. Er rief nach einem Sanitäter. Dieser eilte sofort mit einer fahrbaren Trage herbei, und gemeinsam hoben sie den kraftlosen Körper von Frau Stetter darauf. Man brachte sie zum Sanitätswagen, wo sie sogleich vom inzwischen hinzugekommenen Notarzt versorgt und auf dessen Anweisung ins Nördlinger Stiftungskrankenhaus gebracht wurde.

Markowitsch hatte die Szene aus einiger Entfernung mit angesehen. Er dachte noch wie grausam und unbarmherzig das Leben einem doch mitspielen konnte, als er eine Berührung an seiner Schulter verspürte. Der Kommissar drehte sich um, und sah sich Staatsanwalt Berger gegenüber stehen.

„Na, Auf- und Abstieg gelungen?", versuchte er zu scherzen, was ihm angesichts der vorangegangenen Situation sichtlich schwerfiel.

„Alles bestens", gab Berger etwas außer Atem zur Antwort. „Schlimm, mit welchen Situationen man im Leben so fertig werden muss", sprach er mit einem Blick in Richtung des Ehepaares. „Es gibt, im ersten Moment jedenfalls, keinen ersichtlichen Grund dafür, dass der Mann hier unten tot auf dem Pflaster liegt. Natürlich bleibt die Untersuchung der Spurensicherung abzuwarten.

Aber allem Augenschein nach liegt keine Fremdeinwirkung vor. Keine Kampfspuren die darauf hindeuten würden, dass es Streit gegeben hätte, auch die Sicherungsgitter an der Brüstung sind unbeschädigt. Er muss diesen Weg, warum auch immer, selbst gewählt haben."

„Oder er wurde durch irgendetwas dazu getrieben diesen Weg zu gehen", murmelte Markowitsch, und sah dabei in Richtung Michael Akebes.

Er fragte sich mit einem komischen Gefühl in der Magengegend, warum sich der Arzt noch immer hier am Turm aufhielt. Im Normalfall hätten der Notarzt und die Sanitäter genügt, denn die Erstversorgung der Passantin war längst abgeschlossen. Dem Doktor diese Frage aber direkt zu stellen, darin sah der Kommissar keinen Sinn. Er begab sich noch einmal an die Stelle des abgedeckten Leichnams, um nach Rücksprache mit dem Staatsanwalt den Toten zum Abtransport in das gerichtsmedizinische Institut freizugeben.

Als er sich auf den Weg dorthin machte, bekam er aus den Augenwinkeln noch mit, dass zwei andere Polizeikollegen der Nördlinger Inspektion ihre Befragungen der restlichen Passanten, die das grausige Schauspiel ebenfalls mit beobachtet hatten, beendeten. Mit dem Hinweis, man würde sie bei Bedarf zu einem weiteren Termin vorladen, wurden diese dann entlassen.

Markowitsch wies einen der Nördlinger Kollegen an, den Zugang zum Daniel erst dann wieder freizugeben, wenn die Kollegen von der Spurensicherung ihre Arbeit abgeschlossen hatten.

„Das wird wahrscheinlich noch eine Zeit lang

dauern", meinte dieser. „In der Dunkelheit können die Kollegen ihre Arbeit sicherlich nicht so schnell abschließen wie bei Tageslicht."

„Machen Sie sich darüber mal keine Gedanken", gab Markowitsch genervt zurück. „Die Herren von der SpuSi sind noch ganz andere Arbeitsbedingungen gewohnt. Und wenn es auch bis morgen oder übermorgen dauern sollte, dann bleibt dieser Turm eben bis dahin zu. Es geht mir niemand dort hinauf, solange der Leiter der Spurensicherung die Untersuchungen nicht für abgeschlossen erklärt hat. Dies ist eine dienstliche Anweisung. Haben wir uns da verstanden, Herr Kollege?"

„Selbstverständlich", erwiderte der Beamte pflichtbewusst, indem er mit der rechten Hand kurz an seine Dienstmütze tippte, wobei sein Blick mit einer Kopfbewegung an Markowitsch vorbei ging.

„Ich hoffe nur, dass unser Stadtoberhaupt dies auch so sieht."

Der Kommissar drehte sich zur Seite und sah einen Mann mit schnellen Schritten auf sich zukommen.

„Man sagte mir, dass ich Sie hier finde. Kommissar Markowitsch?"

Er streckte seine Hand aus.

„Martin Steger. Ich bin der Oberbürgermeister. Man hat mir vor einigen Minuten telefonisch mitgeteilt, was hier passiert ist. Schreckliche Geschichte, das Ganze. Gar nicht auszudenken, welche Folgen eine längere Schließung des Daniel für unseren Tourismus haben könnte. Das wollen Sie doch nicht wirklich so anordnen, oder?

Wir haben jedes Jahr unzählige Besucher aus aller Welt hier in Nördlingen. Schließlich ist ja der Daniel eine der Hauptsehenswürdigkeiten nicht nur unserer Stadt, sondern der ganzen Region. Gibt es denn schon irgendeinen Hinweis darauf, wie Markus Stetter zu Tode gekommen ist?"

Hauptsache deine Stadtkasse klingelt weiter. Dies scheint euch Politikern das Wichtigste zu sein, dachte sich Markowitsch in diesem Moment.

„Ja", beantwortete er die Frage des Oberbürgermeisters dann auch sichtlich genervt. „Die Todesursache ist ein Absturz von der Brüstung Ihrer Hauptsehenswürdigkeit. Nur ob dieser Sturz freiwillig, unglücklich, oder unter Fremdeinwirkung stattgefunden hat, diese Kleinigkeit gilt es noch zu klären."

Etwas perplex über die Reaktion des Kommissars steckte Martin Steger nun beide Hände in seine Hosentaschen und sah Markowitsch etwas herablassend an.

„Sie wollen mir damit doch nicht etwa sagen, dass es sich hier um einen Mord handeln könnte, Herr Kommissar. Wir befinden uns in einer Kleinstadt in Nordschwaben und nicht in Chicago. Es kann sich doch sicherlich nur um einen Unglücksfall handeln. Sie werden sehen, dass ..."

„Wir werden sehen, was unsere Ermittlungen ergeben", unterbrach Markowitsch den Redefluss seines Gesprächspartners. „Sie können sicher sein, dass wir alles in unserer Macht stehende unternehmen werden, um diese *schreckliche Geschichte*, wie Sie es nennen, aufzuklären. Bis dahin aber lassen Sie uns bitte unsere Arbeit so verrichten wie wir es für angemessen halten.“

Der Kommissar deutete nun mit einer Hand in Richtung des Daniel.

„Und wenn dazu eine längere Sperrung des Turmes notwendig sein sollte, dann wird dies auch so geschehen.“

Die Deutlichkeit in seinen Worten ließen bei Martin Steger keinen Zweifel aufkommen, dass dieser Mann es genau so meinte, wie er es eben gesagt hatte.

„Nun gut, Herr Kommissar. Dann möchte ich Sie hiermit aber ganz offiziell darum bitten, diese Angelegenheit absolut vorrangig zu behandeln und mich persönlich auf dem Laufenden zu halten.“

„Natürlich, Herr Steger, natürlich. Ich werde mein Möglichstes versuchen um Ihrer Bitte nachzukommen. Versprechen kann und will ich Ihnen jedoch nichts.“

Mit diesen Worten drehte sich Markowitsch dann auch um und ließ den Nördlinger Bürgermeister stehen. Dieser blieb allerdings nicht lange allein, da sich ihm sofort einige der anwesenden Reporter näherten. Sie hielten ihm ihre Mikrofone und elektronischen Aufzeichnungsgeräte direkt unter seine Nase, was den Mann auch sogleich dazu veranlasste, entsprechend der Situation eine äußerst wichtige Körperhaltung einzunehmen.

Kopfschüttelnd blickte der Kommissar auf die Reporterschar und hoffte insgeheim, dass Martin Steger ihm mit seinen Aussagen keine unvorhersehbaren Steine in den Weg rollen würde. Er sah sich suchend um und erblickte dann auch endlich im dunklen Eingang der Kirche den Staatsanwalt, der wohl wissend den Fragen des Bürgermeisters aus dem Weg gegangen war.

„Sie kennen diesen Herrn anscheinend etwas näher?", fragte er den grinsenden Frank Berger ein wenig ironisch, als er ihm gegenüber stand „Oder weshalb spielen Sie hier Verstecken?"

Dabei gab er dem Staatsanwalt per Handzeichen zu verstehen, dass dieser ihm folgen sollte. Einige Schritte bevor Berger den Kommissar eingeholt hatte, blieb er plötzlich leise fluchend stehen. Markowitsch grinste zunächst, als er Berger seinen rechten Fuß heben und dabei seinen Schuh betrachten sah.

„Aber hallo, Herr Staatsanwalt. Hat Ihnen da etwa ein Vierbeiner seinen Gruß hinterlassen?"

„Das würde Ihrer Schadenfreude mächtigen Auftrieb verleihen, was? Nein, Markowitsch, kein Hundedreck. Sieht mir wohl eher nach den Überresten einer Wachsfigur aus. Da hat sicherlich ein Kirchenbesucher sein Souvenir verloren. Ich möchte gerne mal wissen, wer mit so gefährlichen Dingern sein Geld verdient. Irgendetwas habe ich mir da in den Schuh getreten."

Frank Berger machte ärgerlich und leise fluchend mit seinem rechten Fuß eine ausholende Bewegung, und kickte das am Boden liegende Teil in Richtung des Kommissars. Dieser betrachtete sich im Schein der gleißenden Flutlichtstrahler das seltsame Teil. Markowitsch überlegte. So sah keine Heiligenfigur aus. Mit einem Engel oder einer anderen Kirchenfigur hatte es keine Ähnlichkeit. Er bückte sich, und hob das vor ihm liegende schwarze Wachsgebilde auf.

„Sie haben es kaputt gemacht" feixte er, indem er auf den Staatsanwalt zuging.

Doch dann blieb er stehen, und betrachtete sich die Stirn runzelnd das komische Etwas in seiner Hand. Er blickte zu Frank Berger, der soeben seinen Schuh ausgezogen hatte und daran herum fummelte. Er zog etwas aus der Sohle heraus und warf es achtlos zu Boden.

„Halt", rief Markowitsch ihm zu. „Beweismittel kann man doch nicht einfach so mir nichts dir nichts wegwerfen."

Er trat einige Schritte auf Berger zu, nahm ein Taschentuch aus seiner Jackentasche und hob das soeben zu Boden Geworfene auf.

„Beweismittel?", fragte der Staatsanwalt. „Hören Sie doch auf Markowitsch. Was sollte dieser blöde Nagel mit dem toten Türmer zu tun haben? Mal abgesehen davon, dass er die teuren Schuhe des ermittelnden Staatsanwaltes ruiniert hat."

„Wenn dies aber nun gar kein blöder Nagel ist?", murmelte Markowitsch, indem er den spitzen Gegenstand ins Scheinwerferlicht nach oben hielt.

Sein Blick huschte dabei suchend über den Platz vor der Kirche, und blieb schließlich an der Person Michael Akebes hängen. Markowitsch kam es vor, als würde dieser unmerklich kurz zusammen zucken.

„Irgendetwas kommt mir hier spanisch vor, um nicht besser zu sagen, *afrikanisch*. Ich weiß nur noch nicht wie ich dies Alles zusammen kriegen soll. Von mir aus kann der Tote ins Institut gebracht werden, Berger. Wenn Sie hier auch soweit fertig sind würde ich gerne in ein paar Minuten zurück ins Büro fahren. Ich möchte nur noch kurz mit *Doktor Akebe* sprechen."

Frank Berger fiel auf, dass der Kommissar eine seltsame Betonung gebrauchte, als er den Namen des Arztes aussprach. Auch die plötzliche Aufbruchsstimmung war eigentlich gar nicht seine Art und Weise. Sonst war er immer ziemlich pingelig, was die Untersuchungen am Tatort anging. Wenn man das Vergnügen hatte mit ihm einen Fall zu untersuchen, dann uferte so ein erster Ermittlungsabend meist bis in die Morgenstunden aus. Markowitsch nahm es schon seit jeher immer sehr genau, wenn es um das Sammeln von Informationen ging. Aber gut, er wird schon seine Gründe haben. Und ihm sollte es nur recht sein, wenn sie zurückfahren konnten. Diese Geschichte hier würde seiner Meinung nach sowieso noch längere Zeit in Anspruch nehmen, und den einen oder anderen Tag hier in Nördlingen unumgänglich machen.

Er ließ also den beiden Fahrern des Bestattungsinstitutes Bescheid geben, dass sie den Leichnam Markus Stetters abtransportieren könnten. Man sah den Männern an, dass sie nicht gerade erfreut darüber waren, noch eine längere Fahrt vor sich zu haben. Aber sie waren sich bei ihrer Arbeit ja darüber im Klaren, dass sich der Tod nicht auf einen bestimmten Zeitpunkt bestellen lässt.

Allerdings gibt es darüber unterschiedliche Meinungen.

11. KAPITEL

Michael Akebe erschrak als er beim Griff in sein Jackett bemerkte, dass die Überreste der Puppe fehlten, die er beim Verlassen seiner Praxis anscheinend etwas zu sorglos eingesteckt hatte.

Er ging einige Schritte über den Platz vor der St. Georgskirche, und blickte dabei suchen über das Kopfsteinpflaster. Durch die aufgestellten Strahler war genügend Licht vorhanden, um die Wachsfigur schnell ausfindig machen zu können. Er musste nur den Weg ablaufen, den er in den letzten Minuten gegangen war, denn nachdem er den Rettungswagen verlassen hatte um sich mit dem Kriminalbeamten zu unterhalten, hatte er die Figur noch in seiner Jackentasche gespürt.

Als Michael intuitiv seinen Kopf drehte, sah er den Kommissar zusammen mit dem Staatsanwalt in unmittelbarer Nähe des Toten stehen. Über was genau sich die Beiden unterhielten, konnte er aus der Entfernung nicht verstehen. Es wurde ihm allerdings unmittelbar darauf klar, als nämlich Markowitsch etwas gegen das Licht hob und dessen Blick sich mit seinem traf. Michael glaubte in diesem kurzen Moment ein seltsames Leuchten in den Augen des Kommissars zu entdecken.

Das war unvorsichtig, sagte der Arzt in Gedanken zu sich selbst. Er spürte förmlich, wie ihn die Blicke des Kriminalbeamten zu durchdringen versuchten.

Michael Akebe versuchte, sich auf die Situation zu konzentrieren. Er spürte aber sofort, dass er in

Markowitsch auf jemanden getroffen war, der ihm in seinem Vorhaben Probleme bereiten könnte. Er entschloss sich dazu, die Konfrontation zu suchen, als er dem Staatsanwalt und dem Kommissar entgegenging.

„Wir haben hier etwas Interessantes gefunden", sprach Markowitsch ihn an, als Doktor Akebe vor ihm stand. „Dies müsste doch eigentlich in Ihren Kulturkreis passen, Doktor. Ihre Meinung dazu würde mich brennend interessieren."

Der Kommissar hielt Michael die gefundenen Gegenstände hin, nicht ohne dabei auf dessen Reaktion zu achten. Die Augen des Arztes verengten sich jedoch nur kurz, als er danach greifen wollte.

„Bitte seien Sie vorsichtig damit", sprach Markowitsch dienstbeflissen. „Sie wissen schon, wegen der Fingerabdrücke."

„Eine Wachsfigur", entgegnete Akebe nur. „Etwas deformiert, aber anscheinend sind Sie ja darauf getreten", sprach er dann etwas spöttisch zu Frank Berger, der dem Dialog der beiden nicht wirklich folgen konnte.

„Und ich habe mir dabei meinen Schuh ruiniert", schimpfte dieser leise.

„Seien Sie froh dass es nur der Schuh war der nun ein Loch hat", gab ihm Markowitsch zu verstehen.

„Kann mir mal jemand von Ihnen erklären, was es mit diesem seltsamen Ding auf sich hat? Ich habe nicht die geringste Ahnung, worüber Sie hier gerade sprechen, Markowitsch. Ich dachte Sie wollten zurück ins Büro?"

Staatsanwalt Berger schien langsam etwas ungehalten zu werden, da der Kommissar anscheinend etwas vermutete, von dem er im Moment überhaupt keine Ahnung hatte.

„Dieses seltsame Ding hier", sagte Markowitsch mit erklärender Stimme, während er den spitzen Gegenstand prüfend ins Licht hielt, „gehört doch vermutlich zu jenem Ding hier."

Dabei nahm er Akebe die Überreste der schwarzen Wachsfigur aus der Hand.

„Dem Loch nach zu urteilen steckte diese Nadel, so sieht es mir im Moment jedenfalls aus, hier in dieser Figur. Fehlt Ihnen ein kleiner Teil der kulturellen Allgemeinbildung, Herr Staatsanwalt, oder können Sie sich wirklich nicht denken worauf ich hinaus will?"

Berger starrte den Kommissar nur an. Er wusste im Moment wirklich nicht, worauf dieser anspielte.

„Ganz einfach, schwarze Magie", versuchte Michael Akebe dem Staatsanwalt zu erklären.

„Wie bitte? Ich verstehe immer nur Bahnhof. Könnten sich die Herren bitte etwas klarer und genauer ausdrücken? Markowitsch. Sie sprechen wie so oft in Rätseln zu mir. Und da Sie mich kennen wissen Sie auch genau, dass ich das überhaupt nicht mag. Fakten sind für mich entscheidend. Fakten, und nichts anderes als Fakten. Also rücken Sie endlich raus mit der Sprache. Klären Sie mich auf, oder vergessen Sie das Ganze und lassen Sie uns zurück fahren."

Berger sah ungeduldig auf die Uhr.

„Der Doktor hat recht", gab Markowitsch zurück. „Schwarze Magie in einer seiner ursprünglichsten Formen.

Voodoo!

Sagen Sie nur, Berger, Sie hätten noch nie von dieser uralten Religion gehört."

„Wofür halten Sie mich, Herr Kommissar", gab Frank Berger entrüstet zurück. „Natürlich ist Voodoo mir ein Begriff. Allerdings nur im Zusammenhang mit Zauberei, Zombies und irgendwelchen billigen Horrorfilmen aus dem Kino. Könnten Sie mir erklären, was in aller Welt dies mit Religion zu tun haben soll?"

Der Kommissar richtete seinen Blick auf Michael Akebe.

„Wollen Sie es ihm erklären, oder soll ich?"

Der Arzt zuckte nur mit den Schultern, begann dann aber zu sprechen:

„Voodoo stellt in seinem Ursprung eine Mischung verschiedenster afroamerikanischer Religionen dar, und setzt sich aus afrikanischen, islamischen, katholischen und auch indianischen Elementen zusammen, die aus der Sklavenzeit stammen. Diese Religion existiert auch heute noch in verschiedenen Kontinenten und ist sogar von den Katholiken anerkannt. Ursprünglich bedeutet der Begriff Voodoo eigentlich Gott, Gottheit oder auch übernatürliche Macht.

Voodoo bezeichnet aber auch die Liebe und Einheit, in der alles auf dieser Welt miteinander verbunden ist, also ein Ganzes in sich bildet. Aber wie in anderen Religionen gibt es auch bei Voodoo magische Elemente. Und hier wie auch woanders eben die Guten und die Bösen.

Die Priester des Voodoo sind auch Heiler im Sinne der weißen Magie. Sie nutzen die Kräfte der Natur und die damit verbundene Wirkung, um sie dem Wohle der Menschen bereit zu stellen. Gepaart sind diese Naturkräfte mit uralten Ritualen, Gesängen und Tänzen der Völker.

Manche jedoch nutzen diese Kräfte auch, um anderen Menschen zu schaden. Die schwarzmagischen Elemente des Voodoo vermögen Unheil und Krankheit zu bringen. So jedenfalls steht es in alten Schriften und Überlieferungen. Was davon zutrifft und was nicht, was glaubhaft oder nur Fantasie ist, vermag nur ein jeder für sich selbst zu entscheiden."

Gebannt hatten Kommissar Markowitsch und Staatsanwalt Berger den kurzen Ausführungen von Michael Akebe zugehört. Für den Kriminalbeamten war nicht allzu viel Neues an dem, was der Arzt soeben erzählt hatte. Dass sich dessen Stimme und Mimik in den letzten Minuten etwas verändert hatte, fiel jedoch nur dem Kommissar auf.

Akebe bemerkte den unwissentlichen Gesichtsausdruck des Staatsanwaltes. Er war schon im Begriff zu weiteren Erklärungen auszuholen, als ihm Markowitsch ins Wort fiel.

„Sie vergaßen aber eines zu erwähnen, Doktor Akebe. Nämlich die Tatsache, dass diese dunkle Seite des Voodoo auch im Stande sein kann zu töten. Jedenfalls was die allgemeinen Überlieferungen angeht. Oder irre ich mich in diesem Punkt, und es handelt sich dabei tatsächlich nur um einen Irrglauben?"

Noch einmal betrachtete er das seltsame Gebilde in seiner Hand, steckte es kurzerhand aber sorgfältig in seine Jackentasche.

„Nun, wie gesagt", gab Akebe etwas überrascht von der Aussage des Kommissars zurück, „was man letztendlich davon glauben mag oder nicht, bleibt jedem selbst überlassen. Aber ich kann mir nicht vorstellen, aus welchem Grund ein Priester des Voodoo daran interessiert sein könnte, den Nördlinger Turmwächter sterben zu lassen. Was ergäbe das für einen Sinn?"

„Weiß ich nicht. Bis jetzt jedenfalls noch nicht. Vielleicht bilde ich mir das Ganze auch nur ein. Möglicherweise war der Mann einfach psychisch überlastet und hat sich wirklich selbst von da oben hinunter befördert. Ich bin momentan etwas verwirrt. Und da ich in diesem Zustand keinen klaren Gedanken Zustande bringe, werden wir für heute Nacht Schluss machen. Vielen Dank, Doktor Akebe. Ich möchte Sie bitten, sich für eventuelle spätere Fragen zur Verfügung zu halten."

Markowitsch reichte dem Doktor seine Hand, und auch Frank Berger verabschiedete sich von ihm. Froh darüber, dass er diesen Ort für heute verlassen konnte. Irgendwie sah er sich zum jetzigen Zeitpunkt noch überhaupt nicht im Bilde, wo und wie er mit seinen Ermittlungen ansetzen sollte.

Insgeheim hoffte er, dass vielleicht der Kommissar eine verwertbare Spur finden würde. Es wäre ihm einerseits am liebsten gewesen, wenn sich die ganze Geschichte als tragischer Selbstmord herausstellen würde. So hätte er die Sache wohl am schnellsten wieder vom Hals. Aber tief in seinem Innersten mochte er selbst nicht so recht daran glauben. Andererseits sah er diesen Fall auch als Herausforderung an. Als er mit Markowitsch den Platz vor der Kirche verließ, wurden die beiden von einem der inzwischen nur noch wenigen anwesenden Reporter aufgehalten.

„Haben Sie mittlerweile irgendwelche näheren Erkenntnisse, Herr Staatsanwalt? Sie und der Kommissar hatten doch eben noch eine etwas längere Unterhaltung mit einem der Ärzte. Um was ging es denn da genau? Möglicherweise etwas, das die Öffentlichkeit interessieren könnte?"

Neugierig hielt er Frank Berger sein Aufzeichnungsgerät unter die Nase. Da dieser gerade in Gedanken war, zeigte er sich ein wenig überrascht der Fragestellung gegenüber. Markowitsch bemerkte dies, trat auf den Reporter zu, und schob ihn sanft etwas zur Seite.

„Wir haben zum jetzigen Zeitpunkt noch keinerlei Anhaltspunkte dafür, welche tatsächlichen Umstände zum Tode des Türmers geführt haben könnten. Sowohl ein tragischer Unfall, als auch ein Selbstverschulden von Seiten des Mannes sind nicht ganz auszuschließen. Ein Fremdverschulden im Zusammenhang mit einer dritten Person scheint nach unseren bisherigen Kenntnissen allerdings nicht in Frage zu kommen."

„Mord am Türmer des Nördlinger Daniel. Das wäre doch mal eine Schlagzeile hier auf dem Lande."

Die Augen des Reporters begannen sensationshungrig zu leuchten. Die des Kommissars hingegen verengten sich urplötzlich zu zwei schmalen Schlitzen.

„Wenn Sie diese Schlagzeile auch nur andeutungsweise bringen, und sei es nur mit einem Fragezeichen am Ende versehen, dann werde ich höchstpersönlich dafür Sorge tragen, dass Sie in Zukunft nur noch die Bleistifte Ihres Chefs spitzen dürfen."

„Schon gut, schon gut", gab der Mann nun etwas kleinlaut zurück. „Das war ja auch nur so ein Wunschgedanke. Wann kommt man als Reporter in der Provinz schon mal an so eine Geschichte ran. Wie ich aber Ihrer Aussage entnehmen kann meinen Sie also, dass es sich hier eventuell auch um einen Selbstmord handeln könnte?", lautete nun die Gegenfrage des Reporters.

„*Ich* meine gar nichts", gab Markowitsch unwirsch zurück. „Dies sind lediglich die momentanen Fakten, und ganz allein diese zählen für uns. Ist doch sicherlich auch in ihrem Sinne, Herr Staatsanwalt?", gab er mit einem kurzen Seitenblick auf Frank Berger zurück.

„Alles Weitere wird sich im Laufe unserer Ermittlungen ergeben. Die neuesten Erkenntnisse können Sie selbstverständlich jederzeit über unsere Presseabteilung erfahren. Und nun entschuldigen Sie uns bitte, wir haben noch zu tun."

Mit diesen Worten ließ Markowitsch den Reporter stehen und zog den leicht verdutzt dreinschauenden Berger am Arm weiter.

„Alle Achtung, Markowitsch", flüsterte der Staatsanwalt in dessen Richtung. „War ja richtig professionell, Ihr Statement. Ich denke, dass ich das selbst auch nicht viel besser hinbekommen hätte."

„Danke für die Blumen, Berger. Man lernt ja immer was dazu wenn man lange genug mit Ihnen zusammen arbeitet."

Frank Berger verstand den kleinen verbalen Seitenhieb des Kommissars genau, nahm diesen aber gelassen hin.

„Nur gut, dass Sie nichts von der Geschichte mit diesem Voodookram erwähnt haben. Und ich möchte davon auch nicht eine einzige Zeile in der Zeitung lesen. Ich hoffe, dass ich mich Ihnen gegenüber damit deutlich genug ausgedrückt habe?"

Markowitsch wusste, wann er auf die Bremse zu treten hatte, und so lenkte er ein.

„Selbstverständlich, Herr Kollege. Es wird in dieser Hinsicht keinerlei Aussagen von meiner Seite geben, solange ich dafür noch keine Beweise habe."

„Beweise", sprach Frank Berger ironisch. „Beweise wofür, Markowitsch? Für dieses Märchen von Voodoo und Hexerei? Sie lesen mir zu viele Schundromane. Bleiben Sie realistisch. Ich bin es gewohnt, von Ihrer Seite gewissenhafte Ermittlungsergebnisse zu erhalten."

Er ging auf den Dienstwagen des Kommissars zu, während dieser per Infrarotbedienung die Türen öffnete und wollte auch schon auf dem Beifahrersitz Platz nehmen, als ihm etwas einfiel. Mit dem Ellbogen auf die offenen Beifahrertür gelehnt schaute er ins Fahrzeuginnere und lächelte den inzwischen hinter dem Steuer sitzenden Kriminalbeamten an.

„Wenigstens einen angenehmen Abschluss sollte dieser Abend für mich haben, meinen Sie nicht, Markowitsch? Ihr Angebot von vorhin steht doch noch? Oder wollen Sie einen Rückzieher machen?"

Der Kommissar blickte auf die ihm entgegen gestreckte offene Hand des jetzt grinsenden Frank Berger. Er verzog mit leicht zusammengekniffenen Lippen seine Mundwinkel und stieg aus dem Wagen, nachdem er den bereits steckenden Schlüssel wieder abgezogen hatte.

Markowitsch reichte diesen dem Staatsanwalt über das Dach hinweg entgegen.

„Sie denken bitte an die StVo Herr Berger? Erstens sind wir nicht mehr im Einsatz, und Zweitens habe ich gute Kontakte zu den Kollegen der Verkehrsabteilung."

„Sie wollen mir doch jetzt nicht etwa den Spaß verderben, Markowitsch, oder?"

Frank Berger begab sich pfeifend und den Schlüssel schwenkend auf die Fahrerseite, stieg ein und wartete darauf, dass sich sein Beifahrer den Sicherheitsgurt anlegte. Er startete den Motor des Dienstwagens, und lenkte das Fahrzeug zunächst gemächlich stadtauswärts.

12. KAPITEL

Michael Akebe sah dem Auto der beiden Augsburger Beamten solange hinterher, bis es außer Sichtweite war. Anschließend hielt er kurz Rücksprache mit einem der Polizisten, ob seine Anwesenheit noch notwendig wäre. Nachdem dieser die Frage verneinte, machte er sich schließlich auf den Weg zurück in seine Praxis. Dort angekommen hängte er sein Jackett an die Garderobe, griff in eine der Seitentaschen, und zog den Inhalt hervor. Er biss sich dabei selbstkritisch auf die Unterlippe, sich darüber ärgernd, dass er vorhin so unachtsam gehandelt hatte.

Als er sich im Laufe des Abends den Leichnam von Markus Stetter ein weiteres Mal angesehen hatte, wurde er von einer spontanen Eingebung geleitet. Er entnahm seiner Arzttasche einen kleinen Glaszylinder, kniete neben dem Toten nieder, und füllte das Röhrchen mit einigen Tropfen von dessen langsam auf dem Kopfsteinpflaster eintrocknenden Blut.

Jeder Beobachter hätte bei dieser Szene sicherlich an eine notwendige Untersuchung gedacht, der Arzt jedoch hatte ganz andere Gründe für sein Verhalten im Sinn. Er wusste zwar in diesem Augenblick noch nicht ganz genau wofür er dieses Blut verwenden würde, ließ sich aber auf Grund seiner plötzlichen Eingebung auch nicht davon abhalten, es in seine Jackentasche zu stecken. Dass ihm dabei der Puppenkörper zu Boden fiel, hatte er angesichts der hektischen Gesamtsituation nicht bemerkt. Aber es war nun einmal geschehen.

Problematisch für sein weiteres Vorhaben sah er nur die Tatsache, dass ausgerechnet der Kommissar die Puppe in die Hände bekommen hatte. Nicht unbedingt weil er der ermittelnde Polizeibeamte war, sondern weil er anscheinend für Michael Akebe gefährliche Schlussfolgerungen zog.

Der Arzt wusste nicht, inwiefern sich dieser Kommissar mit den Hintergründen, Ritualen und Gebräuchen des Voodoo auskannte. Zumindest besaß er scheinbar gute theoretische Kenntnisse. Aber er war gewarnt. Er würde schon herausfinden wie tief dieser Markowitsch mit seiner Religion vertraut war, sollte er für seine Pläne gefährlich werden.

Die weiteren Schritte hatte sich Michael Akebe sehr genau überlegt. Er musste die Ursache für das Ungleichgewicht in seiner Familie beseitigen, damit die Harmonie des Ganzen wiederhergestellt wurde.

Diese Ursache sah er im Vertuschen der Tatsachen, was eine gerechte Bestrafung des Schuldigen am Tode seines Vaters verhindert hatte. Somit würde er dafür Sorge tragen, dass den Schuldigen Gleiches widerfahren würde, um dadurch die Balance zwischen den Dingen wieder zu erreichen.

Dass er Gerd Stetter seinen Vater nicht mehr nehmen konnte, war für ihn kein Grund, seine Pläne zu verwerfen. So hatte er eben dem Vater seinen Sohn genommen, um durch dessen Tod das Leid in diese Familie zu bringen. Man hatte die Familie Akebe fühlen lassen, dass Gerechtigkeit nach dem Ermessen menschlicher Macht stattfindet. Nun würde Michael Akebe den Betroffenen zeigen, was es bedeutet, Macht zu besitzen, und diese zum Nachteil Anderer auszuüben.

Er war sich zwar der Tatsache bewusst, dass er dadurch die eigentlichen Grundsätze seines Glaubens verletzen, und so auch die Lehren seines Großvaters missachten würde. Aber diese Umstände wollte Michael in seiner Situation nicht sehen. Er war nur vereinnahmt vom Gedanken an Gerechtigkeit im Sinne seiner eigenen Vorstellungen.

Der persönliche Schmerz über den Verlust seines Vaters, und das dadurch anfänglich tägliche Leid seiner Mutter hatte schon vor Jahren tief in ihm den Grundstein für seinen jetzigen Entschluss gelegt. Dagegen vermochten auch leise Warnungen in ihm nichts auszurichten. Für ihn war nun der Zeitpunkt *seiner* Gerechtigkeit gekommen.

13. KAPITEL

Markowitsch starrte nachdenklich durch die Windschutzscheibe seines Wagens. In seinen Gedanken ließ er die vergangenen Stunden nochmals vor seinem geistigen Auge vorüberziehen.

Als der Anruf der Nördlinger Kollegen ihn darüber unterrichtete, dass der Türmer des Daniel zu Tode gestürzt war, hatte er zunächst an einen tragischen Unfall bzw. einen Selbstmord gedacht. Was sonst könnte einen solchen Sturz ausgelöst haben. Kein Mensch, der sich in normaler physischer und psychischer Verfassung befand würde sich in über 60 Metern Höhe der Gefahr aussetzen sein Leben zu riskieren.

Angesichts der Tatsache, dass sich der Arbeitsalltag dieses Mannes überwiegend auf dem Turm abspielte, dass er diesen wohl in all seinen Einzelheiten kannte, konnte sich der Kommissar nicht vorstellen, was diese Tragödie ausgelöst haben sollte. Es musste einen anderen Grund dafür geben.

Am nächsten Morgen beauftragte er sofort seinen Mitarbeiter, sich für ihn sämtliche Einzelheiten aus dem Leben des Toten zu beschaffen. In der Zwischenzeit befasste sich Markowitsch selbst damit, Licht in die für ihn seltsame Begegnung mit diesem Doktor Akebe zu bringen. Er hatte sich ja gestern Abend schon fast mit dem Gedanken eines Suizidfalles angefreundet, als er durch den Staatsanwalt diese Wachsfigur in die Hände bekam.

Nachdem er sich sowohl diese, als auch den Gegenstand, welchen sich Frank Berger in den Schuh getreten hatte, etwas genauer betrachtete, überkam ihn ein seltsames Gefühl. Er dachte unweigerlich an seinen ersten Urlaub auf Haiti, als er in den vielen Touristenzentren der Insel immer wieder mit diesen Figuren konfrontiert wurde.

Voodoo-Puppen waren für viele der Reisenden nicht mehr als ein Souvenir. Er jedoch war von Anfang an fasziniert davon. So hatte er sich nach und nach Lektüre über alle möglichen Themen rund um diesen Mythos Voodoo besorgt. Er las sich in den darauf folgenden Jahren ein ganz ordentliches Wissen über diese Form des religiösen Glaubens an.

Aus Interessenskreisen die sich ebenfalls mit diesem Thema beschäftigten erfuhr er weitere Einzelheiten darüber, dass Voodoo eigentlich in seiner Ursprungsform niemals etwas Negatives darstellte. Voodoo, auch mit Vodou oder Vodún bezeichnet, ist bis in die heutige Zeit eine anerkannte Religion.

Selbst Papst Johannes Paul II. wurde bei einer seiner Afrikareisen als ein mächtiger „Hexenheiler" anerkannt, denn im Grunde werde hier auch derselbe Gott angebetet wie bei den Christen.

Das Wort Vodún stammt aus den westafrikanischen Sprachen und scheint alles zu bezeichnen, was in der Natur vorkommt. Elemente, Pflanzen, Tiere und Menschen. Es wird auch übersetzt als *Gott* oder *göttliche Macht*. Etwas das heilig ist, das man nicht berühren könne, etwas das charismatisch, magisch ist.

Unerklärliche Vorkommnisse werden oft auf magische Einflüsse zurückgeführt. Diese Einflüsse sind abhängig von den jeweiligen Verhältnissen. Dies gilt für den sozialen und wirtschaftlichen Bereich genauso, wie für die vorherrschende Moral.

Je nach Region und Abstammung wird Vodún unterschiedlich gelebt. Oft steht ein Fest mit rhythmischen Trommelklängen, Gesang und Tanz im Mittelpunkt. Dabei versetzen sich die Tänzer in tiefe Trance, um sich so als Medium für die Gottheiten des Vodún zur Verfügung zu stellen.

Oftmals ist auch die Rede von Voodoopuppen, in die Nadeln hinein oder hindurch gestochen werden. Eigentlich sind diese Rituale, die so genannten Ouangas, dazu vorgesehen, um spezielle Probleme zu lösen. Also beispielsweise um Krankheiten zu heilen oder negativen Einfluss zu vertreiben. Aber wie überall im Leben gibt es bei Licht auch Schattenseiten. So werden diese Rituale auch immer wieder dazu benutzt sich einen persönlichen Vorteil zu verschaffen, indem man anderen Lebewesen einen Schaden zufügt der in Extremfällen auch den Tod derer in Kauf nimmt.

14. KAPITEL

Ein Läuten riss Kommissar Markowitsch aus seinen Gedanken heraus. Er griff nach dem Telefonhörer und meldete sich.

„Ich habe die von Ihnen gewünschten Informationen über den Toten aus Nördlingen zusammengestellt. Wünschen Sie diese per Mail, oder soll ich Sie Ihnen persönlich vorbeibringen?", vernahm er die Stimme des mit der Recherche beauftragten Kollegen.

„Wenn es Ihnen nicht zu viele Umstände macht, hätte ich lieber ein Stück Papier in den Händen", brummte Markowitsch in den Hörer.

„Selbstverständlich, Herr Kommissar", entgegnete sein Mitarbeiter. „Ich bin in ein paar Minuten in ihrem Büro."

Markowitsch stand auf und ging zur Kaffeemaschine, die auf einem kleinen Beistelltisch in der Ecke seines Büros stand, und schenkte sich eine Tasse des frisch aufgebrühten Kaffees ein. Milch und Zucker benötigte er nicht, er liebte das Getränk in seiner ursprünglichen Form. Heiß, schwarz und stark.

Nachdem er wieder hinter seinem Schreibtisch Platz genommen hatte, betrat sein Kollege nach einem kurzen Klopfzeichen unaufgefordert das Büro.

Peter Neumann, von vielen Kollegen nur Pit genannt, blieb breitbeinig vor dem Schreibtisch von Markowitsch stehen. Er stellte eine imposante Erscheinung dar. Knapp 1,90 m groß, breitschultrig und mit einem durchtrainierten Körper, mit dem er bei so manchem seiner Kollegen etwas Neid aufkommen ließ. Das Einzige das nicht ganz zu seinen Proportionen passte, war sein etwas zu kurz geratener Hals, was ihm im Kreise seiner Kollegen den Spitznamen *Pitbull* einbrachte.

Aber es war nicht nur sein Aussehen, sondern vor allem seine Art und Weise wie er sich in seine Aufgaben zu verbeißen vermochte. Hatte er sich einmal einer Sache angenommen, entwickelte er den Ehrgeiz, diese auch so schnell und präzise wie möglich zu erledigen.

Als EDV-Fachmann des Augsburger Polizeikommissariats war er eine absolute Koryphäe auf seinem Gebiet. Mehrfach schon hatte er den Kollegen gegenüber geäußert, dass er eines Tages selbst auf einem Chefsessel sitzen und nicht immer nur im Hintergrund arbeiten wollte.

„Die Kollegen aus Nördlingen hatten bereits das Wichtigste über den Mann zusammengetragen, den Rest habe ich mir aus den Zentralregistern gezogen. Keine Vorstrafen, kein größeres Vergehen. Sein Name taucht auch in keinem Zusammenhang mit irgendwelchen Straftaten auf. Soweit ich das beurteilen kann, war Markus Stetter ein vom Gesetz her gesehen unbeschriebenes Blatt."

Kommissar Markowitsch sah Pit Neumann mit zusammengekniffenen Augen an, seufzte kurz, nahm sich einen Bleistift zur Hand, auf dem er dann sogleich herum zu kauen begann und lehnte sich damit in seinem Sessel zurück. Er schlug die Beine übereinander und fragte:

„Wie sieht es mit der Krankengeschichte des Toten aus, Neumann? Keinerlei Anhaltspunkte auf psychische Störungen? Gibt es denn da nicht irgendeine Kleinigkeit die darauf hindeuten könnte, dass sich der Mann selbst ins Jenseits befördert haben könnte?"

„Nein, Chef, tut mir leid" gab Neumann zurück, der nun unaufgefordert auf dem Stuhl vor dem Schreibtisch von Markowitsch Platz nahm. „Ich sagte doch schon, dass auch in den Zentralregistern keinerlei Hinweise auftauchen, die auf irgendeine schnelle Lösung schließen lassen.

Ich habe das komplette Programm gecheckt. Und Sie wissen doch genau: wenn es irgendwo etwas zu finden gibt, dann finde ich es. Es gibt keinerlei Hinweise in dieser Richtung. Absolut nichts!"

Der Blick des Kommissars glitt an dem ihm gegenüber sitzenden Mann hinab.

Keinerlei Anhaltspunkte grummelte er vor sich hin. Wenn es irgendwo einen gespeicherten Hinweis für einen Fall gab, war Neumann derjenige, der diesen auch fand. Dieser Tatsache war sich Markowitsch sicher. Als Peter Neumann damals seiner Abteilung zugewiesen wurde, hatte er dessen Talent sofort erkannt.

Er ließ daraufhin das EDV-System des Kommissariats entsprechend modernisieren, um so die Fähigkeiten des neuen Kollegen optimal nutzen zu können.

„Pflegen Sie mir das Ding anständig", gab er Neumann als Ansporn mit auf den Weg. „Und füttern sie es mit Informationen, auf dass es wachse und gedeihe wie ein Kind, das seinem Vater später einmal zur Seite stehen kann."

Neumann war ein absoluter Computerfreak. Unverheiratet und kinderlos. Bis zu diesem Tag.

Unzählige Stunden verbrachte er vor dem neuen System, um es auch stets auf dem aktuellsten Stand zu halten. Im engsten Kollegenkreis witzelte man schon darüber, ob er eines Tages einen Adoptionsantrag für seinen Computer stellen würde.

Peter Neumann ließen diese Witzeleien jedoch relativ unberührt. Er wusste genau, was er kann und dieses Wissen war seine Stärke. Früher oder später würden sie alle zu ihm kommen. Seine Rechercheergebnisse waren gefragt.

„Das heißt also", sinnierte Markowitsch, „dass wir vor einem Rätsel stehen."

„Scheint im Moment jedenfalls so", erwiderte Neumann. „Allerdings habe ich mir in diesem Zusammenhang auch gleich einmal die Zeugenliste sowie die Protokolle der Kollegen aus Nördlingen durchgesehen, und mein Baby mit den Einzelheiten gefüttert.

Der Name Stetter taucht in Zusammenhang mit einem längst abgeschlossenen Fall auf. Allerdings nicht Markus, sondern Gerd Stetter. Und was mich ein wenig stutzig macht ist die Tatsache, dass noch ein weiterer Name in diesem Zusammenhang erwähnt wird."

„Akebe?", fiel ihm der Kommissar fragend ins Wort.

Pit Neumann zog seine Augenbrauen nach oben.

„Sie versetzen mich immer wieder in Erstaunen, Herr Kommissar. Ja, es handelt sich hier tatsächlich um einen gewissen Abedi Akebe. Hat dieser etwas mit dem aktuellen Fall zu tun?"

„Weiß ich noch nicht", entgegnete Markowitsch, der sich nun aus seinem Sessel erhob, um den Schreibtisch herum zum Fenster seines Büros ging, und einige Augenblicke auf die Straße hinunter starrte. „Das sind eigentlich zwei verschiedene Paar Stiefel. Und doch habe ich dabei das komische Gefühl, als müsste ich die alten Akten noch einmal heraus kramen."

„Ein freundliches Wort von Ihnen mir gegenüber würde schon genügen", grinste Peter Neumann. „Mein schnuckeliger PC wird Ihnen gerne innerhalb weniger Minuten alle Fakten zusammenstellen, Sie an den Drucker senden, und Sie haben alles umgehend auf Ihrem Schreibtisch."

„War ich jemals unfreundlich zu Ihnen, Neumann?", fragte Markowitsch mit erhabenem Ton, ohne sich umzudrehen. „Seit wir zusammenarbeiten sind Sie doch schon einige Male die Karriereretreppe rauf gestolpert. Bis Sie allerdings an meinem Platz angelangt sind, müssen Sie sich schon noch einige Tage gedulden. Auch wenn ich Sie mir gut als Nachfolger vorstellen kann. Also machen Sie sich nun *bitte* auf die Socken und bringen Sie mir das Material auf den Tisch, bevor ich Sie ins Archiv in den Keller versetze und vor einer Schreibmaschine versauern lasse."

Die letzten Sätze sprach der Kommissar mit einem lachenden Unterton in der Stimme, wobei er sich zu Neumann umdrehte und mit dem Finger auf seine Bürotür zeigte.

„Raus!"

„Schon gut, schon gut", gab sich Peter Neumann seufzend geschlagen. „Bei einer solch freundlichen Bitte kann selbst ich nicht nein sagen."

Er erhob sich von seinem Platz, grüßte mit der Hand an der Stirn, und verließ das Büro seines Vorgesetzten.

15. KAPITEL

Michael Akebe begab sich auf den Dachboden des Hauses, in dem er seine Praxis hatte. Hier oben war sein Reich, gefüllt mit Andenken, Erinnerungen und Traditionellem aus seiner afrikanischen Heimat. Holzfiguren, die sein Großvater für ihn geschnitzt hatte, standen hinter der Glasscheibe eines Regals. Fotos und Bilder aus seinem Heimatdorf hingen an den Wänden, und ein handgeknüpfter Teppich lag auf dem Boden davor.

Im hinteren Teil des Raumes stand eine Truhe. Sie war bedeckt mit der Nationalflagge Togos. Der Arzt stand einige Minuten schweigend davor, bevor er das gelb-grün gestreifte Tuch mit dem rot-weißen Stern entfernte. Nachdem er dieses sorgfältig zu einem kleinen Quadrat zusammengelegt hatte, öffnete er langsam und bedächtig den reich verzierten Deckel der Truhe. Während er deren Inhalt betrachtete, sah er sich im Geiste seinem verstorbenen Vater gegenüber.

„All diese Dinge habe Ich von Deinem Großvater erhalten, als wir nach Deutschland gingen. Manches davon sind Familienstücke, die seit vielen Jahren von den Vätern an die Söhne weitergegeben werden. Andere sind sehr persönliche Dinge von ihm. Wenn Du sie eines Tages in Deinen Händen hast, dann halte sie in Ehren und gedenke der Traditionen Deiner afrikanischen Vorfahren."

Michael Akebe nahm nach und nach verschiedene Dinge aus der Truhe heraus und stellte diese vorsichtig zur Seite.

Es handelte sich hierbei um sehr persönliche Gegenstände seines Großvaters. Da waren Fetische verschiedenster Art, welche der alte Akebe während seiner Heilungszeremonien einsetzte. Jeder von ihnen hatte eine ganz besondere Bedeutung. Talismane, verschieden geknüpfte Ketten mit bunten Perlen und auch die eine oder andere Figur befanden sich darunter. Je nach Herstellung wurden diese für die unterschiedlichsten Rituale eingesetzt.

Weiße Ouangas dienen beispielsweise dem Schutz oder der Heilung, grüne dem Glück oder rote der Liebe. Ein besonderes Ouanga war das *Pot te tête.*

Es soll den Ausübenden schützen und vermeiden, dass er selbst von seinem Schadenszauber getroffen wird. Eine solche Situation könnte eintreten, wenn er nicht hundertprozentig davon überzeugt ist richtig zu handeln.

Michaels Großvater hatte für seinen Sohn Abedi eine ganz spezielle, für ihn einmalige Puppe angefertigt. Aus schneeweißem Elfenbein war sie geschnitzt und er hatte sie mit einem heiligen Ritual geweiht, um seinen Nachkommen eine Möglichkeit zu geben sich zu schützen. Michael kam bisher nie auf den Gedanken, dieses einmal nutzen zu müssen, war auch jetzt von der Richtigkeit seines Handelns überzeugt.

Er nahm noch verschiedene andere Dinge aus der Truhe heraus, verließ die dunkle Ecke des Dachbodens und begab sich zu einem kleinen Tisch inmitten des Raumes und stellte zwei kleine Tongefäße darauf, in die er einige Tropfen Öl aus unterschiedlichen Fläschchen träufelte. Anschließend entzündete er die unter die Gefäße gestellten Kerzen. Ein schwerer, die Sinne benebelnder Duft breitete sich langsam auf dem Dachboden aus.

Michael setzte sich auf dem Teppich nieder. Er legte den in einen schlichten Umhang gewickelten Gegenstand vor sich auf den Boden und packte ihn aus. Es kam eine kleine Trommel zum Vorschein, die der Arzt vorsichtig wie ein rohes Ei neben sich abstellte. Den Umhang, der vor vielen Jahren ein farbenprächtiges Kleidungsstück seines Großvaters war, legte er sich andächtig um seine Schultern. Auch wenn der Stoff schon etwas verschlissen wirkte, für Michael Akebe stellte dieser etwas ganz Besonderes dar.

Sein Großvater trug ihn stets, wenn er sich mit anderen Männern in den afrikanischen Busch begab, um die für seine Heilungsrituale benötigten Zutaten zu sammeln. Auch während der Heilungszeremonien in seiner Hütte hatte er ihn immer umgelegt, und er schlug dabei die Djembe-Trommel die nun neben Michael stand, in einem ganz besonderen Rhythmus.

Michael Akebe erfuhr, dass er sich dadurch in eine tiefe Trance versetzte, um so die Kraft und den Rat der Naturgötter in sich aufzunehmen. Dies gab er anschließend durch seine Hände, durch Worte und monotone Gesänge, durch Kräuter und uralte Mixturen an die Kranken weiter. Michael konnte sich oftmals davon überzeugen, dass, aus welchem Grunde auch immer, diese Zeremonien ihre heilende Wirkung hatten.

Natürlich gab es auch Menschen, die durch das Geschehen nicht von ihrer Krankheit erlöst werden konnten. Es war schließlich kein allmächtiger Zauber. In diesen Fällen setzte sein Großvater auf die schulmedizinischen Erfahrungen seines Sohnes Abedi. Dieser schüttelte oftmals den Kopf darüber wenn er eine Krankheit diagnostizierte, die sichtlich mit den Heilmitteln der Natur nicht zu überwinden war.

Michael allerdings war von den für ihn magischen Kräften durchaus überzeugt, wenngleich er wusste, dass sie nicht in allen Fällen wirken konnten. Doch dafür hatte er sich schließlich vorgenommen, eines Tages die Natur mit der Wissenschaft zu verbinden.

Als Michael Akebe den Stoff des Umhangs auf seinen Schultern fühlte, begann sich sein Blick zu verschleiern. Er versuchte sich an den Rhythmus der Hände seines Großvaters zu erinnern, stellte die Trommel zwischen seine zum Schneidersitz verschlungenen Beine und begann schließlich damit, diese langsam mit seinen Händen zu schlagen.

Nach wenigen Minuten hatte er diesen bestimmten Rhythmus gefunden und begab sich durch den Klang der Trommel und den berauschenden Duft des magischen Kräuteröls auf eine geistige Reise zwischen die Welten. Farbenschleier durchdrangen seine Sinne, und bald sah sich der Arzt wie durch einen Nebel dem Geist seines Großvaters gegenüber.

Er begann in der Sprache seiner Ahnen mit ihm zu sprechen, versuchte die Kraft dessen Geistes in sich aufzunehmen. Nur dadurch würde es ihm möglich sein sich den Göttern zu öffnen, und so ihre Macht in sich wirken zu lassen. Doch es schien auch nach längerem Versuchen nicht so einfach zu gelingen, wie Michael Akebe sich dies vorgestellt hatte.

Immer wieder verschwand das Bild des Alten vor ihm, auch wenn er noch so beschwörend versuchte es festzuhalten. Er war sehr traditionsbewusst und wollte sich in geistigem Verbund mit seinem Großvater auf sein Vorhaben einstimmen.

Er musste versuchen, das Gleichgewicht der Natur wieder in Einklang zu bringen, hatte doch von ihm gelernt, wie wichtig es war, dass alles Eins sein musste. Das Gleichgewicht der Akebes wurde zerstört, und er, Michael Akebe, würde nun Alles wieder richtigstellen. Dass dies jedoch nur mit dem Vorsatz des Guten und mit einem reinen Herzen möglich war, hatte er im seelischen Schmerz über den Verlust seines Vaters vergessen.

Michaels Stirn war mittlerweile vom Schweiß bedeckt. Die vorangegangenen Ereignisse des Tages und die jetzt doch erhebliche mentale Anstrengung, schienen ihn nun beinahe zu überfordern. Seine Hände wurden langsam ruhiger, bis die leisen Trommelschläge schließlich irgendwann ganz verstummten. Sein Blick klärte sich mehr und mehr, Geist und Körper verließen den Zustand der Trance. Der Arzt war verwirrt und enttäuscht darüber, dass es ihm nicht gelungen war, das von ihm so ersehnte magische Bündnis mit den Göttern einzugehen. Doch trotz dieser negativen Erfahrung wollte er nicht von seinem Vorhaben lassen. Er war so überzeugt von der Richtigkeit seines Handelns, dass er sich dazu entschloss, seine Pläne auf jeden Fall in die Tat umzusetzen. Koste es, was es wolle. Selbst wenn er dazu mit der Tradition seiner Vorfahren brechen musste.

Michael atmete schwer, ließ sich langsam zur Seite fallen, und ruhte sich einige Minuten auf dem Teppich aus, bis die größte Anspannung etwas abgeklungen war und er sich langsam erhob. Er fühlte sich erschöpft, als er sich zu dem Tisch begab, um die Öllampen zu löschen.

Nachdem er anschließend die entnommenen Gegenstände sowie den Umhang mitsamt der Trommel wieder in der Truhe verstaut hatte, öffnete er ein Dachfenster, um sich in der frischen Nachtluft wieder einen klaren Kopf zu verschaffen. Diesen würde er heute auch noch benötigen, wenn er das weitere Geschehen detailliert vorbereiten wollte.

Er war sich im Klaren darüber, dass es eine lange Nacht für ihn werden würde, auch wenn er am nächsten Tag wieder seiner Arbeit als Arzt nachgehen musste. Aber er hatte sich vorgenommen das zu tun, was er für notwendig erachtete. Selbst wenn er dabei die heiligen Kräfte des Voodoo missbrauchen musste, so war es in seinen Augen doch gerechtfertigt und für ihn der einzig richtige Weg.

Dass dieser schwer und steinig werden würde, dessen war sich Michael Akebe bewusst, doch er wollte denen, die seine Familie in tiefe Trauer gestürzt haben, das Gleiche widerfahren lassen. Die Mühlen der Justiz hatten sich damals unaufhaltsam gedreht, und alle Ungereimtheiten im Zusammenhang mit dem Tod seines Vaters zermalmt.

Alle Erklärungen, die er und seine Mutter damals abgegeben hatten, wurden beinahe ohne jede Beachtung von den Behörden vom Tisch gefegt. Die Beteuerungen und Aussagen aller Zeugen, die seinen Vater als ehrbaren, achtsamen Menschen dargestellt hatten, wurden bedenkenlos von den Anwälten der Gegenseite widerlegt. Nie zuvor hatte sich Michael mit seiner Mutter so erniedrigt gefühlt.

Der Tatsache, dass sein Vater von verschiedenen Krankenbesuchen kam, dass er einen wohl langen Arbeitstag hinter sich hatte, wurde der Tatbestand der Unachtsamkeit im Straßenverkehr zu Grunde gelegt. Da er alleine im Wagen saß, die Gegenseite jedoch mit einer im Fahrzeug sitzenden Augenzeugin aufwarten konnte, standen die Chancen mehr als schlecht, etwas anderes zu beweisen.

Jetzt allerdings, nach dem Geständnis von Gerd Stetter, sah die ganze Sache anders aus. Michael war lange am überlegen, ob er mit den neuen Tatsachen einfach eine Wiederaufnahme des damaligen Verfahrens anstreben sollte. Doch was würde ihm dies letztendlich einbringen?

Sicher, der betroffene Politiker würde sich einem Skandal in der Öffentlichkeit stellen müssen. Er würde dann möglicherweise mit einer Geldstrafe, im äußersten Falle wohl mit einer Bewährungsstrafe davonkommen. Das Gleiche drohte auch seiner Begleiterin, die wohl wegen ihrer Falschaussage verurteilt werden würde. Doch wollte er sich und vor allem seiner Mutter dies antun, sich noch einmal diesen schrecklichen Tag in Erinnerung zu rufen?

Sich noch einmal über wahrscheinlich mehrere Tage oder gar Wochen hinweg den bohrenden Fragen der Beamten und Anwälte stellen?

Hatten er, der afrikanischer Abstammung war, und seine Mutter überhaupt eine Chance gegen die sich unaufhaltsam drehenden Mühlen der Justiz, die in diesem Fall möglicherweise gar von unsichtbaren Fäden geführt wurden? Und selbst wenn, was dann?

Keine noch so hohe Summe an finanzieller Entschädigung, keine Verurteilung der wahren Schuldigen würden ihm seinen Vater und seiner Mutter den Mann wiederbringen. Nein! Sein Entschluss stand fest. Er hatte für sich selbst das Urteil über die Schuldigen längst gefällt.

Und dieses Urteil lautete: *Tod!*

Michael Akebe schloss das Dachfenster, löschte das Licht, und begab sich hinunter in seine Praxis. Er verschloss die Türe hinter sich, ließ die Rollläden an den Fenstern herab und begab sich zu dem Tresor in der Ecke seines Sprechzimmers. Nachdem er diesen geöffnet hatte, entnahm er einer sich darin befindlichen Kassette einige Schriftstücke.

Er holte sich eine Flasche Mineralwasser, bevor er die vergilbten Papiere auf seinem Schreibtisch ausbreitete, ließ sich danach in seinem Sessel nieder und studierte zum wiederholten Male die alten Schriften und Zeichnungen, die er aus seiner Heimat mitgebracht hatte. Er war sich der Wirkung des dort Beschriebenen genau bewusst, hatte er sie doch an diesem Abend erstmals erfolgreich in die Tat umgesetzt. Kein Mensch hier in Nördlingen würde je im Traum darauf kommen, dass es sich beim Tod des Türmers um ein schwarzmagisches Ritual handelte.

Würde dieser Kommissar Markowitsch irgendjemandem davon erzählen, dass sich der Mann auf Grund eines uralten Voodoorituals in den Tod gestürzt hatte, man würde ihn wohl für verrückt erklären. Die Menschen der so genannten zivilisierten Welt hatten nicht die geringste Ahnung von der magischen Wirkung des Voodoo.

Gut, es gibt Bücher und Filme über dieses Thema. Meistens handelte es sich um banale Horrorgeschichten, die sich die Autoren und Filmemacher aus den Fingern saugten. Aber die Realität dieser alten Religion sah anders aus. Sie wird heute noch gelebt und praktiziert. Sowohl im Guten als auch im Bösen.

Die Kräfte des Glaubens in Einheit mit den Mächtigen der Natur sind weit größer und stärker als sich der Mensch vorstellen kann. Und er, Michael Akebe, Nachkomme eines Priesters des Voodoo, wird diese Menschen nun lehren, was es bedeutet, wenn man diese Mächte herausfordert. Nichts und niemand würde ihn daran hindern, auch nicht dieser Kommissar.

Michael spürte in seinem Innersten zwar, dass er vor diesem Mann auf der Hut sein musste, dass dieser möglicherweise seine Pläne durchschauen könnte. Er vertraute auf sein Wissen um die alten Traditionen, nahm sich allerdings vor, trotz allem umsichtig zu sein. Dieser Markowitsch wusste womöglich mehr, als er selbst ahnte, und Michael würde ihn nicht aus den Augen verlieren.

Aber nun war es an der Zeit, dass er sich mit den wahren Schuldigen beschäftigte, die die Verantwortung für die Situation in seiner Familie trugen.

16. KAPITEL

Peter Neumann hatte das komische Gefühl, als könnte er heute seinem Baby Informationen entlocken, die eine ganz besondere Brisanz aufwiesen. Irgendetwas war an diesem Fall anders als sonst. Es war nur ein Gefühl, er konnte es in diesem Moment auch noch nicht näher deuten. Aber es kribbelte in seinen Fingern und dies war stets ein untrügliches Zeichen dafür, dass eine Menge Arbeit auf ihn wartete.

Als er die alten Archivdateien des polizeilichen Zentralcomputers durchsuchen ließ, dachte er an die vielen Stunden, die er damit verbracht hatte, um dieses Informationsnetz anzulegen. Fast ein Dutzend Mitarbeiter aus der EDV-Abteilung waren über mehr als ein Jahr hinweg damit beschäftigt, alles erdenkliche Papiermaterial elektronisch zu archivieren. Es wurde kopiert, getippt und gescannt bis die Drähte der Anlage glühten, aber das Ergebnis konnte sich wirklich sehen lassen.

Die Qualität des Computerarchivs hatte sich schnell herumgesprochen und man stellte nicht selten den Antrag, sich Informationen daraus beschaffen zu dürfen. So mancher Fall konnte mit Hilfe dieser gründlichen Recherchemöglichkeit schneller als geplant zu den Akten gelegt werden. Fast jeder Polizeibeamte im Regierungsbezirk Schwaben wusste mittlerweile, dass der *Pitbull* besonderen Wert auf alle möglichen Informationen und Details legte, sollten sie auch noch so unscheinbar sein.

Selbst Informationen von Notizzetteln oder Schmierblättchen wurden von ihm archiviert. Peter Neumann war keine Aussage zu viel. Mit einem ausgeklügelten System für die Verschlagwortung aller Eingaben hatte er stets Zugriff auf jegliche Art von Information, sei sie auch noch so unscheinbar gewesen.

Dieser Tatsache der außergewöhnlich Vorbereitung und der Pflege seiner Daten hatte er es jetzt zu verdanken, dass er innerhalb von nur knapp zwei Stunden einige sehr interessante Dinge für Markowitsch bereitstellen konnte. Innerlich jubilierte Peter Neumann und war mal wieder ein ganz klein wenig stolz auf sich und seine Arbeit.

Nachdem er sich alle seines Erachtens notwendigen Daten ausgedruckt hatte, sicherte er sein System und machte sich wieder auf den Weg ins Büro des Kommissars. Dieser wartete schon ungeduldig darauf, dass sich Pit Neumann endlich wieder bei ihm melden würde. Nach der vierten Tasse Kaffee und einer halben Rolle Schokoladenkekse war er schon kurz davor zum Telefon zu greifen, als sich die Bürotür öffnete.

„Na endlich, Neumann. Ich dachte schon, Ihr Liebling sei vielleicht kaputt gegangen. Oder haben Sie sich in der Zwischenzeit noch schnell eines Ihrer Ballerspiele rein gezogen?"

Der Kommissar wusste, dass sich Peter Neumann immer wieder einmal zwischendurch, an einem allerdings separaten System, bei einem kleinen Spielchen ablenkte. Die ständige hochkonzentrierte Datenpflege erforderte ab und zu einmal das Abschalten der Gehirnzellen, wie dieser es immer nannte, und bei ihm ging das eben am besten, wenn er sich gegen virtuelle Bösewichte austoben konnte.

Da Markowitsch sich seine tägliche Arbeit nicht mehr ohne die wertvolle Hilfe des EDV-Spezialisten vorstellen konnte, tolerierte er diese Entspannungshilfe ohne zu Murren. Allerdings ließ er es sich nicht nehmen, zwischendurch seine kleinen Anmerkungen dazu zu machen. Neumann wusste jedoch, wie er diese zu verstehen hatte.

„Sie wissen doch selbst Herr Kommissar, wie böse unsere Welt ist", gab Neumann grinsend zurück, nachdem er die Türe hinter sich geschlossen hatte. „Man muss eben sehen wo man bleibt. Und bis jetzt habe ich immer noch jede Schlacht gewonnen."

„Ich weiß", antwortete der Kommissar mit einer wegwerfenden Handbewegung. „Und wenn der böse Gegner halt doch einmal besser ist, schalten Sie das System eben einfach ab, nicht wahr?"

Markowitsch spielte auf eine Situation an, als er Peter Neumann das erste Mal bei seinem Spiel gegen die Cyberwelt erwischt hatte. Damals fühlte Neumann sich regelrecht dabei ertappt, dass er sich während seiner Arbeitszeit mit Computerspielen beschäftigte, und der Gegner auf dem Bildschirm hatte ihn in diesem Augenblick der Ablenkung unweigerlich ins virtuelle Jenseits befördert.

Im ersten Moment reagierte Markowitsch ziemlich sauer auf die Situation in der er seinen jungen Kollegen vorgefunden hatte. Als dieser allerdings seinem Chef begreiflich machen konnte, wie wichtig ihm dieser Konzentrationsausgleich war, genehmigte der Kommissar diese kleinen Auszeiten offiziell.

„Na, dann lassen Sie mich Ihre Ergebnisse doch mal sehen", sprach er.

Der junge Beamte reichte seinem Vorgesetzten nun die mitgebrachten Unterlagen, da dieser ihm schon ziemlich ungeduldig die Hand entgegenstreckte. Markowitsch legte die Papiere auf seinen Schreibtisch, und bat den Kollegen Platz zu nehmen.

„Kaffee?" fragte er ihn, als er sich mit seiner Tasse in der Hand in Richtung Kaffeemaschine bewegte.

„Gerne, danke schön. Mit Milch bitte und zwei Stück Zucker drin", kam die prompte Antwort.

„Aber sicher doch", brummte der Kommissar scheinbar missmutig zurück. „Umrühren und trinken können Sie dann aber alleine, oder?"

Er stellte die beiden Kaffeetassen auf dem Schreibtisch ab, ging zu seinem Ledersessel zurück und ließ sich schwer hineinfallen. Nachdem er zunächst einige Schlucke des heißen Gebräus zu sich genommen hatte, griff er zielsicher nach den Unterlagen.

„Dann wollen wir doch mal sehen, was Sie da für mich ans Tageslicht geholt haben", sprach er mehr zu sich selbst als zu seinem Gegenüber. Markowitsch blätterte die Unterlagen zunächst einmal ziemlich rasch bis zum Ende durch, um sie dann wieder von Anfang an, diesmal allerdings etwas genauer zu studieren.

Peter Neumann nippte immer wieder an seiner Kaffeetasse, beobachtete dabei aber über den Rand hinweg das Minenspiel des Kommissars. Dessen Stirn legte sich ständig in Falten. Ab und zu zog er die Augenbrauen hoch, und blätterte zwei, drei Seiten zurück, um scheinbar irgendwelche Angaben miteinander zu vergleichen.

„Respekt, Respekt, Neumann. Vorzügliche Arbeit", sprach Markowitsch anerkennend zu seinem Mitarbeiter.

Er blickte aus dem Manuskript auf, legte es zur Seite und griff nach seinem Kaffee.

„Hervorragende Unterlagen. Sie haben anscheinend an alles gedacht was in diesem Zusammenhang wichtig erscheint. Ich finde es äußerst interessant, wie man im Pensionsalter zu einer solchen Summe Geld kommen kann. Der alte Stetter hat ja ein mächtig hohes Sümmchen auf seinem Konto zusammen getragen. Woher stammt dieses Geld, Neumann? Warum steht davon nichts in Ihrem Bericht?"

„Das ist leider der Knackpunkt innerhalb meiner Recherchen. An die Daten der Bank komme übers Wochenende leider nicht einmal ich mit meinem System heran. Sorry, Herr Kommissar, tut mir leid Ihnen das sagen zu müssen. Diese Angaben kann ich Ihnen erst am Montag liefern."

Süffisant lächelnd lehnte sich Markowitsch in seinem Sessel zurück und schlug die Beine übereinander.

„Dann scheint es also wohl doch nicht ganz unfehlbar zu sein, Ihr kleines Spielzeug?", stellte er die

Frage in den Raum.

Fast ärgerlich registrierte Peter Neumann diesen kleinen verbalen Seitenhieb seines Vorgesetzten. Und somit war seine Antwort auch entsprechend gereizt.

„Dies hat nun absolut nichts mit der Qualität meiner Arbeit zu tun. Es handelt sich hierbei lediglich um das Thema Datenschutz. Ich kann selbst als Mitarbeiter der Kriminalpolizei nicht einfach so ohne weiteres in die Datenbank eines Geldinstitutes einbrechen. Jedenfalls nicht offiziell", gab er etwas leiser und mit säuerlicher Mine zurück.

„Na, na, mein lieber Herr Neumann. Nicht gleich auf den Schlips getreten fühlen. Wenn ich schon einmal die seltene Möglichkeit habe, Sie und ihr Wunderkind zu kritisieren, dann gönnen Sie mir doch dieses kleine Erfolgserlebnis."

Er sah Peter Neumann grinsend an, wurde aber gleich darauf wieder etwas ernster.

„Im Ernst, Herr Kollege. Meine Bemerkung bedeutet keinerlei Kritik an Ihrer Arbeit. Im Gegenteil. Mit diesen Details haben wir schon mal einen ziemlich großen Schritt in die richtige Richtung getan. Jedenfalls so gut ich das im ersten Moment beurteilen kann.

Ich möchte, dass Sie mir am Montag als Allererstes herausfinden, woher dieses Geld stammt. Wenn es das ist was ich vermute, dann wird jemand eine ganze Menge Ärger am Hals haben."

„Alles schön und gut", gab Neumann zurück. „Aber was hat Ihrer Meinung nach diese Geschichte mit dem aktuellen Fall zu tun?

Gerd Stetter ist doch nicht derjenige, der vom Turm gefallen, gesprungen, gestoßen oder was weiß ich auch immer ist. Es handelt sich bei dem Toten um seinen Sohn, und der war ja laut meiner Nachforschungen damals noch relativ jung und nicht an diesem Unfall beteiligt."

„Ich weiß bisher selbst noch nicht genau wie die ganzen Dinge zusammenhängen, aber ich werde es herausfinden. Verlassen Sie sich darauf Neumann. Besorgen Sie mir nur so schnell als möglich die notwendigen Informationen, dann sehen wir weiter."

Peter Neumann erkannte am Tonfall des Kommissars, dass er das Gespräch an diesem Punkt als beendet betrachtete. Er wusste mittlerweile auch genau, wann er seinen Chef alleine lassen musste, also erhob er sich von seinem Platz und ging zurück in sein Büro.

Markowitsch indes saß noch eine ganze Weile an seinem Schreibtisch und grübelte über das Erlebte nach, ohne jedoch zu einem weiteren Ergebnis zu kommen. Somit packte er seine Sachen zusammen, und machte sich auf den Heimweg.

17. KAPITEL

Doktor Michael Akebe stand am Fenster seines Dachbodens, und starrte hinauf in die Wolken. Er war sich in den letzten beiden Tagen darüber klar geworden, dass er nicht nur den wirklich Schuldigen am Tode seines Vaters würde bestrafen müssen.

Nein, auch Gerd Stetter und seine Frau, die jahrelang darüber geschwiegen hatten, obwohl sie die Wahrheit kannten, würden dafür büßen. Auch sie würden diese seelischen Schmerzen erleben müssen, die durch ihr Nichthandeln in der Familie Akebe in Kauf genommen wurden. Der Tod des jungen Stetter war der Anfang, die weiteren Vorbereitungen waren bereits getroffen, und heute Abend würden sie alles Leid der Welt erfahren.

Während der Arzt diesen Entschluss fasste, kam Gerd Stetter mit seiner Frau von einem Spaziergang zurück. Man konnte den beiden ansehen, dass sie der Tod ihres Sohnes und vor allem die Umstände die dazu geführt hatten, sehr mitgenommen hatten.

Der Leichnam von Markus befand sich noch immer in der Gerichtsmedizin und es war momentan noch nicht abzusehen, bis wann sie ihn beerdigen konnten. Es war immer schon der schlimmste Gedanke für Antonia Stetter, ihren Sohn eines Tages zu Grabe tragen zu müssen. Was kann es Schlimmeres geben, als dass Eltern ihre Kinder verlieren, und dann auch noch unter solch mysteriösen Umständen? Ihr Mann hatte recht damit, als er sagte, dass man wohl besser auf dem rechten Weg geblieben wäre.

Die Entscheidung von Gerd Stetter, nach all den Jahren nun endgültig reinen Tisch zu machen, vor allem in Bezug auf sich selbst und seinen ehemaligen Arbeitgeber, konnte ihnen ihren Sohn nicht zurückbringen.

Aber auch Antonia Stetter war mit ihren Gedanken inzwischen so weit zu glauben, dass das begangene Unrecht von Seiten ihres Mannes in unmittelbarem Zusammenhang mit dem Tod von Markus stehen musste.

Sie und ihr Sohn hatten den Vater noch darin bestärkt, sein Wissen zu ihrer aller Vorteil auszunutzen. Aber kein Unrecht im Leben blieb anscheinend ohne Sühne. Dies hatte die Familie nun auch schmerzlich erfahren müssen.

Angesichts dieser Tatsache hatte Antonia Stetter in den letzten Tagen all ihren Lebensmut verloren. Sie konnte sich nicht über einen längeren Zeitraum in ihrer Wohnung aufhalten, ohne sich unendliche Vorwürfe zu machen, fühlte sich müde und ausgelaugt. Dies kam wohl auch von den Beruhigungsmitteln, die ihr der Arzt im Krankenhaus vorsorglich verschrieben hatte.

Seinen Rat, sich zur weiteren Betreuung bei ihrem Hausarzt zu melden, hatte Antonia aber verworfen. Seitdem Gerd Stetter ihr seinen Besuch in Doktor Akebes Sprechstunde gebeichtet hatte um sich von seinem drückenden Gewissen zu befreien, baute sich in ihr ein seltsames Misstrauen gegenüber dem Arzt auf.

Sie war sich dabei nicht ganz sicher, ob sie dessen Reaktion auf das ganze Geschehen einfach so hinnehmen konnte. Ihr Mann schien seit diesem Nachmittag um Welten erleichtert zu sein, dass er sich seine Last von damals endlich von der Seele geredet hatte. Sie jedoch grübelte ständig darüber nach, ob ein Mensch diese Erkenntnisse einfach so großherzig beiseitelegen kann, wie Michael Akebe dies anscheinend getan hatte. Sie ahnte dabei in diesem Moment noch nicht, in welch grausamer Weise sie mit ihren Vorahnungen Recht behalten sollte.

Antonia Stetter befand sich mit ihrem Mann an diesem Sonntagabend nur noch wenige Meter von ihrem Haus entfernt, als sie urplötzlich stehen blieb. Sie schrie kurz auf, und fasste sich mit schmerzverzerrtem Gesicht an ihr linkes Bein.

Gerd Stetter versuchte sofort, seine Frau zu stützen, diese schien jedoch von einer Sekunde auf die nächste alle Kraft aus ihrem Bein verloren zu haben und ihr Mann konnte es nicht verhindern, dass sie unter ihm zur Seite hin wegknickte. Er versuchte noch sie zu halten, hatte jedoch angesichts der unerwarteten Seitwärtsbewegung des Körpers keine Chance, diesen abzufangen.

Der ehemalige Chauffeur konnte nur tatenlos zusehen, wie seine Frau über den Gehweg hinunter auf die Straße stürzte. Was er im gleichen Augenblick noch mitbekam, war plötzliche Helligkeit und lautes Hupen eines heranfahrenden Wagens. Im gleißenden Licht der Scheinwerfer erkannte Gerd Stetter das vor Schreck verzerrte Gesicht seiner

Frau und den stummen Schrei von ihren Lippen, der im Kreischen der Bremsen und dem unmittelbar darauf folgenden Aufprall unterging.

Antonia Stetters Körper konnte der Wucht dieses Aufpralls nicht den geringsten Widerstand entgegenbringen. Ihr Mann stand vor Entsetzen wie gelähmt am Straßenrand, unfähig, sich auch nur einen einzigen Zentimeter zu bewegen. Wie lange er dort stand, konnte er im Nachhinein nicht mehr sagen. Nur gedämpft wie durch einen Nebelschleier vernahm er aufgeregte Stimmen und irgendwann das Heulen der Autosirenen, bevor ihn die erlösende Schwärze der Ohnmacht erfasste.

18. KAPITEL

Michael Akebes Stirn war schweißbedeckt. Die Ouanga-Rituale zehrten jedes Mal enorm an seiner psychischen und physischen Substanz. Er betrachtete die Wachspuppe in seiner linken Hand, als aus der Ferne das Signal des Martinshorns an seine Ohren drang, war sich in diesem Augenblick jedoch noch nicht klar darüber, in welche Richtung sich das Geräusch bewegte.

Der Arzt legte die Figur zur Seite, nicht ohne ihr vorher die Nadel aus dem Bein gezogen zu haben. Als er diese vorhin langsam immer tiefer in das Wachs hinein gedrückt hatte, konnte er fast körperlich spüren, wie Stetters Frau durch den Schmerz gequält wurde. Er würde sie leiden lassen, um sie schließlich dann dieser Welt zu entreißen. Dass es dazu schon zu spät war, ahnte er in diesem Moment noch nicht. Erst am darauf folgenden Tag sollte er aus der Zeitung erfahren, dass sein Vorhaben schneller in die Tat umgesetzt worden war, als er eigentlich geplant hatte. Am Montagmorgen sollte ihn sein erster Weg zum Briefkasten führen, um sich die Zeitung zu holen.

Als Michael sich in seine Küche begab um zuerst den Kaffee aufzusetzen, da sah er seine Mutter am Tisch sitzen. Die Zeitung bereits vor sich liegend sah sie ihn mit fragenden Blicken an. Michael erkannte eine stumme Anklage in ihren Augen, sagte jedoch nur den üblichen Gruß wie jeden Morgen und versuchte bewusst, den Blicken seiner Mutter auszuweichen.

Diese deutete mit ihrem Finger auf einen Artikel im Lokalteil der Rieser Nachrichten, stand auf und verließ dann wortlos die Küche. Michael setzte sich an den Tisch und nahm die Zeitung zur Hand. Er entdeckte sofort den Bericht. Beim Durchlesen des Artikels konnte er sich sehr genau vorstellen, wie das ganze *Unfallgeschehen* abgelaufen war.

Zunächst fühlte er so etwas wie Enttäuschung darüber, dass sein Plan nicht ganz genau so zustande kommen würde, wie er sich dies zu Beginn vorgestellt hatte. Er wollte einerseits Gerd Stetters Frau mit körperlichen Schmerzen quälen, um so den Leidensdruck auf ihn zu erhöhen. Dass dieser allerdings gestern Abend direkt miterleben musste wie seine geliebte Ehefrau vor seinen Augen von einem Auto erfasst und getötet wurde, gab Michael Akebe das Gefühl der Genugtuung zurück. Nun würde auch Stetter allein sein mit seinem Schmerz.

Aber nicht allzu lange sprach Akebe leise zu sich selbst. *Du wirst sie schon sehr bald wieder sehen, versprochen.*

Das Einzige das seiner Meinung nach sein Vorhaben noch durchkreuzen könnte, war das Verhalten des Kommissars aus Augsburg. Seine Äußerungen in Bezug auf die Umstände der Todesursache des Türmers machten dem Arzt ernsthafte Sorgen. Er wusste die Kenntnisse des Kriminalbeamten noch nicht genau einzuschätzen.

Michael Akebe war sich bewusst darüber, dass er in seinen nächsten Schritten sehr vorsichtig sein musste, damit er die Aufmerksamkeit von diesem

Markowitsch nicht zu sehr auf sich lenkte. Die anklagenden Blicke seiner Mutter hatte er indes schon wieder vergessen. Mit diesen Gedanken erhob sich der Arzt von seinem Frühstückstisch und begab sich in seine Praxis, um seiner eigentlichen Tätigkeit als Mediziner nachzugehen.

Einerseits hatte er vor Jahren den hippokratischen Eid geschworen, auf der anderen Seite fühlte er sich den Traditionen seiner Vorfahren verpflichtet. Dass sich beides miteinander verbinden ließ, im Grunde genommen sogar Eins war, hatte er tief in seinem Inneren angesichts der Ereignisse längst aus den Augen verloren.

19. KAPITEL

Gerd Stetter erwachte aus einem tiefen Schlaf. Er fühlte sich wie zurückgekehrt aus einem Dämmerzustand. Als er sich umsah, erkannte er, dass er sich wohl im Krankenhaus befand. Links neben ihm standen zwei weitere Betten, von denen eines jedoch nicht belegt war. Im zweiten konnte er einen etwa dreißigjährigen Mann erkennen, der gerade nach der Zimmerglocke griff.

Gerd Stetter versuchte sich zu entsinnen, wie er hierhergekommen war. Schlagartig holten ihn die Erinnerungen des vergangenen Tages ein. Er sah sich neben seiner Frau gehen, als diese wie aus heiterem Himmel den Halt unter den Füßen zu verlieren schien. Er war ja sofort zur Stelle um sie zu stützen, konnte sie jedoch nicht festhalten.

Wie in einem grausamen Film liefen die Geschehnisse des letzten Abends noch einmal vor seinen Augen ab. Als wäre es in diesem Moment erst geschehen hörte er das Hupen des Wagens, dessen kreischende Bremsen. Er sah das zu Tode erschrockene Gesicht seiner Antonia im gleißenden Scheinwerferlicht vor sich und … nichts mehr.

Gerd Stetter schloss die Augen, fühlte Tränen der Trauer und Wut über sich selbst in sich hochsteigen. Er begann heftig zu atmen, drohte ohnmächtig zu werden, glaubte ersticken zu müssen in seinem Schmerz. Wieder sah er seine Frau vor sich auf der Straße liegen, wie sie ihm Hilfe suchend die Arme entgegenstreckte.

„Antonia …", flüsterte er mit tränenerstickter Stimme. Als er glaubte, ihre Hand zu spüren, griff er nach dieser und schlug die Augen auf. Er sah jedoch nur eine Krankenschwester an seinem Bett stehen, welche ihm beruhigend ihre Hand auf die Schulter gelegt hatte.

„Versuchen Sie ruhig zu atmen, Herr Stetter. Der Arzt ist schon unterwegs. Ihr Zimmernachbar hat uns Bescheid gegeben, dass Sie wach geworden sind."

Sie reichte ihm ein Glas mit Wasser und eine kleine Kapsel.

„Bitte nehmen Sie das, es wird Sie etwas beruhigen."

Als Gerd Stetter nach dem Glas griff, um das Medikament zu schlucken, öffnete sich die Zimmertüre. Ein groß gewachsener Mann im weißen Kittel betrat das Krankenzimmer und kam auf sein Bett zu, reichte Gerd Stetter die Hand und stellte sich als der Dienst habende Oberarzt vor.

„Sie haben gestern Abend einen schweren Schock erlitten, Herr Stetter. Wir werden Sie heute zunächst einmal gründlich durchchecken um sicher zu gehen, dass aus körperlicher Sicht mit Ihnen alles in Ordnung ist. Die gestern Abend noch durchgeführten Blutuntersuchungen haben soweit keine bedenklichen Werte ergeben. Wir sollten uns jedoch Gewissheit verschaffen. Deshalb möchte ich Sie heute noch gerne hier behalten. Wenn Sie mit jemandem sprechen möchten, schicke ich Ihnen gerne eine psychologische Betreuung oder einen Geistlichen vorbei."

Gerd Stetter sah den vor sich stehenden Arzt mit ausdrucksloser Mine an. Noch immer fühlte er, wie die Tränen an seinen Wangen herabliefen, schämte sich seiner Gefühle jedoch nicht.

Er nickte dem Mann nur entgegen. Sollte er seine Untersuchungen doch machen. Egal, was dabei herauskommen würde. Am liebsten wäre es ihm, er könnte sterben. Was hatte denn sein Leben nun noch für einen Sinn? Innerhalb weniger Tage erst den Sohn, und nun auch noch die geliebte Frau verloren. Grausam hatte ihn das Schicksal geschlagen. Gestraft dafür, dass er vor Jahren feige, selbstsüchtig und eigennützig gehandelt hatte, anstatt der Wahrheit ins Gesicht zu sehen.

„Machen Sie ihre Untersuchungen, und dann würde ich gerne sobald als möglich nach Hause gehen", sprach er den Arzt an. „Ich habe nämlich noch ein paar wichtige Dinge zu erledigen, die keinen Aufschub mehr dulden."

Gerd Stetter war sich plötzlich klar darüber, dass es mit seinem Eingeständnis Michael Akebe gegenüber für ihn noch lange nicht getan war. Sobald er aus dem Krankenhaus entlassen war würde er Urban anrufen, um auch ihm gegenüber reinen Tisch zu machen. Es war ihm nun egal, ob die Öffentlichkeit einen Skandal mehr oder weniger hatte.

Ganz gleich, ob man ihn für sein Tun nachträglich verurteilen und vielleicht sogar hinter Gitter bringen würde. Für ihn hatte in den letzten Tagen das Leben seinen Sinn verloren. Er wollte nun nur noch seinem Schöpfer gegenüber ein reines Gewissen schaffen, denn er hatte das untrügliche Gefühl, dass er seine Frau und seinen Sohn bald schon wiedersehen würde. Und wenn es für dieses Leben auch schon zu spät war, so wollte er ihnen wenigstens danach mit erhobenem Haupt entgegen treten können.

Er fühlte plötzlich, dass trotz allen Unheils wieder etwas Leben und Kraft in seinen ausgemergelten Körper zurückkehrte. Entschlossen schlug er die Bettdecke zur Seite, ging in Richtung Waschraum, und sah die etwas erstaunte Krankenschwester an.

„Ich bin in einer Viertelstunde bereit für Ihre Untersuchungen."

20. KAPITEL

Nachdem Kommissar Markowitsch am Montag gegen 08:30 Uhr das Bürogebäude des Augsburger Polizeipräsidiums betreten hatte, wurde er bereits von Staatsanwalt Frank Berger erwartet. Dieser kam ihm mit einer Ausgabe der Augsburger Allgemeinen Zeitung in der Hand wedelnd entgegen.

„Die Geschehnisse in Nördlingen halten mich momentan ganz schön auf Trab, Markowitsch. Man hat mir schon wieder einmal mein Wochenende gründlich verdorben. Wenn das noch lange so weitergeht wird diese Stadt für mich wohl irgendwann zu einem Alptraum werden."

Der Kommissar sah Frank Berger mit hochgezogenen Augenbrauen fragend an. Während er die Türe zu seinem Büro aufschloss und ihn hinein bat, fragte er verwundert:

„Ihnen lässt wohl die ganze Geschichte mit dem Türmer keine Ruhe, oder?"

„Sie sind anscheinend noch nicht auf dem neuesten Stand der Erkenntnisse, mein lieber Herr Kommissar. Noch keine Zeitung gelesen heute?"

„Nein. Wollte ich eigentlich jetzt bei einer guten Tasse Kaffee tun. Sie auch einen?"

Markowitsch sah Frank Berger fragend an, als er einen Kaffeefilter in die Maschine steckte und das Pulver dazu gab.

„Danke, gerne", gab der Staatsanwalt seufzend zurück. „Ich werde Sie inzwischen über die aktuelle Sachlage informieren. Vorlesen war schon in der

Schule eines meiner Lieblingsfächer."

Frank Berger nahm auf dem Stuhl vor dem Schreibtisch des Kommissars Platz, schlug die Zeitung auf, und las ihm den Artikel über den tödlichen Unfall vom vergangenen Wochenende vor. Als dabei der Name Antonia Stetter fiel, drehte sich Markowitsch abrupt um, starrte seinen Gesprächspartner erstaunt an und wollte zu einer Äußerung ansetzen.

„Sie war die Mutter des Türmers", sprach der Staatsanwalt weiter, und schnitt damit dem Kommissar das Wort ab, bevor dieser einen Kommentar dazu abgeben konnte.

„Ich war wie gesagt vor Ort, sehe aber, falls Sie darauf anspielen wollen, absolut keinen Zusammenhang mit dieser Geschichte. Nach Aussage des Notarztes muss es sich wohl um einen Schwächeanfall bei der Frau gehandelt haben. Genauere Angaben konnte er noch nicht machen.

Ihr Mann, der den Unfall nicht verhindern konnte, stand zu diesem Zeitpunkt unter einem schweren Schock. Er befindet sich zurzeit im Krankenhaus, seine Vernehmung steht noch aus. Die Kollegen der Polizeiinspektion Nördlingen werden dies so bald als möglich nachholen, und uns anschließend die Informationen zukommen lassen."

„Urteilen Sie nicht zu voreilig. Zusammenhänge ergeben sich meist erst im Laufe der Ermittlungen", meinte Markowitsch.

„Nach dem zu urteilen was in der letzten Zeit in Nördlingen alles passiert ist, habe ich das komische Gefühl, als würde unsere Arbeit jetzt erst richtig beginnen. Wir haben noch Anhaltspunkte in eine andere Richtung. Ob es hier allerdings Parallelen gibt weiß ich noch nicht. Das wird sich erst in den nächsten Tagen zeigen. Aber wenn ja, dann steht uns eine größere Geschichte ins Haus."

„Aber bitte nicht noch mehr Tote", warf Frank Berger mit verdrehten Augen und einer abwehrenden Handbewegung ein. „Die letzten Tage reichen mir für die nächste Zeit."

„Wenn es nach mir ginge", gab der Kommissar zur Antwort, „würde sich der ganze Fall nur als eine tragische Verkettung von unglücklichen Umständen herausstellen und sich dann in Wohlgefallen auflösen. Mein kriminalistisches Gespür sagt mir jedoch leider etwas anderes."

Die Kaffeemaschine gab ein gurgelndes Geräusch von sich. Dies war für Markowitsch das Zeichen, die beiden Tassen auf dem Schreibtisch einzugießen. Er stellte die Kanne zurück auf die Warmhalteplatte und setzte sich dem Staatsanwalt gegenüber in seinen Sessel.

„Was meinten Sie eben damit, als Sie von weiteren Anhaltspunkten sprachen?", stellte Berger die nächste Frage.

„Ich hoffe, dass wir darüber in den nächsten Minuten Auskunft erhalten werden", antwortete der Kommissar, und griff zum Telefon. Als er den Hörer abnahm, klopfte es an der Bürotür. Ohne eine Aufforderung abzuwarten, trat Peter Neumann in das Zimmer.

„Einen schönen guten Morgen, Herr Markowitsch", trällerte er dem Kommissar entgegen.

Als er Frank Berger erblickte, fügte er hinzu: „Oh, schon Besuch zu so früher Stunde? Auch Ihnen einen wunderschönen guten Morgen, Herr Staatsanwalt."

Die beiden Männer am Schreibtisch sahen sich sprachlos an. Markowitsch verzog etwas säuerlich sein Gesicht und meinte dann zu Frank Berger gewandt:

„So viel gute Laune an einem Montagmorgen kann doch kein Mensch ertragen. Oder sind Sie anderer Meinung?"

„Mir scheint, als hätten Sie hier im Präsidium ein recht heiteres Arbeitsklima, mein lieber Kommissar. Wie stellt man das an, seine Mitarbeiter dermaßen zu motivieren? Würde meinen Kolleginnen und Kollegen sicherlich auch bekommen."

„Kann ich mir nicht erklären", brummelte Markowitsch vor sich hin. „Von mir hat er das jedenfalls nicht".

Er deutete Peter Neumann an sich einen Stuhl zu nehmen und sich zu ihnen zu setzen.

„Es gibt frischen Kaffee. Bitte bedienen Sie sich."

„Danke, aber ich hatte gerade eben erst ein ausgezeichnetes Frühstück", gab Neumann zur Antwort.

Er erntete einen fragenden Gesichtsausdruck und sprach deshalb sogleich weiter:

„Nun gucken Sie nicht so, Herr Kommissar. Das war in meinen Augen aber auch verdient. Schließlich habe ich für Sie schon in den letzten eineinhalb Stunden eine ganze Menge an höchst interessanten

Informationen zusammen getragen."

Er zog sich einen der Besucherstühle heran, setzte sich nieder und legte dabei eine Mappe mit mehreren Schriftstücken auf den Schreibtisch. Diese schob er dem Kommissar entgegen. Mit der Hand auf der Mappe erklärte er:

„Hier drin befinden sich die gewünschten Auskünfte über die Kontobewegungen von Gerd Stetter. Es ist schon erstaunlich, was da in den letzten Jahren so abgelaufen ist. Besonders interessant dürfte für uns sein, von woher diese Summen überwiesen wurden. Soweit ich das beurteilen kann, stochern wir da aber wohl in ein kleines Wespennest hinein."

„Schlussfolgerungen dieser Art überlassen Sie besser mir", antwortete Markowitsch mit einer maßregelnden Stimme, wobei er die Mappe unter der Hand seines Mitarbeiters hervorzog. „Noch obliegt mir die Leitung dieses Falles."

Als er dabei den wohl über seine Reaktion erschrockenen Gesichtsausdruck von Pit Neumann bemerkte, besänftigte sich aber seine barsche Tonlage wieder etwas. Beschwichtigend hob er seine Hand.

„Nun sehen Sie mich nicht so verärgert an, Neumann. Wenn Sie bei Ihren Recherchen tatsächlich auf ein Wespennest gestoßen sein sollten, dann werden wir dies gemeinsam ausräuchern."

Er grinste seinen Kollegen über den Schreibtisch hinweg an. Dessen Miene hatte sich sogleich auch wieder etwas aufgehellt.

Staatsanwalt Frank Berger hatte den Wortwechsel zwischen den beiden Beamten mit Interesse verfolgt, wurde daraus aber nicht schlau. Er nahm einen Schluck aus seiner Kaffeetasse und räusperte sich unüberhörbar.

„Sie fragen sich bestimmt wovon wir eben gesprochen haben, richtig, Herr Staatsanwalt? Und sicher würden Sie auch gerne wissen, welche Informationen sich in dieser Mappe befinden. Genau das möchte ich auch. Nun denn, Neumann", sagte er zu seinem Mitarbeiter gewandt. „Sie sollten uns beide nicht dumm sterben lassen."

Er deutete dabei mit dem Finger abwechselnd auf sich und Frank Berger.

Erstaunt sah Peter Neumann seinen Vorgesetzten an. Er sollte Markowitsch und den Staatsanwalt über den Stand der Dinge aufklären? Das war eigentlich gar nicht die Art seines Chefs. Normalerweise zog er es vor, seine Ermittlungsergebnisse selbst zu präsentieren.

„Was ist los, Neumann?", fragte der Kommissar über den Schreibtisch hinweg. „Hat es Ihnen etwa die Sprache verschlagen? Wäre ich ja gar nicht von Ihnen gewohnt."

„Nnein", stotterte der junge Beamte. „Ich bin nur …".

„Was denn? Überrascht? Sie haben die Recherchen durchgeführt, also liegt es auch an Ihnen, uns über das Ergebnis aufzuklären. Nun legen Sie schon los. Ich habe keine Lust zuerst Akten zu studieren, um Ihnen dann das zu sagen was Sie sowieso schon wissen. Wenn es wirklich so brisant ist wie Sie sagen, sollten wir uns jeden unnötigen Zeitverlust sparen."

„Natürlich, Herr Kommissar", gab Peter Neumann ein wenig überrascht zurück.

Er erhob sich von seinem Platz, ging einige Schritte in den Raum zurück, und begann nun mit seinen Erklärungen.

„Es geht um die Gelder, die sich im Laufe der Zeit auf Gerd Stetters Konto angesammelt haben. Meine Nachforschungen ergaben, dass diese allesamt aus einer sehr interessanten Quelle stammen."

Peter Neumann legte eine künstlerische Pause ein, um diesen Satz wirken zu lassen. Er genoss es nun sichtlich, das Vertrauen von Markowitsch erhalten zu haben.

„Nun machen Sie es nicht gar so spannend, Herr Neumann", mischte sich jetzt der Staatsanwalt ein. „Um welche Gelder geht es in Ihrer Geschichte? Würden Sie mich bitte aufklären?"

Neumann blickte unsicher zu seinem Vorgesetzten. Als dieser ihm zunickte, sprach er weiter.

„Natürlich, Herr Staatsanwalt, Entschuldigung. Ganz kurz gesagt habe ich im Auftrag meines Chefs umfangreiche Recherchen durchgeführt und alle Informationen gesammelt, die mit dem Namen Stetter in Nördlingen zu tun haben. Dabei bin ich auf einige höchst interessante Details gestoßen. Es gab bereits vor mehreren Jahren dort einen Fall, in dem der Name Stetter auftaucht."

„Ich weiß", gab Frank Berger zurück. „Ich habe mich auch etwas schlau gemacht. Der Unfall mit Todesfolge. Aber dieser Gerd Stetter hatte doch nur indirekt mit der Sache zu tun."

„Richtig, Herr Berger. Aber der Name Albert Urban ist Ihnen dann doch sicher noch geläufig?"

„Natürlich. Schließlich war der Staatssekretär ja damals einer der Hauptbeteiligten. Ich verstehe die Zusammenhänge aber immer noch nicht."

„Nun", fuhr Peter Neumann mit seinen Ausführungen fort, „meine Nachforschungen lassen im Grunde genommen jetzt darauf schließen, dass Gerd Stetter wohl doch etwas tiefer in diese ganze Angelegenheit verstrickt ist, als es bisher für uns den Anschein hatte. Auf sein Konto sind über einige Monate hinweg hohe Beträge eingezahlt worden.

Und jetzt halten Sie sich fest meine Herren: Diese Einzahlungen wurden allesamt von Albert Urban getätigt. Ich vermute daher, dass Gerd Stetter etwas über seinen ehemaligen Arbeitgeber wusste und dieses Wissen dann zu Geld machte.

Liege ich mit meiner Vermutung richtig, dann handelt es sich dabei um § 253 StGB, nämlich Erpressung. Dadurch bekäme die Geschichte nun wieder eine ganz andere Sichtweise. Albert Urban hätte ein Motiv, sich an Gerd Stetter zu rächen."

„Soweit alles richtig, was Sie uns da sagen, Herr Neumann", gab Frank Berger nach kurzer Überlegungspause zurück.

„Albert Urban war meines Wissens aber weder an den mysteriösen Umständen die zum Tode des jungen Berger geführt haben, noch an dem Unfall von Antonia Stetter beteiligt. Worauf zum Teufel wollen Sie also hinaus?"

„Weiß ich noch nicht genau", antwortete Neumann etwas unschlüssig. „Es gibt noch mehrere

Ungereimtheiten. Kommissar Markowitsch erwähnte im Zusammenhang mit der Sache des toten Turmwächters Markus Stetter auch den Namen Akebe. Dieser taucht ebenfalls in meinen Nachforschungen auf. Er war das Unfallopfer im Zusammenhang mit Albert Urban."

„Stimmt", antwortete der Staatsanwalt. „Aber dieser Akebe den wir in Nördlingen angetroffen haben, ist der Sohn des Toten. Er hat mit dem ganzen Geschehen von damals doch nichts zu tun."

„Das wiederum", mischte sich nun der Kommissar in den Dialog der beiden ein, „wird sich erst noch herausstellen. Denken Sie doch nur einmal an Ihren ruinierten Schuh", sagte er zu Frank Berger.

„Ach kommen Sie, Markowitsch. Hören Sie mir doch endlich mit Ihrem kindischen Voodoomärchen auf. Wenn ich vor Gericht mit solch vagen Äußerungen argumentieren müsste, würde ich mich unweigerlich vor dem Richter und den Geschworenen lächerlich machen. Außerdem habe ich keine Lust darauf, in der Öffentlichkeit als Spinner dazustehen."

„Wir werden sehen", erwiderte der Kommissar. „Sie müssen mir jedoch zugestehen, dass es zwischen Himmel und Erde Dinge gibt, die sich auf natürliche Weise nicht erklären lassen. Es existieren überall auf der Welt genügend Ereignisse, die dies bestätigen."

„Wir sind aber nicht irgendwo auf dieser Welt, *Herr Markowitsch*, sondern im Regierungsbezirk Nordschwaben. Und deshalb ich sage Ihnen hiermit nochmals: Vergessen Sie dieses amateurhafte Geschwätz über Voodoo und Zauberei. Sie sind Hauptkommissar der Kripo und kein Geisterjäger. Also bleiben Sie bitte realistisch und besorgen Sie mir Fakten. Ich kann vor Gericht nur mit Tatsachen und handfesten Beweisen gegen irgendwelche Personen vorgehen, und nicht mit vagen Vermutungen oder irgendwelchen Hirngespinsten."

Der Kommissar seufzte hörbar, nahm die Unterlagenmappe, und ließ sie klatschend auf den Schreibtisch fallen.

„Also gut, *Herr Staatsanwalt*", gab er ebenso betont zurück wie Frank Berger kurz zuvor. „Sehen wir den Tatsachen ins Auge."

Zu seinem Mitarbeiter gewandt sagte er:

„Neumann, Sie bereiten alles Notwendige vor. Wir werden Albert Urban und Gerd Stetter in den nächsten Tagen zu einer Vernehmung vorladen. Nachdem sich hier anscheinend neue Gesichtspunkte aufgetan haben, werden wir die Sache mit dem Unfall von damals noch einmal aufrollen. Ich bin doch mal gespannt, was uns die beiden Herren zu erzählen haben."

Frank Berger erhob sich von seinem Platz, reichte Markowitsch und Peter Neumann die Hand und sagte:

„Na also, geht doch. Dann werde ich mich jetzt mal wieder auf die Socken machen, um meinen Papierkram über den Unfall von Stetters Frau fertig zu machen. Also dann meine Herren, Sie halten mich bitte auf dem Laufenden."

An der Türe drehte sich der Staatsanwalt noch einmal um.

„Und sollte es entgegen meiner Annahme tatsächlich Parallelen zwischen den beiden Fällen geben, möchte ich der Erste sein der davon erfährt."

Mit diesen Worten verabschiedete sich Frank Berger von den beiden Beamten und verließ das Büro.

Peter Neumann wartete einige Sekunden, um sicher zu sein, dass der Staatsanwalt nicht nochmals zurückkam. Er setzte sich wieder auf seinen Stuhl und sprach seinen Chef etwas verwundert an.

„Voodoo? Zauberei? Hab ich da etwa irgendetwas verpasst, oder nicht alle Informationen von Ihnen erhalten? Warum in aller Welt nannte Sie der Staatsanwalt denn einen Geisterjäger?"

Der Kommissar kam aus seinem Sessel hoch, ging zum Fenster seines Büros und steckte beide Hände in seine Hosentaschen. Nachdenklich auf die Straße hinunter, überlegte sich dabei, wie er Peter Neumann seine Ahnungen in Bezug auf Michael Akebe erklären konnte, ohne dass dieser ihn sofort im gleichen Licht sah wie der Staatsanwalt.

Er sprach in ruhigem und bedächtigem Ton über das, was er und Frank Berger in Nördlingen an der St. Georgskirche an besagtem Abend erlebt hatten. Nachdem er schließlich seine Ausführungen beendet hatte, sah er den jungen Kollegen an.

„Und, Neumann, was halten Sie von der Geschichte? Denken Sie auch, ich fantasiere mir da nur irgendetwas zusammen, das fern jeder Realität ist?"

„Na ja", gab Peter Neumann zurück. „Sagen wir es mal so: Dieser Akebe stammt aus Afrika, und Afrika ist eines der Ursprungsländer des Voodoo.

Der schwarzmagische Teil dieser Religion stammt meines Wissens in erster Linie aus Haiti. Allerdings kann ich mir gut vorstellen, dass dieser Kult auch an jedem anderen Ort auf dieser Welt seine Wurzeln schlagen könnte. Im Grunde genommen ist Voodoo ja religiösen Ursprungs, und Religionen gibt es überall auf unserer Erde. Diese haben in ihrer Vergangenheit auch nicht nur positive Auswirkungen hinterlassen.

Denken Sie doch nur einmal an die Hexenverbrennungen oder an die Foltergeschichten aus dem Mittelalter. Da gibt es die tollsten Horrorszenarien in den Geschichtsbüchern. Warum also sollte es nicht möglich sein, dass ein Afrikaner in Deutschland versucht, mit der Macht seines Glaubens ein gewisses Ziel zu erreichen? Wie Sie selbst vorhin schon sagten, so gibt es manch unerklärliche Dinge zwischen Himmel und Erde.

Es geschehen manchmal, nennen wir sie ruhig Wunder, die sich trotz aller Bemühungen von Wissenschaft und Technik nicht logisch erklären lassen. Worauf ich mir allerdings keinen Reim machen kann: Warum hätte dieser Doktor Akebe ausgerechnet Markus Stetter töten sollen? Tatsache ist doch, dass er nach dem jetzigen Erkenntnisstand unserer Ermittlungen in keinerlei Beziehung zu ihm steht.“

Erstaunt sah Kommissar Markowitsch Peter Neumann an. Im ersten Moment wusste er nicht, wie er nun diese Reaktion seines Kollegen deuten sollte. War es von seiner Seite her nur ironisch gemeint, um die vorherige Situation zwischen ihm und dem Staatsanwalt zu besänftigen, oder hatte er in Neumann wirklich jemanden gefunden, der seiner Skepsis Gehör schenkte?

„Neumann, Neumann", sagte er mit runzelnder Stirn. „Sollte ich mich in Ihnen getäuscht haben, was Ihre Lebenseinstellung angeht? Sie sind doch Fachmann für kriminaltechnische Computergeschichten. Wie in aller Welt kommen Sie zu dieser Einstellung? Oder wollen Sie mir nur etwas Salbe auf die Wunden streichen, die Kollege Berger in mir aufgerissen hat?"

„Keineswegs, Herr Kommissar. Wie Sie sicherlich aus meiner Personalakte wissen, war mein Vater Theologe. Er hat sich unter anderem auch mit den Ritualen und Gebräuchen anderer Religionen beschäftigt, und war durch seine Ergebnisse recht angesehen in seinen Kreisen. Da kamen manchmal Sachen zu Tage sage ich Ihnen. Sie hätten sich mal den einen oder anderen Vortrag von ihm anhören sollen. Sie wären verwundert gewesen, wenn er Sie in ihrer Annahme bestätigt hätte.

Der Voodookult hatte für ihn etwas Magisches an sich, wenn ich es einmal so ausdrücken darf. Er war fasziniert von deren Auswirkungen und er vermutete auch, dass diese nicht immer nur dazu benutzt wurden, um Gutes zu tun.

Eine Zeit lang war er sowohl in Afrika als auch auf Haiti, und hat dort so manches unerklärliches Geschehen zu erforschen versucht. Dies ging von Wunderheilungen über plötzlich auf mysteriöse Weise entstandene Krankheiten sogar bis hin zum Totenkult.

Er war zuletzt dabei über seine Erfahrungen ein Buch zu schreiben, konnte es jedoch nicht mehr richtig verfassen. Sein Herz hatte die weiten Reisen nicht mehr mitgemacht. Es war zum Schluss wohl doch alles ein wenig zu viel für ihn."

„Also, Neumann. So wie ich das sehe, werden wir beide ab heute noch etwas enger zusammenarbeiten als bisher, und ab jetzt eine Akte für Todesfälle unter mysteriösen Umständen anlegen."

Markowitsch sah das erstaunte Gesicht von Peter Neumann, und kam dessen Fragen zuvor.

„Ich möchte, dass Albert Urban und Gerd Stetter in den nächsten Tagen hier im Präsidium erscheinen. Wir werden den beiden Herren ein wenig auf den Zahn fühlen. Sie kümmern sich aber darum, dass zuerst der Unfalltod von Stetters Frau abgeschlossen werden kann. Wir brauchen dazu noch seine Aussage. Dieser Mann scheint vom Schicksal mächtig geschlagen zu sein. Ich möchte, dass diese Angelegenheit mit ein wenig Fingerspitzengefühl erledigt wird. Haben Sie mich verstanden, Neumann? Geben Sie dies bitte auch an die Kollegen in Nördlingen durch. Nicht dass uns Gerd Stetter zum Schluss noch durchdreht."

Peter Neumann erkannte nun einmal mehr am Tonfall seines Vorgesetzten, dass wohl jede weitere Ausführung im Moment sinnlos wäre. Also begab er sich ohne weiteren großen Kommentar zurück in sein Büro, um dann auch ohne Zeit zu verlieren, mit den Kollegen der Polizeiinspektion Nördlingen zu telefonieren.

21. KAPITEL

Es war am Dienstag gegen 10:30 Uhr, als Gerd Stetter im Stationszimmer der inneren Abteilung des Nördlinger Stiftungskrankenhauses seine Papiere abholte. Nachdem die Untersuchungen vom Vortag keine besorgniserregenden Ergebnisse erkennen ließen, bat er den Chefarzt auf eigenen Wunsch um seine Entlassung.

Dieser hatte ihn zwar darauf hingewiesen, dass es besser wäre noch ein oder zwei Tage zur Beobachtung hierzubleiben, stimmte auf Grund der Situation Stetters aber zu.

„Ich muss mich jetzt leider nicht nur um die Beerdigung meines Sohnes, sondern auch noch um die meiner Frau kümmern", hatte er seine Entscheidung dem Arzt gegenüber begründet. „Wenn Sie in irgendeiner Weise Hilfe benötigen, Herr Stetter, lassen Sie es uns wissen."

„Nein, vielen Dank", entgegnete dieser. „Ich habe am gestrigen Abend noch Besuch vom stellvertretenden Nördlinger Bürgermeister erhalten, wobei mir der Beistand der Stadt zugesichert wurde. Schließlich hat Markus seine letzten Jahre auf dem Daniel verbracht und war ein angesehener Mitarbeiter. Außerdem kenne ich da noch jemand Anderen, der mich sicherlich gerne in diesen Angelegenheiten unterstützen wird."

Der Mediziner und die anwesende Stationsleitung sahen die unendliche Traurigkeit in den Augen des scheinbar gebrochenen Mannes, als dieser noch hinzufügte:

„Wohl dem, der diese Welt vor seiner Familie verlassen kann."

Als Gerd Stetter einige Minuten später durch die große Glastür ins Freie trat, wartete bereits das für ihn bestellte Taxi. Er ließ sich von dem Fahrer vor seinem Haus absetzen. Nachdem er die Türe hinter sich geschlossen und das Wohnzimmer betreten hatte, nahm er das Telefon zur Hand, bevor er sich im Sessel nieder ließ.

Er überlegte einen Moment ob es wirklich richtig war, was er sich jetzt vorgenommen hatte, aber angesichts seiner Situation entschloss er sich dazu, die Sache nun bis zum bitteren Ende durchzustehen. Er blätterte das digitale Telefonbuch des Apparates durch, bis er die Nummer von Albert Urban auf dem Display erkannte. Dann drückte er die grüne Anruftaste.

22. KAPITEL

Albert Urban, Staatssekretär a. D., saß kreidebleich in seinem Wohnzimmer. Der Anruf seines ehemaligen Chauffeurs hatte ihn wie aus heiterem Himmel getroffen. Zwar konnte er durch die Tagespresse die Geschehnisse aus dem Donau-Ries verfolgen, doch nicht die in seinen Augen tragischen Todesfälle in der Familie Stetter gaben ihm Anlass zur Sorge.

Vorsorglich hatte er es schon vermieden, irgendwelche Beileidsbezeugungen an das Ehepaar Stetter von sich zu geben. Angesichts der Vergangenheit wäre dies wohl fehl am Platze gewesen. Die ganzen Erinnerungen an das damalige Geschehen in Nördlingen waren plötzlich wieder da. Sie waren es, die ihm nun mehr als nur Kopfzerbrechen bereiteten.

Dieser unsägliche Abend, an dem er nur mit sehr viel Glück einer körperlichen und beruflichen Katastrophe entgangen war, holte ihn nun anscheinend doch noch ein. Er hatte Gerd Stetter damals eine Menge Geld bezahlt, um seine Karriere nicht zu gefährden. Für ihn hätte es unweigerlich das Aus seiner politischen Laufbahn bedeutet, wenn man ihn schuldig am Tode des Arztes gesprochen hätte. Von den Folgen für sein Privatleben einmal ganz abgesehen.

Es hatte ihn über Monate hinweg nicht nur diese horrende Summe an Stetter gekostet, er musste auch all seine Beziehungen nach oben spielen lassen, um einigermaßen ungeschoren aus dieser Sache herauszukommen. Nur dadurch war es ihm letztendlich doch noch gelungen, bis zu seiner Pensionierung als relativ unbescholtener Politiker zu gelten.

Gerd Stetter gegenüber hatte er sich abgesichert, indem er zwischen ihm und sich selbst eine Art schriftliche Schweigepflicht vereinbart hatte. Dieser Vertrag sollte ihm die Sicherheit gewährleisten, dass sein ehemaliger Chauffeur nicht irgendeines Tages daherkam, um nochmals Geld von ihm zu erpressen.

Stetter hatte diesem Vertrag damals sofort zugestimmt, was Urban das Gefühl vermittelte, dass diese unsägliche Geschichte nun auch ein für alle Mal ausgestanden sein sollte. Sie hatte sein Privatleben doch ziemlich heftig durcheinandergewirbelt. Seine Frau war es bereits gewohnt, dass sich immer wieder einmal irgendwelche Affären ihres Mannes in ihr Privatleben drängten. Allerdings hatte sie auch schnell gelernt, damit umzugehen. Die Annehmlichkeiten des Prominentenstatus waren ihr wohl wichtiger als so manches öffentliche Getuschel hinter vorgehaltener Hand.

Albert Urban machte sich in Bezug auf die Loyalität seiner Frau nur wenige Sorgen. Dass ihn allerdings der Anruf von Gerd Stetter nun auf den Boden der Tatsachen zurückholte, dies erschien ihm als ein grausamer Schlag des Schicksals. Warum konnte sich dieser Mensch nicht einfach mit den Tatsachen abfinden? Weshalb musste ihn anscheinend sein Gewissen dazu treiben, die ganze Geschichte letztendlich nun doch noch auffliegen zu lassen?

Er konnte sich noch genau daran erinnern, wie seine Anwälte damals die Angehörigen des Verstorbenen systematisch mürbe gemacht hatten. Zum Ende gaben sich diese mit einer großzügigen Schmerzensgeldzahlung zufrieden, welche Urbans Anwälte mit der Gegenseite und seiner Versicherung ausgehandelt hatten. Für ihn war diese unsägliche Angelegenheit somit erledigt.

Strafrechtlich würde man ihn auf Grund der Verjährungsfrist wohl nicht mehr belangen können. Würden allerdings die wahren Umstände des Unfalls an die Öffentlichkeit kommen, hätte er nicht nur privaten Ärger am Hals. Die finanziellen Rückforderungen der Versicherungen würden ein gewaltiges Loch in seine Vermögensverhältnisse reißen.

Nicht zu guter Letzt, da ihm wohl seine ansehnliche Pension wenn auch nicht gestrichen, dann aber wohl erheblich gekürzt werden würde. Sein Ansehen in der Öffentlichkeit wäre wohl auch dahin, von den Privilegien eines ehemaligen Staatssekretärs ganz zu schweigen. Er könnte sich wahrscheinlich nirgends mehr sehen lassen.

Kurz und gut: Er wäre am Ende.

Und nun wollte sich Gerd Stetter mit ihm auf dem Daniel treffen. Ausgerechnet dort oben an dem Platz, von dem sein Sohn in den Tod gestürzt war.

Welche Ironie dachte sich Albert Urban. *Womöglich will er an mein Gewissen appellieren um mir nochmals Geld aus der Tasche zu ziehen. Aber das werde ich zu verhindern wissen.*

Nervös erhob er sich aus seinem Sessel, ging quer durch das geräumige Wohnzimmer zu der in der dunklen Schrankwand eingebauten Bar und entnahm dieser eine Flasche Cognac. Als er den Verschluss der Flasche öffnete, konnte er im eingebauten Spiegel der Bar sein Gesicht sehen.

Mit zitternden Händen goss er sich einen der edlen Cognacschwenker halbvoll und leerte diesen dann in einem einzigen Zug. Wie flüssige Lava rann das Getränk durch seine Kehle.

Albert Urban verzog fast schmerzhaft sein Gesicht, denn das Brennen in seinem Hals nahm ihm für einen Moment die Luft zum Atmen. Leise stöhnte er dabei auf, und griff sich an seinen Hals. Er hatte das Gefühl, als würde sich eine unsichtbare Hand um seine Kehle legen und diese langsam zudrücken.

Nachdem er sich schließlich wieder etwas gefangen hatte, begann er fieberhaft sich seinen Kopf darüber zu zerbrechen, wie er Gerd Stetter von seinem Vorhaben abbringen könnte, die tatsächlichen Umstände von damals an die Öffentlichkeit zu tragen. Dass es für seine Überlegungen längst zu spät war, davon hatte der ehemalige Politiker zu diesem Zeitpunkt noch keine Ahnung.

23. KAPITEL

Gerd Stetter legte das Telefon beiseite und schloss die Augen. Als er spürte, dass eine zufriedene Müdigkeit von seinem Körper Besitz ergriff, ließ er sich erschöpft in seinem Sessel einfach nach hinten sinken und fiel in einen tiefen, traumlosen Schlaf.

Er wusste nicht, wie lange er so dagesessen hatte, als ihn plötzlich das Geräusch der Türglocke aus seinem Schlaf holte. Ein Blick aus dem Fenster machte ihm bewusst, dass es sich doch um einige Stunden gehandelt haben musste, denn draußen wurde es bereits dunkel. Er erhob sich etwas mühsam und für einen Moment orientierungslos aus seinem Sessel. Die Glocke ging erneut, und Stetter machte sich auf den Weg zur Türe, um nachzusehen, wer zu ihm wollte.

Als er auf den Türöffner gedrückt hatte, trat jemand ein, den er zu diesem Zeitpunkt nicht im Geringsten erwartet hätte. Michael Akebe stand im Flur! Mit keinem Gedanken hätte Gerd Stetter damit gerechnet, dass sein Hausarzt ihm einen Besuch abstatten könnte. Er überlegte einige Sekunden, bevor er den Mann hereinbat. Akebe ging auf Stetter zu und reichte ihm die Hand.

„Darf ich Ihnen mein Beileid für das aussprechen, was Sie in den letzten Tagen erleben mussten, Herr Stetter?", sagte der Arzt mit einer Stimme, die in dessen Ohren ein wenig seltsam klang. Allerdings konnte er dem Ganzen keine genauere Bedeutung zumessen. Nachdem er den Arzt ins Wohnzimmer geführt hatte, bat er ihm ein Glas Wein an, was der Arzt jedoch dankend ablehnte.

„Ich möchte Ihnen keine großen Umstände machen, sondern Ihnen nur angesichts dessen, was in den letzten Tagen über Sie hereingebrochen ist, meine Gesprächsbereitschaft entgegen bringen. Wenn Sie in irgendeiner Hinsicht einen Rat benötigen bin ich gerne jederzeit für Sie erreichbar."

Michael Akebe sah Gerd Stetter in die Augen, um darin irgendeine Reaktion auf sein Angebot erkennen zu können. Er machte ihm dieses Angebot nicht aus reiner Nächstenliebe. Vielmehr war er daran interessiert zu erfahren, welche Schritte Stetter nun geplant hatte. Diese wollte er so gut als möglich in die Richtung seiner eigenen Interessen lenken.

Gerd Stetter hatte sich wieder in seinem Sessel nieder gelassen und beide Hände in den Schoß gelegt. Dann begann er ganz unbefangen zu sprechen.

„Ich danke Ihnen für das Angebot, Doktor Akebe. Es ist sehr großzügig, trotz dessen was ich Ihnen und Ihrer Familie in der Vergangenheit angetan habe. Aber ich denke, dass ich in Bezug auf die Beisetzungen meines Sohnes und meiner Gattin genügend Unterstützung durch die Stadt Nördlingen erhalten werde.

Und was meine eigene Situation anbelangt, bin ich mir sehr genau im Klaren darüber, was noch zu tun ist. Ich werde heute noch ein weiteres Schriftstück aufsetzen welches meine Beobachtungen von damals erklärt, und werde auch mein Geständnis

Ihnen gegenüber mit einbeziehen.

Somit hoffe ich, wird wenigstens der Gerechtigkeit Genüge getan. Auch meinen ehemaligen Chef persönlich über mein Vorhaben unterrichten. Ich habe ihn bereits telefonisch verständigt, und mit ihm für Freitagnachmittag um sechzehn Uhr ein Treffen auf dem Daniel vereinbart, denn ich möchte ihm an dem Ort, an dem mein Sohn gestorben ist davon in Kenntnis setzen. Diesen Platz habe ich deshalb gewählt, weil ich glaube, dass an ihm mein Unrecht von damals wiedergutgemacht werden kann.

Ich habe immer noch keine Erklärung für mich gefunden, warum dies alles so geschah. Aus heiterem Himmel wurde mir das Liebste in meinem Leben genommen. Die Verantwortung dafür sehe ich alleine bei mir. Der Allmächtige lässt anscheinend keine Schuld im Leben ungesühnt."

Wie Recht Du doch hast, Stetter, dachte Michael Akebe bei sich. *Keine Schuld bleibt ohne Sühne. Dies würde die Natur aus ihrem Gleichgewicht bringen. Irgendwann muss jeder für das gerade stehen, was er angerichtet hat.*

„Ich denke es ist ein guter Weg, sich mit Ihrem ehemaligen Chef auseinanderzusetzen. Er wird einsehen müssen, dass es letztendlich keinen Weg vorbei an der Gerechtigkeit geben kann. Auch wenn Sie dabei im gleichen Zuge Ihre eigene Schuld eingestehen müssen. Aber wenn es mir irgendwie möglich sein sollte werde ich Sie gerne in ihrem Vorhaben unterstützen und meinen Teil dazu beitragen, dass Sie Ihren inneren Frieden wieder finden."

Und das werde ich mit Sicherheit tun, dachte er sich

im gleichen Moment.

„Ich danke Ihnen vielmals, Doktor", sprach Gerd Stetter, während er sich von seinem Platz erhob. „Aber ich möchte Sie jetzt doch bitten zu gehen. Ich habe wie gesagt noch einige Dinge zu erledigen und möchte gerne alleine sein."

„Natürlich, Herr Stetter. Entschuldigen Sie bitte nochmals die Störung. Lassen Sie es mich wissen, falls ich irgendetwas für Sie tun kann."

Gerd Stetter begleitete seinen Besucher noch bis zur Haustüre. Als der Arzt in Richtung Innenstadt fuhr, sah er ihm noch für einen kurzen Moment mit gemischten Gefühlen hinterher. In seinem Innersten glaubte er plötzlich, dass er diesen Mann gerade eben zum letzten Mal gesehen hatte.

Als Michael Akebe in seine Praxis zurückgekehrt war, erledigte er noch kurz den notwendigen Papierkram. Er konnte sich jedoch nur schlecht auf die tägliche Routine konzentrieren, war in seinen Gedanken bereits ganz woanders. Das Vorhaben von Gerd Stetter, sich mit seinem ehemaligen Arbeitgeber zu treffen war genau das, was ihm gelegen kam.

Wenn sich die beiden Männer auch noch wie geplant auf dem Daniel begegnen wollten, umso besser. Damit war die perfekte Ausgangssituation für ihn geschaffen. Er hatte die beiden Hauptschuldigen, die für das Leid in seiner Familie verantwortlich waren, genau dort, wo er sie auch letztendlich haben wollte. Mitten in Nördlingen!

Er hatte sich auch schon einen genauen Plan zurechtgelegt, wie er sich in dieses Treffen einmischen würde.

Der Arzt ging zu seinem Tresor und entnahm diesem das kleine Glasröhrchen mit den vertrockneten Blutresten seines ersten Opfers, Markus Stetter. Er hielt es gegen das Licht der Deckenlampe und verzog sein Gesicht zu einem hämischen Lächeln.

Dies wird mir dabei helfen, die Familie Stetter wieder zu vereinen, sprach er in Gedanken zu sich selbst, steckte er den kleinen Behälter in seine Tasche, löschte das Licht in seiner Praxis, und begab sich auf den Dachboden in sein magisches Reich.

Michael Akebe verschloss die Türe sorgfältig hinter sich, verdunkelte die Dachfenster, und begab sich zu der Truhe, in welcher sich der Nachlass seiner Vorfahren befand. Nachdem er sich den alten Umhang seines Großvaters um die Schultern gelegt hatte, entnahm er die weiteren Utensilien, die er für sein geplantes Ritual benötigte.

Das kleine Tongefäß mit einer Kerze, einen Stoffbeutel mit verschiedenen getrockneten Kräutern sowie ein kleines Fläschchen mit Öl und zuletzt das Kästchen mit den Nadeln. Er platzierte die Gegenstände auf dem alten Tisch, entzündete die Kerze und stellte diese unter das Tongefäß. Aus dem Fläschchen träufelte er etwas der bernsteinfarbenen Flüssigkeit in die darauf liegende Schale.

Während sich das Öl darin langsam erwärmte, bereitete der Arzt die Kräuter vor. Diese mussten in einer genau festgelegten Reihenfolge angewandt werden, um die entsprechende Wirkung zu erzielen. In zwei Vierergruppen hatte Michael die acht bereitgelegten Sorten aufgeteilt.

Mit seinen Handflächen prüfte er die Temperatur der Ölschale, streute dann die ersten vier der Kräutersorten im Abstand jeweils einiger Sekunden in die heiße Flüssigkeit. Ein zunächst beißender Geruch drang dem Arzt in die Nase. Er wusste jedoch aus den alten Aufzeichnungen seines Großvaters, dass sich dieser nach wenigen Augenblicken verändern würde.

Als Michael anschließend die restlichen vier Kräuter hinzugab, verbreitete sich auf dem Dachboden ein seltsam süßlicher Duft. Betörend, fast betäubend wirkte er auf ihn, versuchte, sich in seine Sinne einzuschleichen. Michael ahnte um die Wirkung dieser jetzt fast fertig gestellten Essenz. Er erinnerte sich an die Niederschriften seiner Vorfahren, die sein Großvater an seinen Vater, und dieser an ihn selbst weitergegeben hatten. Diese beschrieben genau die Auswirkungen und die dadurch zu erlangende Macht über Andere. Allerdings warnten sie auch davor, diese zu missbrauchen.

Ein wissendes, siegessicheres Lächeln umspielte die Mundwinkel des Arztes. Er löschte die Kerze nach ein paar Minuten, als von der Flüssigkeit in der Schale nur noch ein kleiner konzentrierter Rest übrig war. Mit einem Griff in seine Tasche holte er den kleinen Behälter mit den eingetrockneten Blutresten hervor. Er öffnete das Röhrchen, entnahm dem vor ihm liegenden Kästchen eine der darin befindlichen schwarzen Nadeln, und mischte mit ihrer Hilfe den makabren Inhalt unter die Kräuteressenz. Michael sah gespannt auf die kleine Tonschale. Zufrieden stellte er fest, dass die bernsteinfarbene Flüssigkeit eine purpurrote Farbe annahm. Seine Bemühungen wurden also belohnt. Es schien alles tatsächlich so zu sein, wie es in den Schriften seiner Ahnen vorzufinden war.

Seiner Brieftasche entnahm er nun ein Foto des toten Markus Stetter, welches er aus dem Internet geladen hatte. Michael legte das Bild auf den Tisch, nahm die Nadel, deren Spitze mit der Essenz benetzt war zur Hand, und stach diese nacheinander durch die beiden Augen des auf dem Foto abgebildeten Mannes. Durch den Kontakt mit der Flüssigkeit nahmen diese nun ebenfalls die purpurrote Farbe an. Auf Michael Akebes Gesicht machte sich wieder dieses geheimnisvolle Lächeln breit.

Die Zeit ist bald gekommen. Durch Dich werde ich Deinem Vater den Weg zu Dir bereiten.

Anschließend säuberte er alle Gegenstände sorgfältig, verstaute sie in der Kiste seines Großvaters und verschloss diese wieder. Das Bild von Markus Stetter steckte er in einen Umschlag.

An die Hinterbliebenen von Markus Stetter schrieb er darauf, und sprach leise vor sich hin: *nun ist Alles bereit*

Mit sich und seinen Vorbereitungen zufrieden verließ der Arzt den Dachboden. Ein weiteres Mal würde ihn sein Weg nun auf den Daniel führen. Dieses Mal, um Gerd Stetters letzten Gang vorzubereiten. Als er auf der Treppe nach unten vorbei an der Wohnung seiner Mutter kam, vernahm er ein leises Schluchzen hinter der Türe. Michael zögerte kurz, wollte anklopfen, etwas sagen, doch dann drehte er sich um und ging die Stufen hinunter.

24. KAPITEL

Markowitsch betrat am Mittwochmorgen sein Büro und setzte sich seinen obligatorischen Kaffee auf. Anschließend griff er zum Telefonhörer und tippte die Kurzwahlnummer seines Kollegen ein. Als dieser am anderen Ende den Hörer abgenommen hatte, vernahm der Kommissar auch schon dessen Stimme.

„Einen schönen guten Morgen, Herr Kommissar. Was kann ich für Sie tun?"

„Ob dieser Morgen schön und gut wird Neumann, hängt erstens davon ab ob die Kollegen aus Nördlingen endlich Gerd Stetters Vernehmungsprotokoll geschickt haben, und zweitens, wie schnell Sie mir dieses auf den Schreibtisch legen", antwortete Markowitsch und legte kurzerhand den Hörer auf.

Nur zwei Minuten später betrat Peter Neumann nach einem kurzen Anklopfen das Büro seines Vorgesetzten.

„Mit erstens kann ich Ihnen leider nicht dienen, Chef", sagte er, „womit zweitens ebenfalls hinfällig wäre. Der Leichnam von Markus Stetter wurde gestern Abend auf Antrag seines Vaters zur Bestattung freigegeben. Gerd Stetter hat die Kollegen in Nördlingen heute Morgen darum gebeten, zunächst die Beerdigung am Donnerstag durchführen zu dürfen. Er hat für den Freitagabend eine umfangreiche Aussage angekündigt. Und nun, Herr Kommissar, halten Sie sich fest."

Markowitsch sah Peter Neumann ungeduldig an. Er konnte es auf den Tod nicht ausstehen, wenn man ihn allzu sehr auf die Folter spannte.

„Na los, Neumann. Was denn noch? Raus mit der Sprache."

„Gerd Stetter will auch Informationen im Zusammenhang mit dem ehemaligen Staatssekretär Albert Urban zu Protokoll geben. Staatsanwalt Berger hat dies angesichts Stetters persönlicher Lage für OK befunden. Sein schriftliches Einverständnis liegt mir per Fax bereits vor."

„Ach ja?", brummelte Markowitsch überrascht. „Also wenn Stetter schon so geheimnisvolle Ankündigungen macht, dann will ich ihn für seine Aussagen aber hier bei uns haben. Eines aber sollte er nicht wissen: Urban wird auch dabei sein. Sie tragen mir Sorge dafür Neumann, dass der Herr Staatssekretär a. D. im Vernehmungszimmer nebenan zur Verfügung steht. Haben Sie mich verstanden?"

„Selbstverständlich, Herr Kommissar. Ich habe die Vorladung bereits verfasst und werde sie Albert Urban heute noch persönlich vorbei bringen. Dies wird aber so geschehen, dass er keinerlei Verdacht schöpfen dürfte aus welchem Grund wir ihn hier haben wollen."

„Sehr gut, Neumann", antwortete Markowitsch zufrieden, aber mit nachdenklicher Miene. „Ich sehe, dass ich mich auf Sie verlassen kann. Langsam kommen wir voran in dieser Sache."

Peter Neumann sah den Kommissar neugierig an, der tief zurückgelehnt in seinem Sessel saß und auf seinem Bleistift herum kaute. Irgendetwas ging ihm im Kopf herum. Sein Blick war auf das große Fenster seines Büros gerichtet, schien weit weg zu sein.

„Darf ich fragen, über was Sie so angestrengt nachdenken, Herr Markowitsch?"

Der Kommissar drehte seinen Kopf langsam in die Richtung seines Mitarbeiters.

„Dürfen Sie, Neumann, dürfen Sie."

Er legte den Bleistift zur Seite und erhob sich von seinem Platz, ging einmal quer durch sein Büro, und blieb schließlich an der gegenüberliegenden Ecke stehen. Anschließend drehte er sich um und lehnte sich an die Wand. Beide Hände in seine Hosentaschen gesteckt sah er Pit Neumann an.

„Mir geht die Sache mit diesem Doktor Akebe nicht aus dem Kopf. Ich habe so ein komisches Gefühl, dass wir diese Geschichte nicht ganz außer Acht lassen sollten. Der Obduktionsbericht von den Kollegen aus der Pathologie gibt uns keine näheren Hinweise auf irgendeine Fremdeinwirkung. Irgendwie werde ich aber genau deshalb dieses komische Gefühl nicht los, dass hier jemand anderes seine Finger mit im Spiel hatte. Es handelt sich hierbei wie gesagt lediglich um ein Gefühl, doch dieses täuscht mich normalerweise nur selten. Der Herr Staatsanwalt hält nicht viel von Voodoozauber und dem was dazu gehört, aber meine Menschenkenntnis sagt mir etwas anderes. Es geschehen zu viele unerklärliche Dinge auf dieser Welt, als dass ich so etwas einfach übergehen könnte."

Mit einem zweifelnden Gesichtsausdruck suchte der Kommissar den Blick seines jungen Kollegen.

„Halten Sie mich für verrückt, Neumann, oder denken Sie etwa auch wie der Herr Staatsanwalt, dass ich zu viele Schundromane gelesen hätte? Ich weiß nicht allzu viel über das Thema Voodoo. Ein Bisschen etwas aus dem Urlaub, einiges aus verschiedenen Büchern und natürlich die wohl meist übertriebenen Geschichten der billigen Horrorfilmchen im Kino oder aus dem Fernsehen.

Das stellt nicht gerade die erforderliche Basis dafür, um dieses Thema näher mit unserem Fall in Verbindung zu bringen. Außerdem kenne ich diesen Akebe bisher viel zu wenig als dass ich mir ein Urteil über ihn erlauben möchte. Auch wenn mir mein Bauch sagt, dass er nicht ganz koscher ist."

Peter Neumann sah Markowitsch an. Selten hatte er seinen Vorgesetzten in einer hilflosen Situation erlebt.

„Wenn man zu wenig über jemanden weiß, sollte man sich über ihn erkundigen. Ich habe mein System bereits mit dem Namen Akebe gefüttert, allerdings nicht mehr Details gefunden, als wir ohnehin schon haben. Jedoch weiß ich, dass die Mutter von Michael Akebe ebenfalls in Nördlingen wohnt. Und wer könnte uns mehr über ihn erzählen als die Frau, die ihn geboren hat? Wir sollten uns einmal mit Christine Akebe unterhalten, Chef."

Markowitsch sah Peter Neumann ausdruckslos an. Dieser Gedanke seines jungen Kollegen war nicht von schlechten Eltern. Eines jedoch gab ihm zu denken.

„Glauben Sie wirklich Neumann, vorausgesetzt meine Vermutungen würden sich tatsächlich bestätigen, dass eine Mutter ihren eigenen Sohn ans Messer liefern würde?"

„Das käme auf einen Versuch an", meinte Peter Neumann. „Wer nicht fragt, der bleibt dumm. Sagte schon mein Lehrer in der Grundschule immer zu mir."

Der Kommissar sah in das grinsende Gesicht seines EDV-Spezialisten. *Wo er Recht hat, da hat er Recht* dachte er und entschied sich nun dafür, Peter Neumanns Vorschlag zu folgen.

„Also gut, Sie Philosoph. Ihr Wort in Gottes Gehör. Dann werden wir eben jetzt dieser Frau Akebe einen Besuch abstatten. Weniger als Nichts kann bei diesem Gespräch auch nicht herauskommen. Außer vielleicht der Tatsache, dass wir uns bis auf die Knochen blamieren werden, und dass ich Ihnen in diesem Fall dann das Gehalt kürzen lasse. Darüber sind Sie sich doch wohl im Klaren?"

Markowitsch nahm den Blick seines Mitarbeiters wahr und konnte sich dabei ein leichtes Grinsen nicht verkneifen.

„Nur immer locker bleiben, Neumann. War ja nicht ernst gemeint. Nur ein kleiner Scherz am Rande."

Als sich gleich darauf die Gesichtszüge Peter Neumanns wieder aufhellten, ging der Kommissar auf ihn zu, fasste ihm an die Schulter, drückte ihm mit seiner Rechten die Hand und sprach mit väterlicher Stimme:

„Keine Bange mein Junge, ich weiß genau was Sie und Ihre Arbeit mir wert sind. Wir fahren in einer halben Stunde."

25. KAPITEL

Christine Akebe saß in ihrem Wohnzimmer und blätterte gedankenverloren in einem der Fotoalben, die sich vor ihr auf dem großen Glastisch türmten. Die aufgeschlagenen Seiten zeigten Aufnahmen aus ihrer Studienzeit in Togo. Herrliche Landschaftsaufnahmen, Menschen in ihrer zum Teil noch ursprünglichen Umgebung. Auf anderen Bildern waren Gebäude aus der Hauptstadt Lomé zu erkennen. Eines davon war das Krankenhaus, in dem sie Abedi, ihren verstorbenen Mann kennen gelernt hatte. Sie erinnerte sich noch genau an den Ablauf ihrer ersten Begegnung. An die Verletzung ihres Fußes und auch an jede behutsame Berührung, die ihr der damalige Chefarzt der Klinik scheinbar liebevoll zukommen ließ.

Tränen machten sich in Christines Augen breit, bildeten ein kleines Rinnsal und kullerten ihr über die Wangen. Sie machte keine Anstalten sie wegzuwischen, ließ ihrer Trauer, die nie richtig geendet hatte, freien Lauf.

Nachdem sie das Album zur Seite gelegt hatte, nahm sie ein weiteres von dem vor ihr liegenden Stapel und schlug die ersten Seiten auf. Diese Bilder zeigten sie und Abedi inmitten seiner Familie. Man konnte genau erkennen, dass es sich dabei um die Vorbereitungen zu ihrer beider Hochzeit handelte.

Auch wenn sie und Abedi sich offiziell in Deutschland das Jawort gegeben hatten, wollte seine Familie nicht darauf verzichten, ihrem Sohn und

seiner zukünftigen Ehefrau ein würdiges Hochzeits-
fest nach traditioneller Art zu bereiten.

Christine blätterte eine Seite weiter und sah auf
der nächsten Aufnahme, dass sie und Abedis Mutter
dabei waren, gemeinsam das Hochzeitsmahl zusammen zu stellen. Auf den folgenden Seiten erkannte man prächtige Aufnahmen der Hochzeitsze-
remonie. Tänzer aus der ganzen Gegend waren zum
Fest erschienen, um der Feier einen würdigen Rahmen zu geben. Man erkannte große Lagerfeuer, um
die sich Menschen im Freudentaumel bewegten.

Christine seufzte tief. Ihr Blick ging in weite Ferne, sie versuchte sich in ihrer Erinnerung in die
glücklichste Zeit ihres Lebens zurückzuversetzen,
aber irgendwie gelang dies nicht so, wie sie es sich
wünschte. Zu sehr hatten ihr die Ereignisse der vergangenen Tage das Schicksal ihrer Familie zurück-
gebracht. Es war der Moment, als sie in der Praxis
ihres Sohnes wie fast jeden Abend etwas Ordnung
machte.

Beim Aufräumen verschiedener Unterlagen hatte
sie eine der Schubladen seines Schreibtisches geöffnet und dabei dieses unglücksselige Schriftstück
gefunden. Zunächst hatte sie dem Ganzen keine
größere Bedeutung zugewiesen. Es kam immer wieder vor, dass sie beim Aufräumen die eine oder andere handschriftliche Notiz fand, welche Michael
erst einige Tage nach der Behandlung den Patien-
tenakten zuordnete.

Als ihr kurzer Blick auf das Schriftstück allerdings den Namen Akebe wahrnahm, da wurde sie
hellhörig. Entgegen ihrer Gewohnheiten, sich nicht

in die Arbeit ihres Sohnes einzumischen, verspürte sie diesmal einen unwiderstehlichen Drang, dieses Schreiben zu lesen.

Bereits nach den ersten Zeilen musste sie sich setzen, da sie merkte, dass ihre Beine nachzugeben drohten. Während sie mit äußerster Aufmerksamkeit den Inhalt des Geständnisses las, stieg zunächst kalte Wut in ihr hoch. Am Ende des Schreibens angelangt, sah sie sich bestätigt in ihren Zweifeln an der Gerechtigkeit. Es gab also tatsächlich einen Augenzeugen, der das ganze Geschehen an jenem Abend verfolgt hatte. Aber es war ein Augenzeuge, der sich gegenüber der Wahrheit aus seiner moralischen Verantwortung gestohlen und sich am Schicksal anderer Menschen auch noch persönlich bereichert hatte.

Christine fragte sich insgeheim, warum Michael nicht längst mit diesen Unterlagen zur Polizei gegangen war. Zumindest mit ihr hätte er darüber sprechen müssen. Ein Gefühl von endloser Traurigkeit ergriff Besitz von ihr. Hatte Michael in seinem Innersten wirklich so viel Hass aufgebaut, dass er sich seiner eigenen Mutter nicht mehr anvertraute?

Was war nur los mit ihrem Jungen? Irgendetwas schien ihn aus der Bahn geworfen zu haben und sie wusste bis zu diesem Zeitpunkt nicht was. Nun sah sie sich bestätigt in ihren Ahnungen, was den momentanen Zustand von Michael betraf. Sie legte den Brief wieder zur Seite. Tief in sich verspürte sie wieder diesen tiefen Schmerz der Trauer, der sie so lange gefangen gehalten hatte, den sie im Grunde ihres Herzens nie richtig verloren hatte. Sie hatte versucht, ihn zu verstecken, zu verdrängen. Irgendwann war er dann mehr und mehr in den Hintergrund getreten, da sie sich in ihrer Verantwortung ihrem Sohn gegenüber sah.

Sie sah es auch als ihre mütterliche Aufgabe an, Michael einen möglichst unbeschwerten Lebensweg zu bereiten. Soweit ihr dies möglich war, hatte sie bisher alles dafür gegeben und getan. Doch nun holte sie innerhalb weniger Tage anscheinend die Vergangenheit wieder ein. Alles erschien vor ihrem geistigen Auge, als wäre es erst gestern gewesen.

Der Abend an dem ihr die Nachricht vom Tode Abedis überbracht wurde, ebenso die unsägliche Zeit der Auseinandersetzungen mit den Behörden, den Rechtsanwälten dieses Politikers und der Versicherungen. Die ganzen Prozeduren kamen wieder in ihr hoch.

Doch sie hatte es durchgehalten, irgendwie zu einem Ende gebracht, welches sie als einigermaßen akzeptabel im Sinne der Zukunft ihres Sohnes ansah, auch wenn dies nur aus finanzieller Hinsicht zutreffen konnte. So hoch hätte kein Betrag auf dieser Welt ausfallen können, als dass er sie über den Verlust ihres Mannes und Michael über den seines Vaters hinwegtrösten könnte.

Michael befand sich damals mitten im Studium. Sein Vater war immer sehr stolz darauf, dass sein Sohn den gleichen Weg gewählt hatte, den auch er als den seinen ansah. Den Menschen zu helfen, das war ihre Bestimmung, auch wenn die Ansichten von Vater und Sohn dahin auseinandergingen, dass Michael mehr auf die traditionellen Heilmethoden aus der Natur setzte.

Er wollte nie einer der Ärzte werden die nur schnell ein paar Pillen verschrieben, oder einer derer, die gleich zum Skalpell greifen, wenn es irgendwo einmal etwas heftiger zwickte. Die Selbstheilungsmethoden des Körpers mit Hilfe der natürlichen Gegebenheiten waren es, die Michael den Menschen wieder näher bringen wollte.

Dank seiner Überzeugungskraft und seines Ehrgeizes hatte er es schließlich auch bis dorthin geschafft, wo er heute letztendlich stand. Die Erfolge seiner Behandlungsmethoden gaben ihm Recht. Er war ein angesehener Arzt der Naturheilkunde und Allgemeinmedizin geworden. Als Mutter war sie sehr stolz auf ihren Sohn und auf das, was er im Leben bisher erreicht hatte. Bis zu jenem verhängnisvollen Tag, an dem sie diesen Brief in seinem Schreibtisch fand.

Christine Akebe schob das Fotoalbum zur Seite. Was war nur mit Michael geschehen? Er schien sich in den letzten Tagen im Grunde seines Wesens sehr verändert zu haben. Seit dieser furchtbare Unfall mit dem Türmer geschah, war ihr Sohn nicht mehr der, den sie kannte. Ihr fiel auf, dass er sehr in sich gekehrt schien, manchmal seine Umgebung gar nicht richtig wahrnahm.

An manchem Abend hielt er sich stundenlang auf dem Dachboden auf und schien sich mit der Vergangenheit zu befassen. In einem ruhigen Moment wollte Christine ihren Sohn auf das Geständnis von Gerd Stetter ansprechen, dies hatte sie sich fest vorgenommen.

Sie war nur noch am Überlegen, wie sie ihm am besten beibringen konnte, warum sie an diesem Tag die Schublade seines Schreibtisches geöffnet und diesen Brief gelesen hatte. Ob sie es als Intuition bezeichnen konnte? Vielleicht als einen Hinweis von Abedi? Wollte er ihr möglicherweise einen Fingerzeig geben, dass Michael sich auf einem falschen Weg befand?

Sie wusste es nicht, wollte zunächst einen passenden Zeitpunkt für das Gespräch mit Michael abwarten. Doch die Zeit schien ihr davonzulaufen und die scheinbare Veränderung seines Wesens bereitete ihr Sorgen.

Früher nahm er des Öfteren einmal einige Sachen aus der alten Kiste auf dem Dachboden, um sich die Erinnerung an seinen Vater oder Großvater zurückzuholen. Sie fand dies nur natürlich und dachte sich auch weiter nichts dabei. Doch als sie ihm neulich nach oben gefolgt war, ohne dass er es mit bekam, zweifelte sie an dieser Selbstverständlichkeit.

Der Geruch, den sie durch die Türe wahrnehmen konnte, war ihr fremd, trotz all ihrer Erinnerungen an Afrika. Das, was sich hier auf dem Dachboden abspielte, hatte nichts mit dem zu tun, das sie von früher kannte. Ein Gefühl der Unruhe beschlich Christine und sie überlegte schon, wieder in ihre Wohnung zurückzugehen, doch die Stimme ihres Sohnes hielt sie davon ab, ihren Platz schon zu verlassen.

Da sie inzwischen ahnte, dass Michael auf dem

Dachboden nicht nur in alten Erinnerungen kramte, legte sie ihr Ohr vorsichtig an die Türe. Sie wollte sich davon überzeugen, ob sie sich vielleicht nicht doch geirrt hatte. Jedoch die leisen Worte die sie durch die geschlossene Tür vernahm, bestätigten ihre schlimme Vorahnung. Michael Akebe, ihr Sohn, der Enkel eines weißen Priesters des Voodoo, schien die Kräfte der Natur zu missbrauchen. Christine stockte der Atem, als sie seine Worte vernahm.

Es schien ihr das Herz zu zerreißen, als sie feststellte, womit sich Michael befasste. Wie oft hatte sein Großvater ihn dazu ermahnt, sich stets an die Gebote der Natur zu halten. Nun war er dabei, diese mit Füßen zu treten. Er brach den Eid, den er einst geschworen hatte. Es schien so, als riefe er die schwarzen Kräfte des Voodoo herbei um zu töten.

Sie verließ nun doch, so schnell es ihr nur möglich war ihren Platz und begab sich zurück in ihre Wohnung. Als sie die Türe hinter sich schloss hörte sie nur wenige Minuten später auch schon, wie Michael die Treppe herunter kam. Mit Tränen der Verzweiflung in den Augen lehnte sie sich rücklings an die Wohnungstüre und begann hemmungslos zu schluchzen.

Christine Akebe erschrak, als sie wie aus einem kurzen Tagtraum erwachte. Ja, sie fühlte sich in diesem Moment wie in einem Traum, einem bösen Traum, wünschte sich, dieser würde niemals wahr werden. Doch tief in ihrem Innersten wusste sie, dass die vergangenen Tage schreckliche Realität waren. Sie fühlte die Trockenheit in ihrem Mund, versuchte zu schlucken und hatte dabei das Gefühl, als würde ihr die Zunge am Gaumen kleben.

Mit zitternden Beinen erhob sie sich langsam. Sie musste sich dabei an ihrem Wohnzimmertisch aufstützen, um nicht das Gleichgewicht zu verlieren. Mit kurzen Schritten ging sie an den Kühlschrank, um etwas Wasser zu trinken. Als sie die Flache herausnahm, den Verschluss öffnete und sie an den Mund setzte, vernahm sie das Läuten an der Wohnungstüre.

26. KAPITEL

Es war ein trüber, etwas nebliger Vormittag, als sich Markowitsch und Neumann auf den Weg machten, um Christine Akebe einige Fragen zu stellen. Möglicherweise konnte sie ja etwas mehr Licht in die Angelegenheit bringen. Durch ihre Antworten erhoffte sich der Kommissar, dass er endlich die Rolle des Arztes in dieser dubiosen Angelegenheit besser zuordnen konnte. Das seltsame Verhalten dieses Mannes mit seinen zweideutigen Aussagen am vergangenen Wochenende warf in ihm so manch zweifelhafte Frage auf, die er endlich beantwortet haben wollte. Und wer konnte einen Menschen wohl besser beschreiben als seine eigene Mutter.

Schweigend saß Peter Neumann auf dem Beifahrersitz und starrte auf das Armaturenbrett. Normalerweise würde er nun eine ganze Menge Fragen stellen, um dem Kommissar sämtliche Einzelheiten über die Funktionen seines neuen Dienstwagens zu entlocken. Der Anblick des Bordcomputers ließ sein EDV-Herz höher schlagen. Doch je näher sich der Wagen der Riesmetropole näherte, desto flauer wurde das Gefühl in seiner Magengegend.

Peter Neumann wusste die Reaktion seines Körpers nicht zu deuten, war er doch selten jemand, der allzu stark auf Gefühle baute. Als Fachmann für elektronische Datenverarbeitung war er es gewohnt, logisch zu denken. Ein aufregendes Kribbeln verspürte er meist nur dann in sich, wenn er kurz davor war, ein ersehntes Ergebnis auf seinem Bildschirm angezeigt zu bekommen.

Seit er jedoch von seinem Chef in diesen Fall aus Nördlingen eingebunden wurde, hatte er so eine Ahnung, als wenn es auf dieser Welt doch noch viel mehr gab als nur Nullen und Einsen, mehr als nur die Enter- oder Return Taste, den Computer und das Internet. Die bisher zwar noch unbestätigten, aber doch bestehenden Vermutungen des Kommissars ließen ihn die Welt inzwischen mit etwas anderen Augen betrachten.

Immer öfter kamen ihm Gedanken an seinen Vater in den Sinn. Er erinnerte sich wieder an dessen Erzählungen über seine Studien in Afrika. Über die Sitten und Gebräuche des Landes und die Religion der dort lebenden Menschen. Eine Welt des Glaubens, die bis in die heutige Zeit existiert.

Voodoo!

Seit Markowitsch ihn mit seiner Vermutung konfrontiert hatte, schwirrte dieses Wort durch seine Gehirnwindungen. Er hatte die vergangene Nacht fast ausschließlich vor seinem PC verbracht und im Internet recherchiert. Unzähligen Seiten mit den unterschiedlichsten Ansichten zu diesem Thema waren dort zu finden. Bei Erklärungen über Grundsätze und Gebräuche, Priester und Götter, über Wissen und Unwissenheit konnte man sicherlich Stunden, nein Tage und Nächte vor dem Bildschirm sitzen, und doch wäre man sich noch nicht über alle Bereiche im Klaren.

Auf vielen Seiten diskutierten die Menschen darüber, ob denn nun mehr Schein als Sein hinter den Kulissen dieser fast schon als Kult zu bezeichnenden Glaubensrichtung steckte. Für die einen gab es keinerlei Zweifel an der Wirksamkeit der natürlichen Mächte, andere wiederum lachten nur darüber und sahen darin lediglich Aberglauben und Geschäftemacherei. Mit den Ängsten und Sorgen der Menschheit ließ sich eben immer noch eine ganze Stange Geld verdienen.

Regelrecht als Dienstleistungen gegen bare Münze wurden dort Rituale und Zaubereien angepriesen. Von Krankheit und Liebeskummer bis hin zum Geldsegen gab es Angebote von angeblichen Voodoopriestern und selbsternannten Schamanen. Nun ja, man sollte den Menschen ihren Glauben lassen. Und sollte jemand dadurch glücklicher werden, auch gut.

Was Peter Neumann bei seinen Recherchen allerdings viel mehr interessierte als diese für ihn dubiosen Angebote waren jene Seiten, die sich mit der dunklen Materie des Voodoo beschäftigten. Auch hierzu fanden sich unzählige Homepages in den unterschiedlichsten Bereichen. Erklärungen darüber, dass der schwarze Zauber des Voodoo in erster Linie aus Haiti stammte, dass der in aller Welt bekannte Puppenzauber, die Ouanga-Rituale, hierbei nicht in ihrer ursprünglichen Bestimmung angewandt wurden.

Dass man dadurch nicht Krankheiten aus einem Körper vertreiben, sondern scheinbar das Gegenteil erreichen wollte. Unglück heraufbeschwören.

Dadurch anderen Menschen Leid oder Schmerzen zufügen, Angst verbreiten oder sogar töten.

Peter Neumann fand auf keiner der von ihm durchforschten Internetseiten auch nur irgendeinen einzigen schlüssigen Beweis dafür, der die Existenz dieser schwarzen Magie tatsächlich belegen konnte. Allerdings entdeckte er auch keinerlei zweifelsfreie Aussage, die darauf schließen ließ, dass es sie nicht gab.

„Aufwachen, Neumann", wurde er von der Stimme des Kommissars aus seinen Tagträumen gerissen. „Wir fahren gleich in den Rieskrater. Genießen Sie die schöne Aussicht, die sich Ihnen hier bietet."

Durch den plötzlichen Klang von Markowitsch's Stimme zuckte Peter Neumann kurz zusammen. Als er durch die Windschutzscheibe blickte, stellte er fest, dass sie soeben durch den Tunnel unter der Harburg hindurch fuhren.

Nachdem das Fahrzeug die beleuchtete Betonröhre wieder verlassen hatte, mussten die beiden Beamten die Augen zusammen kneifen, denn der Rand des Rieskraters schien wie eine Wetterscheide zu wirken. Die noch vor wenigen Minuten leicht neblige und trübe Landschaft wich urplötzlich strahlendem Sonnenschein, was die beiden Männer dazu veranlasste, die Sonnenblenden herunter zu klappen.

„Wenn uns der Besuch bei Akebes Mutter genauso viel Licht in unsere Angelegenheit bringt wie die Fahrt ins Ries, wären wir anschließend ein ganzes Stück weiter", sprach Markowitsch. „Worüber haben Sie denn die letzten Minuten so angestrengt nachgedacht, Neumann? Sie sehen mir etwas übernächtigt aus. Kleinen Ausgang genehmigt gestern Abend?"

„Von wegen Ausgang", gähnte Peter Neumann mit vorgehaltener Hand. „Ich saß die meiste Zeit am Bildschirm und habe mir beinahe viereckige Augen geholt. Diese Voodoogeschichte kann einen ganz schön gefangen nehmen. Aber je länger man nach Antworten sucht, umso verwirrter ist man hinterher. Man stößt in der virtuellen Welt meist nur auf vage Vermutungen und dubiose Geschäftemacher. Wenn Alles so einfach wäre wie es dort angepriesen wird, wäre ich schnell ein reicher und glücklich verheirateter Mann, und müsste mich nicht mit ungeklärten und geheimnisvollen Todesfällen beschäftigen."

„Wenn es diese ungeklärten Fälle nicht gäbe, Neumann, dann wären wir beide wohl schon bald arbeitslos. Und da ich ja noch ein paar Jährchen habe, bis mir meine Pension für den wohlverdienten Ruhestand ausreicht, bin ich doch ganz froh über diesen Zustand. Dass wir diesmal eine etwas härtere Nuss zu knacken haben, betrachte ich eher als Herausforderung. Wir werden sehen ob wir nach unserem Besuch in Nördlingen etwas schlauer sind als vorher.

Nachdem Sie durch die Erfahrungen Ihres Vaters und Ihre ehrgeizigen Internetrecherchen anscheinend schon einiges über das Thema erfahren haben, werden Sie mir sicherlich mehr als nur behilflich sein können."

„Sie haben recht, Herr Kommissar. Die Sache hat in mir tatsächlich mehr als nur das standardmäßige Interesse meines Berufes geweckt. Man wird schließlich in unserem Job nicht alle Tage mit solchen Dingen konfrontiert. Aber trotz aller anscheinend harmlosen Aussagen über die Wirkung des Voodoozaubers sollten wir nicht unvorsichtig werden. Gerade was die Geschichte mit dieser von Ihnen gefundenen Puppe anbelangt.

Ouanga-Rituale werden als das wirkungsvollste und am häufigsten verwendete Werkzeug des Voodoo beschrieben. Sowohl im positiven als auch im negativen Sinne. So kann man anscheinend mit Hilfe von diesen Talismanen auch einen Schutz um sich herum aufbauen, um einem negativen oder Schaden bringenden Einfluss dieses Zaubers zu entgehen."

„Sie überraschen mich immer mehr, Neumann", gab Markowitsch erstaunt zurück. „Ich habe mich zwar in den letzten Tagen auch ein wenig mehr mit diesem Thema beschäftigt, die Zeit für solch umfangreiche Nachforschungen hatte ich allerdings nicht. Außerdem muss ich zugeben, dass ich in Sachen Computer und Internet nicht ganz so gewandt bin."

„Dafür haben Sie ja schließlich mich in ihrer Abteilung", lächelte Pit Neumann nicht ganz ohne Stolz zurück. „Wenn jeder alles könnte, dann wären wir Fachleute überflüssig. Man kann und man muss nicht alles wissen. Es ist aber von Vorteil wenn man jemanden kennt der es weiß, oder man weiß selbst wo man danach suchen muss."

„Kluger Spruch, Neumann, gefällt mir. Könnte glatt von mir sein", sprach Markowitsch, als sie gerade das Ortsschild von Nördlingen passierten.

Er trat kurz aber bestimmt auf die Bremse, was seinen Beifahrer dazu veranlasste, sich mit einem fragenden Gesichtsausdruck in Richtung seines Vorgesetzten zu drehen. Als dieser den Blick seines Kollegen bemerkte, hob er kurz den Kopf, und deutete mit dem Kinn nach vorn durch die Frontscheibe des Wagens.

„Sieht so aus, als wären hier unsere lieben Kollegen von der Verkehrsüberwachung am Werk", grinste er.

„Ist überhaupt kein Problem für mich, solange Sie am Steuer sitzen, Herr Kommissar", lachte Peter Neumann zurück, als er die beiden von Sträuchern verdeckten Radarstationen an den Böschungen zu beiden Seiten der Straße entdeckt hatte.

„Schließlich muss ja irgendeiner unser Gehalt bezahlen."

„Also gut", sprach Markowitsch einige Minuten später, als er den Wagen auf einem Parkplatz vor dem Haus der Akebes anhielt. „Dann werden wir uns mal unser Gehalt verdienen gehen."

Er stieg aus, ging vor Peter Neumann her an die Haustüre und drückte mehrmals hintereinander auf den Klingelknopf. Wenige Augenblicke darauf öffnete sich die Türe und die beiden Männer gingen die Treppe hinauf. Christine Akebe stand mit bleichem Gesicht an der offenen Wohnungstüre. Die beiden Beamten zogen ihre Dienstausweise heraus und stellten sich vor.

„Markowitsch, Kripo Augsburg."

„Ich weiß", antwortete Christine. „Es ist zwar schon einige Zeit her, dass Sie mit dem Tod meines Mannes zu tun hatten, aber dennoch erinnere ich mich genau an Sie."

Der Kommissar deutete auf seinen Begleiter.

„Dies ist mein Kollege Peter Neumann. Wir würden uns gerne ein paar Minuten mit Ihnen unterhalten. Dürfen wir hinein kommen?"

„Natürlich, Herr Markowitsch", sprach Christine Akebe. „Ich habe mir schon gedacht, dass Sie irgendwann hier erscheinen werden. Bitte folgen Sie mir doch ins Wohnzimmer."

Peter Neumann sah seinen Chef fragend an, erhielt jedoch keine Reaktion von ihm. Die beiden Männer gingen an Christine Akebe vorbei durch die Tür. Sie schloss diese leise, nicht ohne vorher noch einen kurzen Blick ins Treppenhaus zu werfen. Sie wollte sich vergewissern, dass Michael nichts von dem Besuch der beiden Polizeibeamten mitbekam.

Markowitsch betrat vor Peter Neumann das Wohnzimmer und versuchte unbemerkt, sich ein kurzes Bild von den Wohnverhältnissen zu verschaffen. An der Wand oberhalb der Sitzgruppe hingen einige Bilder vom afrikanischen Kontinent. Ein vergrößerter Kartenausschnitt markierte anscheinend die Region, aus der die Akebes stammten.

Einige Bilder zeigten verschiedene Plätze aus einem Dorf. Markowitsch vermutete, dass diese das Heimatdorf der Familie darstellten. Auf einem erkannte er mehrere Personen vor einer Hütte, die er nach ihrem Erscheinungsbild als typische Unterkunft der afrikanischen Ureinwohner deutete. Mindestens drei Generationen, so vermutete Markowitsch, waren auf dem Foto zu erkennen. Am meisten beeindruckte ihn die Gestalt der wohl ältesten Person. Selbst auf einem Foto abgelichtet, glaubte der Kommissar, die Ausstrahlung des Mannes zu spüren. Fasziniert sah er auf das Gesicht des Greises, das ihn regelrecht in seinen Bann zog. Er konnte seinen Blick kaum davon abwenden, so vereinnahmte ihn dessen Ausdruck. Für einige Augenblicke schien Robert Markowitsch fast darin zu versinken.

In diesem Menschen scheint die Weisheit und Güte des halben Universums vereint zu sein dachte er in diesem Moment.

„Er war schon ein beeindruckender und ganz besonderer Mensch, mein Schwiegervater."

Markowitsch wurde von der Stimme Christine Akebes aus seinen Gedanken gerissen. Als er sich kurzerhand nach ihr umdrehte, stellte er fest, dass sie ihn scheinbar die ganze Zeit beobachtet hatte.

„Entschuldigen Sie meine geistige Abwesenheit, Frau Akebe", antwortete Markowitsch etwas verwirrt. „Ich habe noch niemals zuvor einen solchen Gesichtsausdruck wahrgenommen. Ich hätte diesem Mann sehr gerne einmal persönlich gegenüber gestanden."

„Es gibt keinen Grund dafür, sich bei mir zu entschuldigen", entgegnete Christine. „Alle die ihn gekannt haben, hätten sicherlich Ihre Meinung geteilt. Ich könnte mir niemanden vorstellen, der von seiner Ausstrahlung nicht genauso berührt gewesen wäre wie Sie. Leider konnte er sein besonderes Wesen an keinen seiner Nachkommen weiter vererben."

Etwas fragend zog Markowitsch seine Augenbrauen in die Höhe, als er Christine anblickte. Er wusste nicht, wie er diese Bemerkung deuten sollte.

„Verstehen Sie mich nicht falsch", sagte Christine. „Sowohl mein verstorbener Mann als auch mein Sohn Michael waren bzw. sind zwei ganz wunderbare Menschen. Leider war es uns vom Schicksal aber nicht vergönnt unser Leben so zu gestalten, wie wir es uns im Grunde genommen immer vorgestellt hatten."

Der Kommissar blickte kurz hinüber zu Peter Neumann, der das Gespräch mit seiner ganzen Aufmerksamkeit verfolgte. Er ging einige Schritte auf ihn zu, blieb neben ihm stehen und drehte sich dann zu Christine um.

„Ich hatte leider nicht die Gelegenheit Ihren Mann zu Lebzeiten kennen gelernt zu haben, Frau Akebe."

„Sie hätten ihn sicherlich gemocht", gab diese zurück. „Mein Mann war nicht nur ein sehr guter und angesehener Arzt, sondern auch ein liebevoller Mensch und Ehemann. Aber anscheinend ist dies wohl der Lauf der Welt, dass einem das was man am meisten liebt, auch am ehesten wieder genommen wird."

Markowitsch bemerkte in diesem Augenblick, dass Christine Akebe verzweifelt versuchte, gegen ihre Tränen anzukämpfen. Er wollte das Gespräch so schnell als möglich in eine andere Richtung lenken, um die aufkommenden Emotionen dieser Frau nicht noch mehr zum Vorschein zu bringen.

„Ihr Sohn Michael scheint aber das Erbe seines Vaters angemessen übernommen zu haben. Unseren Erkenntnissen nach zu urteilen ist er ebenfalls ein sehr guter und angesehener Mediziner hier in Nördlingen. Soweit wir in Erfahrung bringen konnten, ist seine Praxis gut besucht."

„Das ist wohl war", gab Christine Akebe zurück.

Sie hatte ein Taschentuch hervorgeholt, mit dem sie sich ihre feucht schimmernden Augen trocknete.

„Aber nun nehmen Sie doch bitte Platz, meine Herren. Vielleicht können wir dann auch zum eigentlichen Grund Ihres Besuches kommen. Ich gehe doch sicherlich recht in der Annahme, dass Sie mir nicht nur einen Kondolenzbesuch wegen meines verstorbenen Mannes abstatten wollen."

Markowitsch und Peter Neumann setzten sich am Wohnzimmertisch nieder. Christine Akebe stellte drei Gläser und eine Karaffe mit Wasser auf dem Tisch ab.

„Bitte bedienen Sie sich, und dann erzählen Sie mir, was Sie hierher führt. Auch wenn ich es mir im Grunde genommen ja denken kann."

„Ach ja?"

Der Kommissar sah seinen Begleiter etwas erstaunt an, blickte dann in Christine Akebes leicht gerötete Augen.

„Sicherlich steht Ihr Besuch mit den Ereignissen der letzten Tage im Zusammenhang."

Christine griff zur Karaffe und schenkte sich etwas zu trinken ein. Sie nahm ihr Glas in die Hand, ging einige Schritte bis zum Fenster hinüber, und starrte auf die Straße hinaus. Plötzlich drehte sie sich um, lehnte sich an den Sims und sah abwechselnd auf die beiden Beamten.

„Sie fragen sich vielleicht warum ich Sie erwartet habe", sprach sie zu Markowitsch. „Ich habe natürlich auch vom Tod der beiden Stetters erfahren. Wie sollte dies auch an einem hier in Nördlingen vorüber gehen, wenn Sohn und Mutter innerhalb weniger Tage ihr Leben verlieren.

Der junge Markus Stetter dazu noch auf eine solch grauenvolle Art und Weise. Dieser Unfall ist seitdem das Tagesgespräch in unserer Stadt. Zudem waren die alten Stetters Patienten meines Sohnes. Da spricht man zwangsläufig über dieses Geschehen."

„Dies erklärt mir aber immer noch nicht, weshalb Sie unseren Besuch erwartet haben, Frau Akebe", entgegnete Kommissar Markowitsch. „Ob es sich beim Tode von Markus Stetter um einen Unfall handelt muss noch geklärt werden. Genau dabei hoffen wir auf hilfreiche Informationen von Ihrer Seite. Also, Frau Akebe: warum haben Sie uns erwartet?"

„Nun ja, mein Sohn hat mir natürlich von Ihrer Begegnung am Daniel berichtet, Herr Kommissar. In unserer Familie spricht man miteinander über die Geschehnisse seiner täglichen Arbeit. Da sich Michael ja an diesem Abend als Markus Stetter zu Todes kam, in seiner Eigenschaft als Arzt ebenfalls am Daniel befand, erzählte er mir natürlich am nächsten Morgen auch von Ihrer Unterhaltung. Außerdem wurde sein Name in der Zeitung erwähnt. Es ist also nicht weiter ungewöhnlich, dass Sie im Rahmen Ihrer Ermittlungen auch bei uns erscheinen."

„Mag sein, dass sich der Grund unseres Besuches für Sie so darstellt" antwortete Markowitsch. „Der eigentliche Anlass ist jedoch ein anderer."

Der Kommissar versuchte, in Christine Akebes Gesicht irgendeine Reaktion auf seine Äußerung zu deuten, er konnte jedoch keinerlei Regung darin erkennen. Unzählige Gedanken schwirrten durch seinen Kopf und er überlegte für einen Moment krampfhaft, wie er sie am besten mit seinen einerseits immer noch zweifelhaften Vermutungen konfrontieren sollte.

Etwas unschlüssig und wohl eher untypisch für ihn, suchte Kommissar Markowitsch nun den Blick seines jungen Kollegen. Peter Neumann blieb die Verunsicherung in Markowitsch's Gesicht nicht verborgen. Kurzerhand erhob er sich deshalb von seinem Platz und ging einige Schritte durch den Raum.

Christines Blick folgte ihm. Im gleichen Moment als er sich umdrehte und ihr ins Gesicht blickte, hatte sich Markowitsch dazu entschlossen, die Flucht nach vorne anzutreten.

„Wie gut kennen Sie Ihren Sohn, Frau Akebe?", fragte er direkt, was Christine dazu veranlasste, sich nach ihm umzudrehen.

„Ich weiß nicht wie ich Ihre Frage verstehen soll, Herr Markowitsch?", gab sie dann doch etwas überrascht zurück. Sie fühlte sich in diesem Augenblick scheinbar unsicher, was auch den beiden Beamten nicht verborgen blieb.

„So, wie ich sie gestellt habe", antwortete der Kommissar und griff nun auch zu dem vor ihm stehenden Gefäß.

Er ließ das Wasser in eines der Gläser laufen und wiederholte dabei seinen Satz noch einmal.

„Wie gut glauben Sie Ihren Sohn zu kennen?"

„Nun, so gut wie eine Mutter ihre Kinder eben kennt. Es gibt abgesehen von Dingen die seine ärztliche Schweigepflicht betreffen kaum etwas, über das wir nicht sprechen, und seit dem Tod seines Vaters sind wir eher noch enger zusammengerückt als wir es sowieso schon als Mutter und Sohn waren. Ich verstehe nicht, worauf Sie mit Ihrer Frage hinaus wollen."

„Dann will ich es Ihnen gerne erklären, Frau Akebe, denn anscheinend hat Ihnen Ihr Sohn doch nicht alles von diesem besagten Abend erzählt, als wir uns am Daniel unterhalten haben."

Markowitsch griff sich mit seiner rechten Hand an den Hemdkragen, um seinen Schlips etwas zu lockern. Er hatte das Gefühl sich zunächst etwas Luft verschaffen zu müssen, bevor er weiter sprechen konnte.

Peter Neumann erkannte, dass sein Chef nach einer kleinen Verschnaufpause zu suchen schien, also mischte er sich nun seinerseits in das Gespräch ein.

„Für mich wäre es einmal interessant zu erfahren, welcher Konfession Sie beide angehören", warf er seine Frage in den Raum.

Christine sah etwas ungläubig auf den jungen Beamten. Die Frage, die er ihr gestellt hatte, überraschte sie noch mehr als die des Kommissars zuvor. Auch Markowitsch, der einerseits über das helfende Eingreifen Pit Neumanns froh war, guckte diesen fragend an. Was bezweckte er damit?

„Beantworten Sie mir bitte einfach nur meine Frage", sprach Peter Neumann zu Christine. „Welchen Glauben haben Sie und Ihr Sohn?"

„Wir sind beide römisch-katholisch", kam nun die Antwort aus ihrem Mund. „Das wissen Sie doch sicher aus Ihren Unterlagen. Wozu in aller Welt fragen Sie mich danach?"

„Reine Routine", gab Neumann zurück. „Ihr Mann war auch katholisch? Ich frage nur deshalb, da es in Afrika ja auch noch andere Religionen gibt. Ich weiß nur von meinem Vater, der auch Theologe war, dass auf dem afrikanischen Kontinent der Voodooglaube immer noch sehr verbreitet ist. Mich würde interessieren, wie Sie darüber denken."

Christine spürte, dass das Gespräch nun in eine Richtung zu laufen schien, die sie nicht zu steuern wusste. Sie verließ ihren Platz am Fenster und setzte sich dem Kommissar gegenüber an den Tisch.

„Was bezwecken Sie mit dieser Frage? Sind Sie nur hierhergekommen, um mit mir über die afrikanische Kultur zu sprechen?"

Sie sah Markowitsch missmutig fragend an. Diesem jedoch war es nur mehr als recht, dass sein junger Kollege mit dieser geschickten Frage das Gespräch genau in die Richtung zu lenken schien, in die auch er sich letztendlich begeben wollte. Er war gespannt, wie sich diese Sache nun entwickeln würde und beschloss für sich, Peter Neumann erst einmal die weitere Gesprächsführung zu überlassen.

„Ich sehe die Sache genauso wie mein Kollege, Frau Akebe. Es wäre sicherlich interessant für uns zu erfahren, wie Sie darüber denken. Sie werden dann wahrscheinlich auch die Gründe verstehen, die uns hierher zu ihnen geführt haben. Also unterstützen Sie uns bitte bei unserer Arbeit und beantworten Sie die Frage."

Christine ahnte nun, auf was sie sich einlassen musste. Sie kam jedoch nach einigem Zögern zu dem Entschluss, dass es wohl der einzige Weg war noch größeren Schaden abzuwenden, wenn das was sie über Michael erahnte, wirklich stimmen sollte. Sie war sich noch immer nicht sicher, weshalb die beiden Kriminalbeamten sie letztendlich aufsuchten. Um dies jedoch herauszufinden, war nun wohl Offenheit angesagt.

„Also gut", sprach sie zu Markowitsch. „Ich werde versuchen Ihre Fragen soweit als möglich zu beantworten. Ich selbst bin wie gesagt römisch-katholisch. Sowohl mein Mann als auch mein Sohn Michael sind ebenfalls mit dieser Glaubensrichtung aufgewachsen."

Dann wandte sie sich Peter Neumann zu.

„Allerdings ist, wie Sie schon richtig vermuten, in der Familie meines Mannes die alte Religion der Afrikaner sehr präsent. Der Glaube an die Ausgewogenheit der Natur, an die Kraft ihrer Geister und Götter. Die meisten Menschen der heutigen so genannten Zivilisation denken doch überwiegend nur, dass Voodoo Zauberei, Scharlatanerie oder Aberglaube sei. Vom wirklichen Ursprung, dem Entstehen und dem Hintergrund dieses Glaubens haben wohl die wenigsten Menschen genauere Kenntnisse.

Ich selbst habe mich während meiner Zeit in der Heimat meines Mannes und seiner Familie eine ganze Zeit lang intensiv damit auseinandergesetzt. Ich habe dabei auch gelernt diesen Glauben zu achten, und die Einstellung der Menschen dazu nicht nur zu akzeptieren, sondern auch zu respektieren.

In den Gemeinschaften in denen auch heute noch der Voodooglaube herrscht, und das sind weiß Gott nicht wenige, gibt es genau wie in denen des christlichen Glaubens einen führenden Gott. Alle anderen Loas, wie die Götter dort genannt werden, sind vielleicht vergleichbar mit den Heiligen der christlichen Kirche."

Christine Akebe machte eine kurze Pause in ihrer Erklärung, sah abwechselnd in die Gesichter der beiden Beamten, die ihr aufmerksam zu hörten.

„Es gibt für mich keinen Grund dafür Menschen zu verurteilen oder zu verachten, wenn sie den Glauben des Voodoo leben", schloss sie ihre Ausführungen, und sah Peter Neumann dabei wie auf eine Antwort wartend an.

„Sie können sicher sein, dass weder Kommissar Markowitsch noch ich selbst irgendjemanden wegen seines Glaubens verurteilen würden. Mehr als Ihre eigene Einstellung zum Voodoo jedoch würde uns die Ihres Sohnes interessieren. Lebt er diesen Glauben denn auch heute noch, oder sieht er ihn eher nur als, sagen wir mal eine Art Kulturerbe oder Erinnerung an die Vorfahren seiner Familie an?"

Christine hatte insgeheim mit dieser Fragestellung gerechnet. Was aber sollte sie dem Beamten zur Antwort geben?

Dass Michael sich in letzter Zeit wieder vermehrt mit diesen Dingen auseinandersetzte? Dass er sich seit Tagen wieder und wieder auf den Dachboden ihres Hauses zurückzog? Dass sie ihn heimlich dabei beobachtet hatte als er versuchte, die Götter zu beschwören, und er anscheinend Ouanga-Rituale ausübte um Unheil über andere zu bringen? Sie hatte nicht die geringste Ahnung davon, wie Kommissar Markowitsch und sein Kollege darauf reagieren würden. Wahrscheinlich hätten sie nur ein mitleidiges Lächeln dafür übrig. Aber warum hätten sie dann so intensiv auf dieses Thema eingehen sollen?

Christine Akebe war unsicher in ihrem Entschluss, wusste nicht wirklich, was sie den beiden Beamten nun erzählen sollte. Peter Neumann bemerkte ihr Zögern, und nahm ihr die Entscheidung darüber ab.

„Den eigentlichen Grund meiner Fragestellung kann ihnen Kommissar Markowitsch sicherlich besser erläutern, da ich diesen nur von seinen Erzählungen bzw. aus den Ermittlungsprotokollen kenne. Ich kann Ihnen allerdings versichern, dass ich seine Ahnungen und Bedenken in jeder Hinsicht teile."

Christine sah den Kommissar fragend an. Dieser richtete seinen Blick auf Peter Neumann, als wollte er zu ihm sagen: *Nun haben Sie schon damit angefangen, warum machen Sie dann nicht weiter?*

Peter Neumann schien den Blick seines Chefs

richtig zu deuten. Er spürte regelrecht dessen Unsicherheit darüber, wie er seine Vermutungen gegenüber Christine Akebe am besten zum Ausdruck bringen sollte. Möglicherweise hatte er ja Bedenken, als Spinner oder Phantast dazustehen, und dies wäre eine Situation, in die sich der Kommissar nur äußerst ungern begeben würde. Soweit kannte Neumann seinen Vorgesetzten.

Er war sich jedoch nicht ganz schlüssig, ob er so einfach ohne ein klares Einverständnis von Markowitsch die Ermittlungen in seine Hand nehmen sollte. Er erkannte am Gesichtsausdruck des Kommissars, wie es hinter dessen Stirn zu arbeiten schien. Peter Neumann entschloss sich dazu, seinem Chef eine kleine Starthilfe zu geben.

„An besagtem Abend, als Markus Stetter zu Tode kam, wurde vor der Kirche ein seltsamer Gegenstand gefunden. Dieser hat letztendlich auch für uns den Ausschlag gegeben, Sie aufzusuchen."

„Ich verstehe nicht recht", entgegnete Christine. „Könnten sie bitte etwas deutlicher werden? Von welchem Gegenstand sprechen sie? Ich kann mich nicht erinnern, irgendetwas in dieser Richtung in der Zeitung gelesen zu haben, und auch hat Michael mir gegenüber nichts davon erwähnt."

Wie sollte ich auch etwas darüber wissen dachte sie im Stillen, während sie sich wieder von ihrem Platz erhoben hatte und mit langsamen Schritten, aber doch sichtlich nervös im Wohnzimmer herumlief.

Michael hat es entgegen seiner Gewohnheit ja nicht einmal für notwendig gehalten, mir überhaupt etwas Genaueres über diesen Abend zu erzählen.

Die Andeutungen in dieser Richtung, die sie den beiden Beamten gegenüber vorhin gemacht hatte, waren genau genommen nur erfunden. Sie wollte aber auch keineswegs den Eindruck erwecken, dass Michael ihr irgendetwas verschwieg.

„Mein Kollege spricht von diesem hier", meldete sich nun Kommissar Markowitsch mit einem Mal wie aus der Pistole geschossen. Er war plötzlich aufgestanden, griff in die rechte Tasche seines Jacketts, zog daraus die in Stoff gewickelte Figur hervor, und legte sie sorgfältig wie einen kleinen Schatz auf dem Wohnzimmertisch ab.

„Würden Sie bitte einmal einen Blick hierauf werfen, Frau Akebe? Ich möchte gerne Ihre Meinung dazu hören. Wir haben dieses Gebilde am Fuße des Daniel in unmittelbarer Nähe des zu Tode gestürzten Türmers gefunden. Es war nur ein glücklicher Zufall, dass wir darauf gestoßen sind. Ja, man könnte sogar sagen, dass der Staatsanwalt dieses Glück mit Füßen getreten hat."

Markowitsch konnte sich ein kleines Lächeln nicht verkneifen, als er an die Reaktion von Frank Berger dachte, nachdem dieser sich seinen Schuh ruiniert hatte. Aber seine Mine nahm schnell wieder ernstere Züge an, als sich Christine Akebe dem Tisch näherte. Vorsichtig schlug der Kommissar die Enden des Stoffes auseinander und betrachtete dabei deren Gesicht.

Nur ein kurzes Zucken der Mundwinkel verriet ihm die jähe Überraschung von Christine, als diese die Überreste der Voodoo-Puppe erkannte. Doch einem erfahrenen Hasen wie Markowitsch genügte dieses minimale Anzeichen bereits, um zu erkennen, dass die Frau vor ihm wohl überraschter war, als sie nun zugab.

„Was soll mir dieses verformte Etwas sagen?", richtete sie ihre Frage an den Kommissar.

„Nach was sieht es denn Ihrer Meinung nach aus?", stellte dieser sogleich seine Gegenfrage. So langsam schien er nun Gefallen an diesem Frage- und Antwortspiel zu finden.

„Ich würde sagen nach einer Wachsfigur, was aber in der Nähe einer Kirche ja nichts weiter Ungewöhnliches darstellt", antwortete Christine.

„In der Nähe einer Kirche alleine wohl nicht", meinte Markowitsch. „Wenn sich unmittelbar daneben allerdings ein Toter befindet, und diese Wachspuppe noch dazu mit solch einem Gegenstand gespickt ist, dann fange ich langsam an, mir so meine Gedanken zu machen."

Während seines letzten Satzes griff der Kommissar abermals in seine Jackentasche und holte die Nadel hervor, die sich an besagtem Abend in den Schuh des Staatsanwaltes gebohrt hatte. Eine winzige schwarze Feder zierte das hintere Ende dieser Nadel.

Markowitsch zeigte nun auf eine Stelle der Wachspuppe, an der sich ein kleines Loch befand und wollte gerade dazu ansetzen, die Nadel dort hinein zu stechen, als Christine ihm in die Hand griff.

„Tun Sie das bitte nicht", sagte sie, und blickte den Kommissar dabei an.

Dieser zog mit wissentlichem Gesichtsausdruck

seine Augenbrauen nach oben und deutete Christine damit an, dass er ihre Reaktion wohl erwartet hatte. Erschrocken über ihr eigenes spontanes Handeln schlug sich Christine Akebe die Hand vor den Mund. Es sah gerade so aus, als wollte sie sich selbst jedes weitere Wort verbieten.

„Sie brauchen keine Befürchtungen zu haben, Frau Akebe", sprach ihr Markowitsch beruhigend zu. Der Mann, dem dies alles anscheinend gegolten hatte, ist tot. Er kann kein zweites Mal mehr sterben. Aber ich sehe nun, dass es wohl keiner weiteren Erklärungen meinerseits Ihnen gegenüber bedarf, was diesen Gegenstand betrifft."

Dabei hielt er die Puppe in die Höhe. Christine hatte die Hand vom Mund genommen und senkte nun den Kopf. Nachdem sie sich etwas schwer auf ihren Stuhl zurückfallen ließ, schienen ihre Augen für einige Momente ins Unendliche zu blicken. Ein kurzer Ruck ging durch ihren Körper, und sie schien sich wieder in der Gegenwart zu befinden.

„Was soll dies alles, Herr Kommissar?", fragte sie Robert Markowitsch. „Was wollten Sie mir damit beweisen? Dass Sie womöglich eine Voodoo-Puppe vor der Kirche gefunden haben? Die könnte jeder dort hingelegt oder verloren haben. Würden Sie mir bitte endlich erklären was Sie mit Ihren Andeutungen bezwecken?"

„Nun gut."

Der Kommissar atmete einmal tief durch und sah dann kurz hinüber zu Peter Neumann. Als dieser ihm aufmunternd zunickte entschloss sich Markowitsch dazu, seine Karten auf den Tisch zu legen.

„Ich werde Ihnen nun erklären, wie sich die Dinge aus unserer Sicht darstellen. Es sind, im Moment jedenfalls noch, reine Hypothesen. Sollte sich jedoch im Laufe unseres Gespräches herausstellen, dass auch nur der geringste Verdacht auf Realität besteht, dann könnte diese Situation eine ungeheuerliche Brisanz annehmen. Aber dafür muss ich etwas weiter ausholen und Ihnen die gesamte Sachlage unserer Ermittlungen, sowie meine daraus entstandenen Vermutungen schildern."

Markowitsch sah erneut mit einigem Zweifeln zu seinem Kollegen hinüber, erntete jedoch wiederum nur dessen zustimmendes Nicken.

„Es wird womöglich etwas dauern bis Sie alle Zusammenhänge begreifen werden. Ich hoffe jedoch, dass Sie, wenn ich mit meiner Erklärung am Ende bin, meine Vermutungen nachvollziehen können. Also hören Sie mir bitte zu", sagte Markowitsch und begann sogleich, Christine Akebe seine Ahnungen zu unterbreiten.

27. KAPITEL

Der Donnerstagvormittag war für die Nördlinger Bürger schon ein besonderer Tag. Rund um den Friedhof herrschte eine seltsame Stimmung. Die Parkplätze am Emmeramsberg, direkt neben dem Friedhof, waren ebenso wie die des sich in der Nähe befindlichen Parkhauses bis auf den letzten Platz belegt.

Auch die Presse hatte sich in breiter Front eingefunden, und sich mit mehreren Reportern rund um den Friedhof, sowie einem kleinen Kamerateam an den Stellplätzen neben dem Berger Tor positioniert. Die Nördlinger Polizei trug gemeinsam mit der Freiwilligen Feuerwehr mit einigen Einsatzwagen Sorge dafür, dass ein Verkehrschaos weitestgehend ausblieb.

Nicht nur die halbe Stadt war auf den Beinen, nein, auch aus dem gesamten Landkreis hatten sich Neugierige und Schaulustige in der Riesmetropole eingefunden. Solch ein, wenn auch trauriges, aber doch nicht alltägliches Ereignis, bekam man hier auf dem Lande schließlich nicht oft geboten.

Gerd Stetter hatte lange überlegt, ob er die Beerdigung seines Sohnes und seiner Frau lieber im kleinen Verwandtenkreis durchführen sollte. Er entschloss sich nach reiflicher Überlegung jedoch dazu, die Öffentlichkeit nicht auszuschließen. Man hatte ihm von Seiten der Presse sogar eine entsprechende Geldsumme geboten, wenn er seine Zustimmung gab, die Anwesenheit der Reporter zu dulden.

Angesichts seiner finanziellen Lage hatte er dann letztendlich zugestimmt. Nicht zuletzt auch deshalb weil er nicht wusste, wie es in Zukunft weitergehen sollte. Zum einen war es noch völlig unklar, ob die Versicherung seines Sohnes zahlen würde, denn im Falle eines Suizids würde er wohl selbst auf allen Kosten sitzen bleiben. Dieser Punkt alleine war jedoch nicht der ausschlaggebende für Gerd Stetter.

Je nachdem was sich in den nächsten Tagen ergeben würde, konnte es gut möglich sein, dass er sich auf Grund seines Vorhabens der Justiz stellen musste. Wie danach alles weiterging, stand zum jetzigen Zeitpunkt noch völlig offen.

Zum anderen sah er nach dem Tode seiner Frau für sich persönlich keinerlei lebenswerte Perspektiven mehr. Ihm war in den letzten Tagen alles genommen worden, wofür er bisher gelebt hatte, und er würde nun nach der Beisetzung alle Karten aufdecken, um ein für alle Mal der Vergangenheit Gerechtigkeit zukommen zu lassen.

Als der Trauerzug die evangelische Friedhofskirche verließ und Gerd Stetter sichtlich gebeugt mit schweren Schritten hinter den Särgen seiner Frau und seines Sohnes in Richtung des Familiengrabes herging, hatte man Mühe sich durch die versammelte Menschenmenge zu bewegen. Viele der Anwesenden waren sicherlich nur aus reiner Neugierde hier. Doch das störte Gerd Stetter in diesem Moment nicht.

Was er am Meisten fürchtete, waren die nun anstehenden Trauerreden. Sowohl der Oberbürgermeister, als auch Mitglieder der Nördlinger Kulturvereine, Vertreter der Kirche sowie Angehörige anderer Vereine würdigten ausführlich die besondere Tätigkeit seines Sohnes auf dem Daniel. Gerd Stetter wusste nicht, wie lange die ganzen Ansprachen gedauert hatten. Es schien eine kleine Ewigkeit vergangen zu sein, ehe der letzte Redner seinen Platz verließ.

Er vernahm das Gesprochene oft nur wie durch eine Nebelwand, starrte die meiste Zeit nur auf die beiden aufgebahrten Särge. Als sich diese zum Schluss in den Seilen der Sargträger langsam aber unaufhörlich in die Tiefe senkten, fühlte sich Gerd Stetter, als würden seine Lebensgeister mit ins Grab gerissen.

Regungslos stand er danach einige Minuten vor der geöffneten Grube, nahm tief in seinem Innersten in aller Stille Abschied. Anschließend blickte er für einige Momente nach oben in den Himmel, drehte sich um und ging langsam mit schweren Schritten durch die Menschenmenge in Richtung des Friedhofsausgangs. Einige Reporter verfolgten ihn dabei mit ihren Kameras.

Als er das Tor durchschritten hatte, sah er sich auch schon den Vertretern von Presse, Rundfunk und Fernsehen gegenüber. Man bat ihn zwar höflich und mit zurückhaltendem Respekt, aber doch bestimmend um eine kleine Stellungnahme zu seiner Situation in den vergangenen Tagen. Bisher hatte Gerd Stetter es tunlichst vermieden, sich mit den Presseleuten auseinanderzusetzen. Aus Rücksicht seiner Trauer gegenüber hatte man ihn bisher auch kaum behelligt. Nun jedoch wollte man der Öffentlichkeit seine Geschichte ausführlich präsentieren. Verschiedene Angebote hierzu wurden ihm in den letzten Tagen schon zugetragen. Gerd Stetter hatte sie bis dato alle höflichst abgelehnt.

Er war der Meinung, dass die Menschen hier sowieso bald die ganze Tragweite dieser Geschichte erfahren würden. Doch zuvor hatte er mit Albert Urban am morgigen Freitag noch etwas zu klären. Dieser hatte es nicht einmal für notwendig empfunden, persönlich an der Beerdigung teilzunehmen. Aber Gerd Stetter war sich sicher, dass auch seinen ehemaligen Arbeitgeber mit Sicherheit der Arm der Gerechtigkeit noch erreichen würde. Auch wenn er sich selbst dafür dem Gesetz stellen musste.

28. KAPITEL

Albert Urban saß am Abend dieses Tages in seinem Wohnzimmer vor dem Fernseher. Der Augsburger Lokalsender berichtete ausführlich über die Trauerfeier in Nördlingen. Schon während des Vormittags hatte er einige Male in den Nachrichtensendern die Berichte verfolgt.

Lange war er am Überlegen gewesen, ob er nach Nördlingen fahren und persönlich an der Beerdigung teilnehmen sollte. Angesichts seiner Situation hatte er sich jedoch entschlossen, darauf zu verzichten. Ein großes Trauergebinde mit entsprechender Inschrift auf der Schleife hatte er in Auftrag gegeben und am Grab niederlegen lassen.

Der ehemalige Staatssekretär stellte sein leeres Cognacglas auf dem Tisch vor sich ab. Etwas benebelt erhob er sich aus seinem Sessel und ging zum Fernseher, um diesen nun auszuschalten, da er die Bilder nicht länger ertragen konnte.

Unruhig wie ein eingesperrter Tiger lief er in seinem Wohnzimmer auf und ab, bevor er erneut zur Flasche griff, um sich sein Glas zu füllen. Als die bernsteinfarbene Flüssigkeit ins Glas schwappte, nahm er sich jedoch vor, seinen in der letzten Zeit zugenommenen Alkoholkonsum langsam aber sicher wieder einzuschränken. Schließlich befand er sich trotz seines politischen Ruhestandes noch immer bei verschiedenen Anlässen im Licht der Öffentlichkeit.

Auch den einen oder anderen Posten in der

freien Wirtschaft konnte er noch sein eigen nennen. Da könnte es rasch zu Problemen kommen, sollte einer seiner Neider feststellen, dass er in letzter Zeit öfter einmal zur Flasche griff. Diese Schakale warteten doch nur darauf, um ihm seinen gut bezahlten Stuhl abzusägen. Doch momentan brauchte er einfach ab und zu einen Schluck mehr, um sich zu beruhigen.

Urban fragte sich in seinem Innersten, was Gerd Stetter morgen von ihm wollte. Sie hatten ein Treffen auf dem Daniel ausgemacht. Ausgerechnet an dem Ort, an dem sein Sohn letzte Woche das Leben verlor. Albert Urban starrte auf das Glas in seiner Hand, und verfiel mit einem Male in Selbstmitleid.

Verfluchte Sauferei sprach er leise mit geschlossenen Augen zu sich selbst. *Warum musste ich ausgerechnet an diesem verdammten Abend damals den Wagen selbst nach Hause fahren?*

Als er die Augen öffnete, sah er sich selbst im Spiegel der kleinen Bar seines Wohnzimmerschrankes.

Diesen ganzen verfluchten Ärger hättest du dir sparen können, Albert, murmelte er vor sich hin.

Stetter würde keine weiteren Geldforderungen stellen, dies hatte er ihm bereits bei seinem letzten Telefonat mitgeteilt. Aber war dieser alte, in den letzten Tagen vom Schicksal so geschlagene Mann tatsächlich so mit den Nerven fertig, dass er sich selbst der Justiz ans Messer liefern wollte?

Für einen Mann wie Albert Urban war dies nicht nachzuvollziehen. Würde ein einigermaßen vernünftiger Mensch sein Unrecht eingestehen, nur um sein geplagtes Gewissen zu beruhigen? Nein!

Der Staatssekretär a. D. glaubte sich plötzlich darüber sicher zu sein, dass Gerd Stetter mit seiner Androhung, alles der Öffentlichkeit zu erzählen, nur den Preis für sein weiteres Schweigen in die Höhe treiben wollte. Aber das würde er zu verhindern wissen. Urban schenkte sich einen weiteren Cognac ein. Mittlerweile hatte er einen Zustand erreicht, der schon beinahe als Unzurechnungsfähigkeit zu deuten war, in dem er nur noch ans Überleben denken konnte. Er würde sich nicht melken lassen wie eine Kuh. Nicht von diesem Gerd Stetter.

In seinem vom Alkohol umnebelten Gehirn legte er sich einen bizarren Plan zurecht, wie er aus der ganzen Angelegenheit herauskommen wollte. Gerd Stetter würde sich an dem Ort, an dem sein Sohn gestorben war, selbst umbringen. Angesichts der Umstände seines seelischen Zustandes würde es doch jeder verstehen, wenn er sich selbst das Leben nahm, welches er wohl nicht mehr für lebenswert hielt. Im Geiste sah er bereits die Schlagzeilen der Tageszeitungen vor sich:

TODESSPRUNG VOM NÖRDLINGER DANIEL

Verzweifelter Vater folgt seinem Sohn in den Tod

Albert Urban sah sich im Spiegel seines Wohnzimmerschrankes an.

Sein Mund hatte sich zu einem hinterlistigen Lächeln verzogen.

29. KAPITEL

Kurz vor 13:00 Uhr am Freitag räumte Michael Akebe seinen Schreibtisch auf. Nachdem der letzte seiner Patienten soeben die Praxis verlassen hatte, und seine Sprechstundenhilfe gegangen war, sah er keine Veranlassung mehr, sich noch länger hier aufzuhalten. Er hatte schon den ganzen Vormittag über Mühe gehabt, sich auf die Behandlung seiner Patienten zu konzentrieren. Mehrmals hatte ihn seine Mitarbeiterin auf kleine Ungereimtheiten in einigen Akten aufmerksam gemacht.

Michael tat dies mit einigen Bemerkungen auf das bevorstehende Wochenende ab und war schließlich froh, als er endlich die Praxistüre abschließen konnte. Viel zu sehr beschäftigten ihn die Gedanken an die kommenden Stunden, in denen er nun das zu Ende bringen wollte, worauf er sich zuletzt so intensiv vorbereitet hatte.

Er legte seinen weißen Arztkittel ab, trat ans Fenster und schaute hinaus auf die Straßen. Sein Blick richtete sich hinüber zum Turm der St. Georgskirche. Dort oben, sollte alles nach seinen Vorstellungen gehen, würde heute Nachmittag endlich Gerechtigkeit verübt werden. Die beiden Menschen, welche in seinen Augen die größte Schuld am Leid seiner Familie trugen, würden sich der ihrer Verantwortung stellen müssen.

Da war Albert Urban, der ehemalige Politiker, der in seiner vorsätzlichen Unachtsamkeit den Tod an seinem Vater verschuldet hatte. In Michaels Augen hatte dieser Mann das Recht auf seine Freiheit verloren. Noch größer allerdings war sein Hass auf jenen Mann, der in den letzten Tagen ohnehin schon die ganze Härte des Schicksals erleben musste: Gerd Stetter!

Dieser hatte durch sein Schweigen das Leben von Michael und seiner Mutter erst richtig in Trauer gestürzt. Wäre er nicht zu feige gewesen sich seiner Verantwortung zu stellen, so wäre die Schuld dieses Albert Urban auch nicht ungesühnt geblieben. Stattdessen hatte er die Situation nach Michaels Meinung arrogant und eigennützig zu seinem eigenen Vorteil missbraucht. Selbst dann noch, wenn er im Nachhinein Reue zeigte.

Für ihn war es klar, dass Gerd Stetter durch sein jahrelanges Stillhalten den größten Anteil am ganzen Geschehen hatte. Er deckte über Jahre hinweg den Schuldigen und hatte sich durch sein erpresserisches Verhalten ein angenehmes Leben sichern wollen.

Die Gerechtigkeit der Natur jedoch schien seinem Gewissen solange keine Ruhe gelassen zu haben, bis er sich schließlich in seiner Schuld Michael gegenüber zu erkennen gab. Doch für Reue war es in dessen Augen zu spät. Zu tief saß seit Jahren der Stachel der Trauer, der Wunsch nach Vergeltung. Nun endlich sah er die Zeit gekommen, mit Hilfe der Götter alles wieder in Einklang zu bringen.

Michael trat an das Waschbecken seines Sprechzimmers und blickte kurz in den Spiegel, der darüber angebracht war. Kleine Schweißtropfen hatten sich auf seiner Stirn gebildet und er fühlte nun auch den Schweiß an seinen Händen. Die Gedanken an die Vergangenheit und das was nun vor ihm lag hatten seine psychische Erregung unwissentlich gesteigert.

Er drehte den Wasserhahn auf, ließ das kalte Nass über seine Finger laufen, und schöpfte sich mit beiden Händen das Wasser ins Gesicht. Anschließend griff er nach dem kleinen Handtuch und trocknete sich ab. Für einen kurzen Augenblick überlegte er, ob dies alles was er nun zu tun gedachte, auch richtig war. Doch die Gedanken an seinen verstorbenen Vater und all die damit zusammenhängenden Ungerechtigkeiten bestärkten ihn in seinem Glauben.

So trat er dann an seinen Tresor, öffnete diesen und holte den kleinen Karton heraus, welchen er sorgfältig hinter einigen Medikamentenschachteln verborgen hatte. Vorsichtig wie einen heiligen Schrein trug er diesen hinüber und stellte ihn auf seinem Schreibtisch ab. Nachdem er den kleinen Stahlschrank wieder verschlossen hatte, zog er sich sein Jackett an und verließ die Praxis. Seine Mittagspause konnte noch warten. Im Moment gab es Wichtigeres zu erledigen.

30. KAPITEL

Der Daniel war in den vergangenen Tagen seit diesem grausigen Todessturz regelrecht zu einem Pilgerhort mutiert. Seit der Aufgang von den Behörden nach Abschluss der polizeilichen Ermittlungen endlich wieder für die Besucher freigegeben war, zog es eine Unzahl von Einheimischen und Touristen die 350 Stufen hinauf.

Die Stadtverwaltung hatte aus diesem Grunde auch die Öffnungszeiten verlängert. Kaum einer kam nur wegen der herrlichen Aussicht, die man von dort oben genießen konnte. Nein, jeder von ihnen wollte unbedingt einmal aus nächster Nähe den Ort sehen, von dem Markus Stetter in den Tod gestürzt war. Dies ging inzwischen sogar so weit, dass man an der Türe zum Aufgang in den Turm eine separate Aufsichtsperson positionieren musste, damit sich die Menschen auf dem Weg nach oben nicht mit den Entgegenkommenden in die Quere kamen.

Einerseits war dieser enorme Besucherandrang den Verantwortlichen natürlich recht, floss doch so eine ganze Menge an Eintrittsgeldern in die städtischen Kassen, andererseits musste man aufpassen, um nicht mit irgendwelchen zweideutigen Schlagzeilen in einen zweifelhaften Ruf zu gelangen.

Begriffe wie *Der Todesturm* oder *Der Turm des Schreckens* waren in den vergangenen Tagen in den lokalen, aber auch den überregionalen Zeitungen zu lesen.

Der unmittelbar darauf folgende zweite Todesfall in der Familie von Gerd Stetter, sowie das für eine Stadt wie Nördlingen spektakuläre Doppelbegräbnis der beiden Verstorbenen hatten dem Pensionär zu einem traurigen Kultstatus verholfen. Seine stete Zurückhaltung, der Öffentlichkeit gegenüber keinerlei Einzelheiten über sein eigenes Schicksal, oder das seiner Familienangehörigen preiszugeben, verstärkten diese Situation zudem noch. Verschiedene große Zeitungen, sowie auch Fernseh- und Rundfunksender hatten ihm mehrmals beträchtliche Summen geboten, um ein Vermarktungsrecht an dieser Geschichte zu erlangen.

Gerd Stetter hatte diese Angebote jedoch zum Unverständnis aller immer wieder abgelehnt. Er war bis zum Tage der Beisetzung nicht im Geringsten gewillt, den Tod seines Sohnes und seiner Frau gnadenlos ausschlachten zu lassen.

Michael Akebe war dies nur recht. Je weniger Aufsehen um die ganze Sache gemacht wurde, desto mehr konnte er sich in Ruhe mit der Ausführung seiner Pläne beschäftigen. Als er an diesem Freitag am Aufgang des Daniel ankam, war der Andrang nicht zu übersehen. Er musste mit einigen anderen Besuchern für mehrere Minuten warten, bis er schließlich mit dem nächsten Schwung hineingelassen wurde. Auch der Aufstieg zur Türmerstube gestaltete sich als Geduldsspiel. Immer wieder hielt der Menschenpulk an, um im Inneren des Turmes zu fotografieren.

Einmal, zwischen der fünften und der sechsten Ebene des Turmes, geriet Michael auf der engen, steilen Treppe fast ins Stolpern. Wie die anderen Besucher auch, musste er sich hier an den Handläufen zu beiden Seiten festhalten. Nachdem auch er dann endlich die siebte Ebene des Turmes erreicht hatte, glaubte er fast, seinen Augen nicht trauen zu können.

Er hatte zwar aus der Zeitung erfahren, dass verschiedene Freunde, Bekannte und auch Touristen hier oben einige Andenken an den verstorbenen Markus Stetter niedergelegt hätten. Der Anblick, der sich ihm allerdings jetzt bot, war in jeder Hinsicht unerwartet.

Inmitten des Raumes waren rings um den hier oben endenden Fahrstuhlschacht zahlreiche Blumengestecke, Bilder, Briefe, sowie Tücher und anderweitige Dinge niedergelegt worden. Der Platz glich einer wahren Gedenkstätte für den ehemaligen Turmwächter.

Das Einzige, worauf man hier aus Sicherheitsgründen hatte verzichten müssen, waren Kerzen. Dafür wäre die Brandgefahr im Turm viel zu hoch gewesen. Stattdessen wurde, zunächst vorübergehend, über ein am Boden verlegtes Verlängerungskabel ein Stromanschluss zur Verfügung gestellt.

Eine kleine Lichterkette umrahmte feierlich ein Portrait des Verstorbenen, welches ihn in der historischen Tracht des Türmers zeigte. Zahlreiche Besucher standen zum Teil ergriffen vor diesem Ort.

Der neue Turmwärter, der von der Stadt provisorisch bis zur Berufung von Markus Stetters Nachfolger eingesetzt worden war, hatte indes sichtlich Mühe, hier oben die Übersicht zu behalten. Mehr als fünfundzwanzig bis dreißig Personen auf einmal durften sich aus Sicherheitsgründen hier nicht aufhalten. Die Grenze dahin sah er nahezu überschritten. Mit einem kurzen Telefonanruf unterrichtete er sogleich das Personal am Aufgang des Turmes darüber und bat zugleich, die Zeitabstände für die Besucher etwas zu strecken.

Auch Michael Akebe stand nun vor dem Fahrstuhlschacht, ging in die Hocke, und legte mit andächtiger Geste seinen mitgebrachten Umschlag unterhalb des Portraits nieder. Die Worte, die er dabei leise vor sich hinsprach, waren für keinen der Anwesenden verständlich zu vernehmen. Er erhob sich wieder und blickte sich noch einmal um.

Seine tief in ihm sitzende Vergeltungssucht und das Wissen darüber, die uralten Kräfte des Voodoo wirksam werden zu lassen, hatten ihn in den letzten Tagen das Gefühl für Recht und Gerechtigkeit vollkommen vergessen lassen. Inzwischen handelte Michael Akebe nur noch aus eigenem Antrieb.

Dies ist ein wahrhaft würdiger Ort für Gerd Stetter, um wieder Eins zu werden mit seiner Familie dachte er zufrieden bei sich und sah auf seine Uhr.

Es war Zeit den Turm zu verlassen. Es konnte nicht mehr allzu lange dauern, bis Gerd Stetter und Albert Urban hier eintreffen würden. Michael Akebe wollte rechtzeitig zu Hause sein, um das bevorstehende Ereignis in die von ihm vorgesehene Richtung zu lenken. Mit schnellen Schritten ging er auf die Treppe zu und stieg den Daniel hinab.

31. KAPITEL

Mit bleichem Gesicht saß Christine Akebe Kommissar Markowitsch und Peter Neumann gegenüber. Die Geschichte der beiden Kriminalbeamten schien sie sichtlich mitzunehmen.

Sie wusste zwar bereits aus dem Geständnis von Gerd Stetter, welches sie in Michaels Schreibtischschublade gefunden hatte, wie sich der Unfall ihres Mannes damals tatsächlich zugetragen hatte, wischte jedoch auf Grund ihrer Mutterrolle im ersten Moment die Vermutungen des Kommissars beiseite. Ihr Sohn Michael als Racheengel?

Normalerweise würden einer Mutter solche Gedanken widerstreben, jedoch dachte sie auch an das mehrmals von ihr beobachtete Verhalten Michaels, welches sich während der letzten Tage immer mehr zum Negativen hin verändert hatte. Ebenso an dieses für sie doch schockierende Zeremoniell, bei dem sie Michael am vergangenen Abend nur durch eine Türe getrennt auf dem Dachboden belauscht hatte. Und je länger sie den Ausführungen der beiden Beamten zuhörte, desto mehr Zweifel stiegen in ihr auf. Sollten sich ihrer aller Befürchtungen tatsächlich bewahrheiten? War ihr Sohn wirklich dabei die dunklen und unseligen Schattenseiten des Voodoo zu aktivieren, um Menschen zu töten?

Die Zusammenhänge, die ihr gerade von den beiden Augsburger Kriminalbeamten unterbreitet wurden, schienen die Festung ihres Glaubens bis ins Tiefste zu erschüttern. Niemals hätte sie sich bis zum heutigen Tage ausmalen können, dass Michael das Erbe seiner Ahnen jemals zu solchem Missbrauch einsetzen würde. Doch wenn an all dem was sie hier gerade mitgeteilt bekam auch nur ein kleiner Teil der Wahrheit entsprach, war sie gezwungen, irgendetwas zu unternehmen. Sie musste in jedem Fall dabei helfen noch mehr Unheil zu verhindern.

Aber konnte sie denn als Mutter gegen ihren eigenen Sohn handeln? Durfte sie ihr eigen Fleisch und Blut verraten? Christine war in ihren Gefühlen hin und her gerissen. Mit ausdruckslosem Gesicht starrte sie vor sich hin, verzweifelt nach einem Ausweg aus dieser für sie unerträglichen Situation suchend. Wie sollte dies alles nur enden?

Sowohl Kommissar Markowitsch als auch Peter Neumann merkten Christine Akebe an, dass sie sich zwischen zwei Welten befand. Da waren auf der einen Seite die nicht von der Hand zuweisenden Tatsachen ihrer Ermittlungen sowie die sicherlich zweifelhaften aber anscheinend doch zutreffenden Vermutungen, andererseits gab es die bislang unerschütterliche Beziehung zwischen Mutter und Sohn. Wie würde diese Frau nun reagieren?

„Sollten Sie unseren Verdacht auch nur im Geringsten für möglich halten, Frau Akebe, dann dürfen Sie nicht länger zögern, uns zu helfen."

Christines Akebes Blick traf sich mit dem des Kommissars, als dessen Stimme die momentane Stille unterbrach. Er deutete mit der Hand abwechselnd auf Peter Neumann und sich selbst.

„Unsere Kenntnisse in Bezug auf die, nennen wir es einmal magischen Seiten des Voodoo, beziehen sich lediglich auf die Literatur und einige Aussagen eines Theologen. Sie jedoch, da Sie nach ihrer eigenen Aussage mit dem Sohn eines afrikanischen Voodoopriesters verheiratet waren, dadurch wohl mehr Einblick in diese Materie haben als wir alle zusammen, Sie müssen uns dabei helfen weiteren Schaden zu verhindern."

Markowitsch hatte seine beiden Hände wie zu einer Bitte aneinandergelegt, während er eindringlich auf Christine Akebe einsprach.

„Es gab in den letzten Tagen bereits zwei Todesopfer, wobei sich meine Vermutungen von vorhin lediglich auf den Tod von Markus Stetter beschränken. Den Unfall seiner Mutter kann ich damit nicht in Zusammenhang bringen. Gerd Stetter, der Vater des verstorbenen Türmers, will heute Abend uns gegenüber eine umfangreiche Aussage machen.

Auch Albert Urban werden wir in diesem Zusammenhang noch einmal vernehmen, denn seine Rolle in dieser Geschichte scheint doch eine andere zu sein als wir bisher angenommen haben. Wir hoffen dadurch weitere Erkenntnisse zu erhalten, die uns in diesem Fall weiterhelfen."

Markowitsch legte eine kurze Pause ein, bevor er seinem Kollegen kurz zunickte. Nachdem sich die beiden Männer erhoben hatten, sah der Kommissar Christine noch einmal mit eindringlichem Blick an, und legte ihr seine Visitenkarte auf den Tisch.

„Ich bitte Sie hiermit noch einmal inständig darüber nachzudenken, Frau Akebe. Halten Sie es für möglich, dass Ihr Sohn irgendetwas mit dem bis jetzt immer noch unerklärlichen Tod von Markus

Stetter zu tun hat?"

Als Christine die letzten Worte aus dem Munde des Kommissars vernahm, glaubte sie für einen Moment, den Boden unter ihren Füßen zu verlieren. Fast teilnahmslos und mit von Tränen verschleiertem Blick nahm sie schließlich den Händedruck der beiden Beamten entgegen, als diese sich von ihr verabschiedeten. Markowitsch deutete auf seine Visitenkarte.

„Wir werden uns wieder bei Ihnen melden sobald wir mehr wissen. Falls Sie uns in der Zwischenzeit aber etwas mitteilen wollen, können Sie mich unter meiner Telefonnummer zu jeder Tages- und Nachtzeit erreichen."

32. KAPITEL

Gerd Stetter sah auf die Uhr und stellte fest, dass er sich langsam auf den Weg machen musste, um den mit Albert Urban vereinbarten Termin auf dem Daniel wahrzunehmen. Komischerweise verspürte er keinerlei Abscheu davor sich an den Ort zu begeben, an dem sein Sohn vor wenigen Tagen ums Leben gekommen war.

Vielmehr sah er sich in seinem Vorhaben bestätigt, endlich diese unsägliche Geschichte, die ihn in den letzten Jahren fast an den seelischen Abgrund gebracht hatte, zu einem wenn auch nicht guten, dann aber vielleicht verträglichen Ende zu bringen. Wie würde Albert Urban wohl darauf reagieren wenn er ihn wie schon zuletzt am Telefon, diesmal jedoch von Angesicht zu Angesicht über sein Vorhaben aufklärte, sich der Polizei zu stellen?

Gerd Stetter hatte sich bereits damit abgefunden sein ganzes Hab und Gut veräußern, und sein Dasein auf ein Existenzminimum beschränken zu müssen. Das was dann letztendlich noch übrig blieb würde wohl einigermaßen dafür reichen, Albert Urban das erpresste Geld zurückzuzahlen. Vorausgesetzt natürlich, dass er von einer Haftstrafe verschont bliebe.

Dies war für ihn auch der einzige Grund das finanzielle Angebot der Presse anzunehmen und seine Leidensgeschichte, wie es dort genannt wurde, zu verkaufen. Für eine mögliche Haftverschonung rechnete er sich in seiner Situation relativ gute

Chancen aus. Oder würde man ihn in seinem Alter und nach den erlittenen Schicksalsschlägen doch ins Gefängnis schicken? Aber auch diese Tatsache hätte er letztendlich akzeptiert, wenn dadurch nur sein Gewissen endlich Ruhe finden würde.

Mit schweren Schritten ging Gerd Stetter an seinen Garderobenschrank, zog sich eine leichte Windjacke über seine gebeugten Schultern, und steckte dann sein niedergeschriebenes Geständnis in die Innentasche. An der Wand neben der Eingangstüre hingen Bilder von seiner Frau und seinem Sohn. Mit Tränen in den Augen betrachtete er diese und strich sanft mit seinen Händen darüber.

Gerade so als wollte er den beiden sagen, welch unendliches Leid das ganze Geschehen in ihm hervorrief. Anschließend öffnete er die Haustüre und stieg mit langsamen Schritten die Treppe hinab. Unten angekommen sah er sich noch einmal um. Würde er sein Haus noch einmal betreten, oder war dieses Verlassen nun ein Abschied für immer? Er lauschte in sich hinein, bekam jedoch keine Antwort.

33. KAPITEL

Der ehemalige Staatssekretär Albert Urban saß schon seit einer knappen Stunde im Cafe direkt gegenüber des Daniels. Seine Nervosität hatte es ihm nicht länger gestattet, den Zeitpunkt des Treffens mit Gerd Stetter zu Hause abzuwarten.

So fuhr er schon gegen vierzehn Uhr nach Nördlingen, um sich mit Kaffee und einem Cognac auf andere Gedanken zu bringen. Dies gelang ihm jedoch, wie er kurz nach seiner Ankunft schnell feststellen musste, nur schwerlich.

Zwar hatte er sich vorgenommen Gerd Stetter gegenüber notfalls bis zum Äußersten zu gehen, hatte sich auch schon genau ausgemalt, wie dies ablaufen würde, fand aber trotz allem keine ruhige Minute. Seine innere Sicherheit war wie weggeblasen. Mit leicht zitternder Hand saß er an seinem Tisch, genehmigte sich bereits entgegen seines Vorhabens das dritte Glas, und sah mit starrem Blick hinüber zum Turmaufgang der St. Georgskirche.

Von seinem Fensterplatz aus hatte er eine gute Sicht auf die anstehende Menschenmenge. Wann würde Gerd Stetter endlich hier eintreffen? Sein Sohn schien nach seinem Tod hier in Nördlingen eine traurige Berühmtheit erlangt zu haben. Wie sonst sollte man sich all die Menschen dort drüben erklären?

Oder war es nur die Sensationsgier? Ihm konnte dies aber egal sein. Er war am Leben. Ihm war es gelungen, trotz einiger kleiner Ausrutscher einigermaßen angesehen aus dem aktiven politischen Leben auszuscheiden. Er genoss, wenn auch nicht immer moralisch einwandfrei, einen fast sorglosen Ruhestand.

Aber wer ist schon moralisch einwandfrei? ging es ihm dabei durch den Kopf. *Jeder hat doch in seinem Leben irgendetwas vor den Anderen zu verbergen. Lass dich nicht verrückt machen, Albert.*

So versuchte er, sich seine anhaltende Nervosität selbst zu vertreiben.

Kurz vor sechzehn Uhr, sah er Gerd Stetter vor dem Daniel eintreffen. Sein Puls wurde schneller, sein Blutdruck schien mit einem mal bis ins Unermessliche zu steigen, und er fühlte dabei diesen sprichwörtlichen Herzschlag bis hinauf in den Hals.

Albert Urban machte die Kellnerin sogleich mit einer eindeutigen Handbewegung darauf aufmerksam, dass er seine Rechnung bezahlen wollte. Nachdem er ihr den ausstehenden Geldbetrag einschließlich eines großzügigen Trinkgeldes ausgehändigt hatte, erhob er sich von seinem Platz und verließ umgehend das Café.

Beim Überqueren der schmalen Straße stellte er fest, dass Gerd Stetter soeben inmitten einer kleinen Besuchergruppe den Aufgang zum Turm betrat. Vier weitere Personen warteten dahinter ebenfalls auf den Einlass. Trotz einiger Protestbemerkungen drängte Urban sich durch die wartende Reihe, da er Gerd Stetter nicht aus den Augen verlieren wollte. Den Blick des mit dem Kopf schüttelnden Mannes an der Eingangstüre ignorierte er einfach.

Dass er sich auf Grund seiner Lebensweise nicht

gerade als besonders ausdauernd bezeichnen konnte, darüber wurde sich der Staatssekretär a. D. sehr schnell bewusst. Bereits auf der ersten Ebene, die er nach einem Höhenunterschied von etwa zehn Metern am Ende der steinernen Wendeltreppe erreicht hatte, konnte er beinahe jeden Muskel in seinen Beinen spüren. Er blieb für einen kurzen Moment stehen und sah an der hier angebrachten Tafel, dass er noch fast sechsmal so hoch steigen musste um sein Ziel zu erreichen.

Nachdem er am Ende einer der weiterführenden Holztreppen um die Ecke bog, konnte er Gerd Stetter erblicken. Dieser bewegte sich inzwischen zwar ebenfalls etwas langsamer, aber doch stetigen Schrittes nach oben. Auf Höhe der dritten Ebene, dort wo sich auch das alte hölzerne Laufrad des damals ersten Aufzuges befindet, konnte Albert Urban zu Gerd Stetter aufschließen. Die Menschen mussten sich aneinander vorbei drängen, da einige von ihnen stehen geblieben waren um die Inschrift der angebrachten Tafel zu lesen.

Gerd Stetter schien mit einem Mal zu spüren, dass sich Albert Urban unmittelbar hinter ihm befand. Er blickte über seine Schulter hinweg zurück, und sah ihm direkt in die Augen. Urban machte keinerlei Anstalten dem Blick seines Gegenübers auszuweichen. Wortlos nickte Gerd Stetter ihm zu, drehte seinen Kopf wieder nach vorn und ging der nächsten Treppe entgegen.

Lauter werdendes Stimmengewirr durchzog in diesem Augenblick das Innere des Turmes. Ein in diesem Moment für Albert Urban noch undefinierbares Geräusch war zu vernehmen. Woher dieses kam, konnten er und alle anderen Besucher gleich darauf feststellen.

Zwanzig Meter über ihnen setzte sich der im Glockenstuhl befindliche Antrieb in Bewegung und ließ den sechzehn Uhr Glockenschlag ertönen. Für jemanden der so etwas noch nicht erlebt hatte, ein wahrhaft schönes, aber auch lautes Ereignis. Als auch die beiden Männer einige Minuten später die letzten Stufen überwunden hatten, fanden sie sich inmitten einer Gedenkstätte wieder. Gerd Stetter war zwar nach dem Tod von Markus einmal hier oben gewesen, den Anblick, den er allerdings jetzt geboten bekam, konnte er kaum fassen.

Auch Albert Urban war mehr als überrascht von dem, was er nun zu sehen bekam. Er schätzte, dass sich mindestens dreißig Personen hier oben aufhielten. Unter diesen Umständen sah er keinerlei Chance, in Ruhe mit Gerd Stetter zu reden. Als diesen dann auch noch ein anwesender Mitarbeiter der lokalen Presse entdeckt hatte, wurde das bis dahin verhaltene Stimmengewirr zunehmend lauter.

Blitzlichter verschiedener Kameras erhellten den Raum. Gerd Stetter vernahm mehrmals seinen Namen und erkannte einzelne Handbewegungen, die ganz eindeutig in seine Richtung wiesen. Er schloss die Augen und versuchte so, seine Gefühle der Öffentlichkeit möglichst nicht preiszugeben. Mit langsamen Schritten ging er dem Ende des Aufzugsschachtes entgegen, der beinahe schon einem kleinen Altar glich. Nachdem dieser Aufzug nur zeitweise und zu bestimmten Zwecken genutzt wurde hatte die Verwaltung es vorübergehend genehmigt, dass die Andenken an Markus Stetter für einige Zeit dort verbleiben konnten. Schließlich versprach man sich dadurch trotz des traurigen Umstandes einen regen Zulauf an Besuchern, was die letzten beiden Tage auch in jeder Hinsicht bestätigt hatten.

Gerd Stetter betrachtete mit Tränen in den Augen die vielen Beweise der Anteilnahme am Tode seines Sohnes. Vor dem großen Portrait auf dem Markus zu sehen war, blieb er für eine Weile mit stolzem Blick stehen. Er wusste zwar, dass sein Sohn hier in Nördlingen durchaus beliebt war, zeigte sich jedoch überwältigt von diesem Ausmaß. Sogar einen Brief an Markus Stetters Angehörige schien hier jemand niedergelegt zu haben.

Für die Hinterbliebenen von Markus Stetter konnte er auf dem Kuvert lesen.

Zwischenzeitlich schien es sich unter den anwesenden Besuchern auch herumgesprochen zu haben, dass der Vater des Verstorbenen hier oben war. Gerd Stetter indes ließ sich von niemandem in seinen Gedanken stören. Mit gemischten Gefühlen betrachtete er dieses seltsame Kuvert, und Irgendetwas in seinem Inneren sagte ihm, dass er es öffnen sollte. Er zögerte für einen Moment, wischte dann aber seine Zweifel beiseite und bückte sich nach dem Umschlag.

Die Augenpaare aller Anwesenden waren in diesem Augenblick genau auf ihn gerichtet. Der Reporter hielt seine Kamera hoch, bereit dafür, möglicherweise eine exklusive Nahaufnahme für die nächste Ausgabe seiner Zeitung zu erhalten.

Unwohlsein machte sich in Gerd Stetter breit.

Die plötzlich auftretenden Kopfschmerzen ließen ihn keinen klaren Gedanken fassen.

Schließlich riss er, wie von Geisterhand geführt, das Kuvert auf.

34. KAPITEL

Als Michael Akebe den Ausgang verlassen hatte, fühlte er den aufkommenden Wind, wobei ihn ein seltsames Gefühl überkam. Er drehte sich zur linken Seite in Richtung des Cafes und blickte auf die dem Daniel gegenüber liegenden Fenster. Es schien beinahe so, als würde er die Anwesenheit Albert Urbans körperlich spüren, und seine Augen verengten sich zu schmalen Schlitzen.

Die Stunde der Vergeltung rückt näher, rief eine innere Stimme durch seine Gedanken.

Er reckte seinen Kopf in die Höhe, und sein Blick glitt entlang des Turmes hinauf zur Spitze des Daniel. Bereits am vergangenen Tag hatte der Wetterdienst für den heutigen Nachmittag eine Gewitterfront angekündigt. Die ersten dunklen Wolken zogen bereits über die Stadt und zeichneten diesem beeindruckenden Bauwerk einen fast bizarren Hintergrund.

Michael deutete dieses Bild als ein zustimmendes Zeichen für sein Vorhaben, er machte sich mit schnellem Schritt auf den Weg zurück. Sein Blick zur Uhr sagte ihm, dass er noch eine gute Stunde Zeit hatte um alle Vorbereitungen zu treffen. Bereits auf dem Heimweg begann er damit, sich mental auf das was kommen wird vorzubereiten. Die Menschen, die ihm unterwegs begegneten, nahm er kaum wahr. Seine Gedanken konzentrierten sich bereits darauf, sich die Kräfte der Naturgeister zur Hilfe zu rufen.

Einige Minuten später betrat er sein Haus und begab sich ohne Umwege hinauf auf den Dachboden. An der Wohnungstüre seiner Mutter verhielt er für einen kurzen Augenblick in seinem Schritt. Für einen Moment war er der Versuchung nahe, seine Mutter in seine Pläne einzuweihen, doch gestand er sich ein, dass es dafür nun schon zu spät war. Sie jetzt noch in seine Erkenntnisse der vergangenen Tage einzubeziehen, darin sah er keinen Sinn. Wahrscheinlich würde sie für sein Handeln sowieso kein Verständnis aufbringen.

Er wandte sich von der Tür ab, stieg die restlichen Stufen hinauf, um kurz darauf den Dachboden zu betreten. Seine Mutter war in den vergangenen Jahren zwar nur wenige Male hier oben, doch war sich Michael der besonderen Beziehung zwischen ihr und ihm bewusst. Es gab Momente in ihrem Leben, da konnte sie förmlich in ihn hinein sehen und spüren, was in ihm vorging.

Michael dachte wieder an den Morgen, als sie ihn am Frühstückstisch auf den Zeitungsartikel über den tödlichen Unfall von Gerd Stetters Frau aufmerksam machte. Ahnte sie etwa zu diesem Zeitpunkt schon, was er wusste oder tat? Der Arzt war sich nun nicht mehr ganz sicher darüber, denn Christine sprach seit dem Tod seines Vaters nur noch sehr selten über ihre Gefühle. Aber Michael wollte in diesem Augenblick nicht weiter darüber nachdenken.

Sobald er Gerd Stetter und Albert Urban der in seinen Augen gerechten Strafe zugeführt hatte, würde er mit seiner Mutter über alles sprechen.

Gerd Stetter würde bei seiner Familie in der ewigen Ruhe der Natur seinen inneren Frieden wieder finden. Urban wird als Schuldiger dastehen, und somit wird ihn die ganze Härte der menschlichen Gesetzsprechung treffen.

Wie Michael die gesellschaftliche Auffassung einschätzte, würde man die ganze Geschichte als letztendlich ausgleichende Gerechtigkeit darstellen, der sich irgendwann jeder stellen muss. Dass er dabei der Arm dieser Gerechtigkeit war, dies würde niemand wissen, außer ihm selbst und seiner Mutter. Er glaubte, sich sicher zu sein, dass sie sein Handeln verstehen würde. Schließlich war sie durch die Hochzeit mit seinem Vater auch ein Teil dessen Familie geworden. Dadurch akzeptierte sie auch das Leben und den Glauben seiner Vorfahren. Sie wusste um die alten Traditionen und Rituale, kannte sich aus in der Welt der Naturgeister. Sie hatte so manches Mal miterlebt, wenn Michaels Großvater diese um Hilfe anrief, und sich zum Wohle der Mitmenschen ihrer Kräfte bediente.

Ob und wie viele Kenntnisse sie darüber besaß, dass man diese Macht auch anders einsetzen konnte, wusste Michael nicht. Christine hatte sich niemals aktiv in diese Geschehnisse eingemischt, doch war Michael in seinem Innersten davon überzeugt, dass sie sein Tun verstehen würde. Er begab sich in die Mitte des Raumes und öffnete eines der Dachfenster.

Während er vom Turm der St. Georgskirche her das Läuten der Glocken vernahm, wurden die Wolken am Himmel zunehmend dichter und schwärzer.

Gerd Stetter und Albert Urban befanden sich wahrscheinlich schon oben auf dem Turm. Ein kurzer Blitz zuckte über die Dächer der Stadt, und das nachfolgende Donnergrollen war für den Arzt nun das Signal zu handeln.

Die Petro-Loa werden euch behilflich sein auf eurem Weg.

Mit diesen Worten öffnete Michael Akebe die alte Truhe. Andächtig entnahm er ihr den Umhang seines Großvaters, den er sich nun um die Schultern legte, ebenso auch die kleine Djembe-Trommel. Diesmal aber besann er sich darauf, dass es von Vorteil wäre auch die weiße Puppe seines Großvaters zu seinem eigenen Schutz mitzunehmen, doch so sehr er auch in der Truhe danach suchte, er konnte sie nicht finden.

Seltsam dachte er bei sich, wollte aber angesichts der fortgeschrittenen Stunde keine weitere Zeit verlieren. Da er sich der Richtigkeit seines Handelns sicher war, maß er der Tatsache, dass er diese Puppe momentan nicht finden konnte, keine weitere Bedeutung bei. In seinen Augen war die Rechtmäßigkeit seines Handelns nicht anzuzweifeln.

Nachdem er zunächst in einem der Tongefäße verschiedene Kräuter entzündet hatte, setzte er sich auf dem Teppich nieder. Kleine Rauchschwaden schwängerten die Luft des Dachbodens wieder mit diesem schweren, fremdartigen Geruch. Michael atmete ihn tief ein, schloss die Augen, und begann das Instrument seiner Ahnen in einem langsamen und gleichmäßigen Rhythmus zu schlagen.

Dumpfe Klänge durchdrangen nur Augenblicke

später den Raum. Rasch gewannen seine Schläge an Intensität, und dadurch, dass er sich diesmal mental bereits intensiv darauf vorbereitet hatte, brauchte der Arzt nur wenige Minuten um den erwünschten Trancezustand zu erreichen.

Er rief Ogoun, den obersten Krieger der Loas an und bat diesen inständig darum, sich mit ihm vereinen und seine Kräfte nutzen zu dürfen. Immer schneller, stärker und fordernder flogen seine Hände auf die mit Tierhaut bespannte Trommel nieder.

Michaels Augen weiteten sich in diesem Moment. Seine Pupillen waren verdreht, nur das Weiß seiner Augäpfel war zu sehen. Bilder traten zunächst noch etwas verschwommen wie durch einen Nebelschleier vor sein geistiges Auge. Der Arzt versuchte, diesen Schleier zu durchdringen, erinnerte sich dabei an die Worte seines Großvaters.

Ein Priester des Voodoo ist in der Lage, allein durch seine absolute Willensstärke und durch die Überzeugung von der Richtigkeit seines Handelns den Geist von seinem Körper zu trennen.

Michael Akebe, der im Schmerz seiner Verblendung wahrhaftig an das Vermächtnis seines Großvaters glaubte, gelang es in dieser Überzeugung, den höchsten Zustand der Trance zu erreichen. Er verspürte in diesem Moment die Leichtigkeit der unendlichen Weite des Universums. Schon Augenblicke später fühlte er, wie sein Geist sich vom Körper löste, und sah sich dabei selbst von oben auf dem Boden sitzend.

Er betrachtete seinen Körper, konnte seine Hände erkennen, die unaufhörlich die Djembe-Trommel schlugen. In diesem Zustand klärten sich schließlich auch die Nebelschleier vor seinen Augen, sodass er sich inmitten der Menschen auf dem Daniel wiederfinden konnte.

Er erkannte Albert Urban, dessen Blick auf Gerd Stetter gerichtet war. Dieser beugte sich vor dem Bild seines verstorbenen Sohnes nieder und nahm soeben den Umschlag, welchen Michael zuvor dort niedergelegt hatte in seine Hände.

Öffne ihn, Gerd Stetter. Öffne ihn, und du wirst wieder Eins sein mit ihm und deinen Ahnen.

Im Zustand höchster Erregung versuchte Michaels geistige Stimme immer wieder, den alten Mann von der Notwendigkeit zu überzeugen, sich den Inhalt des Kuverts zu betrachten. Doch dieser zögerte, schien sich nicht sicher zu sein, ob das was er vorhatte, auch richtig war.

Michael Akebe spürte die Verunsicherung Gerd Stetters und versuchte nun, die Barriere dessen Persönlichkeit zu durchdringen, sich ganz und gar seines Willens zu bemächtigen. Als er sich sicher war ihn in seinem Besitz zu haben, rief er laut: *Ja, tu es jetzt.*

Er führte die Hände des alten Mannes und diese rissen den Umschlag auf.

35. KAPITEL

Erst einige Minuten, nachdem sich die beiden Beamten der Augsburger Kripo aus ihrer Wohnung verabschiedet hatten, konnte Christine Akebe wieder einen klaren Gedanken fassen. Sie wusste nicht einmal mehr genau, ob sie den Kommissar und seinen Kollegen noch zur Tür gebracht hatte. Wohl doch, denn als sie sich bewusst umsah, fand sie sich in der Diele ihrer Wohnung wieder.

Die Vermutungen, die ihr der Kommissar vorhin mitgeteilt hatte, ließen nun ihre schlimmsten Befürchtungen wahr werden. Nervös knetete sie ihre Hände. War ihr Sohn wirklich in der Lage, sich einfach über die Grenzen der Natur hinwegzusetzen? Würde er sein Wissen um die Macht des Voodoo tatsächlich dazu benutzen, Rache zu üben und zu töten? Christines Verstand versuchte, sich verzweifelt dagegen zu wehren.

Ruhelos lief sie mehrere Male in ihrer Wohnung auf und ab, immer in der Hoffnung, doch noch einen Ausweg aus ihrer Lage zu finden. Sie war sich im Klaren darüber, dass sie sich mit ihrem Wissen um Michaels Treiben in den letzten Tagen in einer scheinbar hoffnungslosen Situation befand.

Auf der einen Seite bereitet sich Michael allem Anschein nach darauf vor, nochmals einen Menschen zu töten, was ich verhindern muss, auf der anderen Seite ...

Christine Akebe schlug sich mit ihrer Hand vor den Mund und hielt schlagartig in ihren Überlegungen inne. Hatte sie eben tatsächlich in Gedanken *nochmals einen Menschen zu töten* gesagt?

Die vorhin von Kommissar Markowitsch geäußerten Vermutungen hatten den aus den letzten Tagen tief in ihr vorhandenen Keim der Verunsicherung zum Erblühen gebracht. Michael, ein Mörder?

Durfte eine Mutter ihrem eigenen Sohn gegenüber einen so ungeheuren Gedanken überhaupt zulassen? Alles in ihr sträubte sich dagegen. Aber war sie denn nicht längst der Meinung, dass alle Umstände darauf hindeuteten? Glaubte sie nicht längst daran, dass Michael den Pfad der Gerechtigkeit verlassen hatte und bereit war, Menschenleben für seine Rache zu opfern?

Wie weit würde er letztendlich noch gehen? Würde er alle bestrafen wollen die sich ihm in den Weg stellten? Möglicherweise sogar seine eigene Mutter? Warum sonst hatte sie sich heimlich diese Puppe für das Pot de tête aus der alten Truhe am Dachboden geholt? Sie wusste natürlich, dass diese existierte, und sie kannte auch die Bedeutung die ihr nachgesagt wurde. Aber nahm sie diese wirklich zu ihrem persönlichen Schutz an sich, oder sah sie darin eher eine Möglichkeit, das in ihren Befürchtungen bevorstehende Geschehen noch zu verhindern?

Wenn Michael feststellt, dass diese ganz spezielle Puppe seines Großvaters nicht mehr da war, würde er vielleicht zur Einsicht kommen. Denn er musste sich doch im Klaren darüber sein, dass das was er vorhatte, nicht mit den Gesetzen der Natur vereinbar war. Würde er den Zorn der Voodoogötter herausfordern?

Christine ging in die Hocke, griff sich an den Hals, ganz so, als würde sie keine Luft mehr bekommen. Das Atmen fiel ihr schwer. Sie blieb am Boden, versuchte, ihre Gedanken zu ordnen. Sie lauschte in sich hinein, in der Hoffung, dass da jemand zu ihr sagen würde: *Wach auf aus deinem bösen Traum, Christine.* Doch sie hörte nichts. Da war niemand der ihr Hoffnung oder Zuversicht gab.

Sie wusste nicht, ob sie sich nur wenige Augenblicke oder mehrere Minuten in dieser kauernden Stellung befunden hatte, als sie auf einmal leise Schritte im Treppenhaus vernahm. Sie erschrak innerlich, erhob sich etwas mühsam vom Boden und sah durch den Türspion.

Als sie erkannte, dass Michael an ihrer Wohnung vorbei nach oben in Richtung des Dachbodens ging, steigerte sich ihre Erregung ins Unermessliche. Sie fühlte ihr Herz pochen, spürte den Pulsschlag in ihren Adern. Was wollte er schon wieder dort oben? Sie nahm sich vor, ihn nun nicht mehr aus den Augen zu lassen, wollte ihn endlich zur Rede stellen. Vielleicht gelang es ihr ja doch irgendwie als Mutter, ihn von seinem Vorhaben abzuhalten, sollten sich die Befürchtungen letztendlich doch bewahrheiten.

Christine Akebe öffnete ihre Wohnungstüre vorsichtig einen kleinen Spalt, nachdem sie das leise Knarren des Fußbodens über sich vernommen hatte. Nervös kaute sie auf ihrer Unterlippe, hin- und her gerissen in ihren Überlegungen, ob sie Michael auf den Dachboden folgen sollte. Doch sie wartete ab. Ihr Blick ging irgendwann zur Uhr. Es war inzwischen sicherlich eine Viertelstunde vergangen, seit er nach oben gegangen war. Als Christine es letztendlich nicht mehr länger aushielt, zur Türe ging und diese gerade öffnen wollte, vernahm sie wie schon in den letzten Tagen den dumpfen Klang der Djembe-Trommel.

Ein Schrecken durchfuhr ihre Glieder, doch sie zwang sich zur Ruhe. Allein die Trommel musste keinerlei Unheil bedeuten. Doch nachdem sie unmissverständlich hörte, dass die Intensität der Schläge zunahm, der Klang mehr und mehr an Aggressivität gewann, durchzog ein Kälteschauer Christines Körper. Sie spürte die Gänsehaut auf ihrem Rücken, ihren Armen, in ihrem Nacken. Sie musste sich die Ohren zuhalten, denn sie hatte das Gefühl, die Schläge würden ihr das Trommelfell platzen lassen.

Sie eilte zurück ins Wohnzimmer, schlug die Tür hinter sich ins Schloss, und lehnte sich von innen dagegen. Mit beiden Händen hielt sie sich nun wieder die Ohren zu. Ihr Hilfe suchender Blick schwirrte durch das Zimmer, und blieb schließlich an der Visitenkarte von Kommissar Markowitsch hängen. Sie überlegte nur einen kurzen Augenblick. Mit wenigen Schritten ging sie zum Tisch, nahm die Karte und griff nach dem Telefon.

Christine tippte mit zitternden Fingern die Handynummer des Kriminalbeamten auf der Tastatur ein, vernahm das Freizeichen, und nur wenige Sekunden später meldete sich der Kommissar am anderen Ende der Leitung.

244

36. KAPITEL

Markowitsch verließ gerade gemeinsam mit Peter Neumann das Dienstgebäude, um sich in den wohlverdienten Feierabend zu begeben.

„Haben Sie unseren Besuch bei Frau Akebe im Protokoll festgehalten, Neumann? Sie wissen doch, dass Staatsanwalt Berger großen Wert auf lückenlose Unterlagen legt."

„Werde ich heute Abend zu Hause nachholen, Herr Kommissar. Ich musste am Nachmittag noch einige dringende Besorgungen machen."

„Was konnte denn so dringend sein, das Sie von Ihrem heiß geliebten Computer ferngehalten hat?", fragte dieser mit einem Lächeln.

Als Markowitsch auf eine Antwort seines Kollegen wartete, vernahm er in seiner Jackentasche das Vibrieren und gleichzeitige Läuten seines Handys. Mit einer Hand verabschiedete er seinen jungen Kollegen, die andere griff gleichzeitig nach seinem Mobiltelefon.

„Bis Morgen dann in aller Frische, Herr Kollege", rief er Peter Neumann hinterher, als dieser sich in Richtung seines Autos begab. Er drückte den Knopf mit dem grünen Hörer.

„Markowitsch", meldete er sich kurz angebunden.

Nach nur wenigen Sekunden des Zuhörens wechselte sich seine Gesichtsfarbe, denn das, was er in diesem Moment durch das Telefon zu hören bekam, ließ die Alarmglocken in seinem Innersten läuten.

„Bitte bleiben Sie in ihrer Wohnung, Frau Akebe. Wir sind schon auf dem Weg."

Peter Neumann, der gerade in sein Auto einsteigen wollte, sah sich noch einmal kurz zu seinem Vorgesetzten um. Dieser lauschte anscheinend seinem Gesprächspartner, sprach dann kurz einige Sätze und hob plötzlich die Hand. Aufgeregt winkend forderte er ihn auf, zurückzukommen. Seufzend warf Peter Neumann die Türe seines Wagens ins Schloss und betätigte die Fernbedienung, worauf die Schließanlage die Türen wieder verriegelte.

„Ist etwas passiert, Herr Kommissar? Sie sind etwas blass um die Nase."

„Quatschen Sie nicht rum, Neumann. Aus unserem Feierabend wird nichts. Wir müssen zurück nach Nördlingen. Frau Akebe hat mich soeben verständigt, dass ihr Sohn anscheinend irgendetwas vorhat. Ich konnte aus ihren Angaben aber nicht genau heraushören, was. Auf jeden Fall schien sie mir sehr aufgeregt, um nicht zu sagen verzweifelt. Los, wir nehmen meinen Wagen."

Mit diesen Worten zog der Kommissar Peter Neumann am Arm hinter sich her, und nach wenigen Metern erreichten sie seine Limousine. Robert Markowitsch ließ noch während er sich hinter das Steuer setzte, den Schlüssel ins Zündschloss gleiten.

„Anschnallen und festhalten", sagte er zu Pit Neumann, worauf dieser mit einem Knall die Beifahrertüre ins Schloss zog, was ihm aber sofort einen mürrischen Blick seines Vorgesetzten einbrachte.

„Der Wagen ist neu, Mann", lästerte Markowitsch in Anspielung auf den Namen seines jungen Kollegen.

Nachdem er die Scheibe der Fahrertüre nach unten gelassen hatte, befestigte er kurzerhand das magnetische Blaulicht auf dem Dach. Sekunden später heulte der Motor des Fahrzeugs auf, und unter dem ohrenbetäubenden Signal des Martinshorns jagten sie mit zum Teil quietschenden Reifen durch die Straßen Augsburgs in Richtung Bundesstraße 2.

Markowitsch fühlte sich trotz der momentanen Situation sichtlich wohl in seinem neuen Wagen. Umsichtig aber bestimmt lenkte er das Fahrzeug aus der Stadt hinaus. Peter Neumann war erstaunt über die sichere aber zugleich rasante Fahrweise seines Vorgesetzten. Mit einem kurzen Druck auf einen Schalter am Lenkrad brachte dieser das Sirengenheul zum Verstummen. Markowitsch hatte beim Ordern des neuen Dienstfahrzeugs darauf bestanden, dass alle wichtigen Funktionen vom Lenkrad aus steuerbar waren. So konnte er sich besser auf das Geschehen im Straßenverkehr konzentrieren.

Dank der vierspurig ausgebauten Strecke kamen sie innerhalb kürzester Zeit trotz Baustellenarbeiten an Donauwörth vorbei, und fuhren nach nur knapp einer halben Stunde durch den Tunnel unter der Harburg hindurch ins Ries hinein.

„Wäre es nicht immer mit einer brisanten Einsatzsituation verbunden, könnte man die Vorzüge dieses Wagens durchaus genießen", sprach er in die Stille hinein.

„Allerdings", gab Peter Neumann zurück. „Und trotz dieser Brisanz muss ich Ihren Fahrstil bewundern, Herr Markowitsch."

„Bringt die Erfahrung in meinem Alter so mit sich, Neumann. Wenn Sie erst mal einige Jährchen im Polizeidienst auf dem Buckel haben, werden Sie diese Ruhe automatisch bekommen. Sollte dies nicht so sein, dann lassen Sie sich bis zu ihrer Pension wohl am besten einen Posten am Schreibtisch geben.

Hektik und Unüberlegtheit ist in unserem Job ebenso fehl am Platz, wie eine funktionierende Teamarbeit. Suchen Sie sich später einen guten Partner aus, am besten so einen wie ich ihn habe."

Peter Neumann musste unwillkürlich schlucken. Diese Aussage von Markowitsch war ein persönliches Kompliment an ihn. Wer den Kommissar ein wenig genauer kannte, der wusste zwar, dass dieser stets direkt, aber nur selten Komplimente dieser Art verteilte. Er war eben noch ein Beamter des alten Schlages, bei dem Gefühlsduselei nicht gerade zum bevorzugten Repertoire gehörte. Umso mehr wusste Pit Neumann das eben Gehörte zu schätzen. Er blickte Markowitsch von der Seite her an, erkannte aber, dass sich dieser in Gedanken anscheinend schon wieder mit dem aktuellen Fall beschäftigte.

„Was könnte dieser Doktor Akebe vorhaben, dass selbst seine eigene Mutter sich dazu veranlasst sieht, die Polizei zu rufen? Haben Sie sich darüber schon ihre Gedanken gemacht, Neumann?"

„Ich bin mir da nicht ganz sicher, Herr Kommissar. Aber angesichts der Tatsache, dass Frau Akebe heute Mittag so seltsam auf unsere Andeutungen ihr gegenüber reagiert hatte könnte ich mir vorstellen, dass uns eine nicht gerade angenehme Situation erwartet. Ob wir nicht besser die Kollegen in Nördlingen verständigen sollten? Oder halten Sie es für angebracht, zunächst die Lage zu peilen?"

„Die Nördlinger lassen wir besser erst einmal aus dem Spiel", meinte Markowitsch. „Wenn sich diese Geschichte tatsächlich in die Richtung beweget die wir vermuten, sollten wir wohl eher einen Voodoopriester dazu holen."

Peter Neumann entging der zweideutige Unterton in Markowitsch's Stimme nicht, allerdings schien in ihr auch so etwas wie Resignation zu liegen. In seinem Gesicht war so etwas wie Ratlosigkeit zu erkennen.

„Es ist doch so, Neumann", sprach er plötzlich weiter, als sie auf der fast kerzengeraden Straße durch Möttingen fuhren. „Wie soll ein Mensch wie ich, der seine Arbeit stets auf Tatsachen und Fakten aufbaut, gegen unsichtbare Kräfte ankämpfen? Es gibt keinerlei Beweise dafür, dass sich dieser Doktor Akebe in irgendeiner Form Markus Stetter körperlich genähert hätte.

Die Obduktion hat ergeben, dass der Mann ohne jegliche Fremdeinwirkung von seinem Turm gestürzt ist. Keine Hinweise auf Drogen, die ihn möglicherweise dazu getrieben hätten. Nichts, aber auch gar nichts, was wir in der Hand halten, und doch sagt mir mein Gefühl, dass dieser Arzt schuldig ist im Sinne der Anklage. Der bisher undefinierten Anklage wohlgemerkt.

Aber ich bin mir auch sicher, dass Kollege Berger von der Staatsanwaltschaft es so ausdrücken würde. Diese verfluchte Ohnmacht die uns bisher fast ausschließlich zum passiven Handeln verdammt, macht mich wahnsinnig. Ich kann doch nicht mit Vermutungen und Gefühlen vor Gericht auftreten."

Genervt durch diese Situation schlug Markowitsch mit der Hand gegen das Lenkrad.

„Selbst Berger will nichts von unserer Theorie wissen. Für ihn zählt nur das, was logisch nachvollziehbar ist, und Voodoozauber gehört nicht dazu. Er hat mir in dieser Hinsicht einen Maulkorb verpasst. Verdammt Neumann, hoffentlich kommen wir nicht vom Regen in die Traufe. Sollte dieser Doktor mit irgendwelchen übernatürlichen Kräften in Verbindung stehen und damit experimentieren, sehe ich schwarz."

Selten hat Peter Neumann seinen Chef so resigniert reden hören. Anscheinend wusste er in der momentanen Situation wirklich keinen Ausweg mehr. Blieb nur die Hoffnung, dass Christine Akebe ihnen in irgendeiner Weise entscheidende Hilfe bieten konnte. Darauf setzte er in diesem Moment seine Hoffnungen. Warum sonst sollte sie vorhin trotz aller Ablehnung bei Markowitsch angerufen haben? Es musste also etwas Entscheidendes passiert sein. Aber um dies herauszufinden waren sie schließlich hier.

„Warum sagen Sie nichts, Neumann?", fragte der Kommissar. „Haben Ihnen meine Bedenken die Sprache verschlagen?"

„Nein, Herr Markowitsch. Wenn ich ehrlich sein soll, habe ich die gleichen Ansichten wie Sie. Deshalb möchte ich Ihnen etwas gestehen."

„Jetzt werden Sie aber richtig geheimnisvoll. Nun mal raus mit der Sprache. Was wollen Sie mir denn gestehen?"

Peter Neumann griff mit seiner rechten Hand in die Innentasche seiner Jacke und zog gleich darauf etwas daraus hervor. Als der Kommissar aus den Augenwinkeln heraus erblickte, was sein Kollege in der Hand hielt, bremste er sogleich die Geschwindigkeit des Wagens herab, und lenkte ihn langsam an den Fahrbahnrand.

„Sind sie jetzt auch unter die Voodoopriester gegangen?", fragte er mit erstauntem Gesichtsausdruck.

„Das habe ich mir sicherheitshalber besorgt, Herr Markowitsch. Diese Figur gehört zu einem so genannten Pot te tête. Sie stellt seinen Besitzer unter einen besonderen Schutz vor den negativen Auswirkungen des Voodoozaubers. Ob es tatsächlich wirksam ist kann ich Ihnen beim besten Willen nicht sagen. Aber bei allem was in unserem Fall vor sich geht, kann es meiner Meinung nach auf keinen Fall schaden. Glaube versetzt Berge, sagt man doch immer."

Für einige Sekunden blickte der Kommissar in die Augen seines Kollegen. Hinter seiner Stirn schien es unaufhörlich zu arbeiten, doch er gab in diesem Moment keinerlei Kommentar dazu ab. Nach einem kurzen Blick in den Außenspiegel steuerte er dann den Wagen wieder auf die rechte Spur und fuhr weiter in Richtung Nördlingen, und nurwenige Minuten später näherte sich das Fahrzeug der Ampelanlage vor dem Reimlinger Tor. Bereits auf Höhe des Ortsschildes hatte Markowitsch das Blaulicht vom Dach genommen, um nicht unnötig die Aufmerksamkeit der Öffentlichkeit auf sich zu ziehen. Es würde noch früh genug dazu kommen.

Als sie schließlich den Wagen vor dem Haus der Akebes abstellten, sahen sie die Frau bereits mit bleichem Gesicht am Fenster stehen. Selbst vom Auto aus war zu erkennen, dass sie sich in einer Art Ausnahmezustand zu befinden schien. Als sie die beiden Beamten aus dem Fahrzeug steigen sah eilte sie sofort hinunter an die Haustüre, um diese zu öffnen.

„Bitte kommen Sie schnell. Ich befürchte, dass Michael dabei ist weiteres Unrecht zu begehen."

Im selben Augenblick als sie mit ihrem Satz geendet hatte wurde sie sich wie schon einmal darüber bewusst, was sie eben gesagt hatte.

Weiteres Unrecht? dachte sie erschrocken bei sich. Ja, sie war inzwischen davon überzeugt, dass ihr Sohn Michael schuldig war am Tode des Markus Stetter. Möglicherweise stand er sogar mit dem Unfalltod dessen Mutter in Verbindung, und war nun wieder dabei, Menschen nach dem Leben zu trachten. Wie um alles in der Welt konnte sich Michael nur zu solchen Taten hinreißen lassen?

War es wirklich nur der Schmerz über den Verlust seines Vaters? Oder war es vielmehr die Ungerechtigkeit der Menschen, dass sie sich nun in dieser Lage befanden? Christine fand keine Antwort.

„Frau Akebe, warum haben Sie mich angerufen? Wo ist Ihr Sohn?"

Christine wurde von der Stimme des Kommissars aus ihren Gedanken gerissen, sah erschrocken in die beiden besorgten Gesichter vor sich.

„Bitte entschuldigen Sie", gab sie zur Antwort. „Ich wusste mir leider nicht mehr anders zu helfen. Sie hatten wohl recht mit ihren Vermutungen, denn so wie es aussieht, hat Michael tatsächlich mit dem Tod von Markus Stetter zu tun. Bitte folgen Sie mir nach oben in meine Wohnung. Zwar droht uns die Zeit davonzulaufen, aber ich muss Ihnen zunächst einige Dinge erklären. Ich hoffe nur, dass es nicht schon zu spät ist."

Mit eiligen Schritten ging sie die Stufen nach oben vor Markowitsch und Peter Neumann her. Als sie sich im Treppenhaus vor der Wohnungstüre befanden, spürte Peter Neumann die Hand seines Chefs an der Schulter.

„Hören Sie das auch, Neumann?"

Der Kommissar richtete seinen Blick nach oben. Peter Neumann sah ihn fragend an.

„Ich meine diese Trommelgeräusche. Das ist doch kein normales Schlagzeug."

Er drehte sich in Richtung Christine, die ihn mit ängstlichen Augen ansah.

„Frau Akebe. Ist Ihr Sohn dort oben? Können Sie mir erklären was hier vor sich geht?"

„Deshalb habe ich Sie angerufen. Bitte kommen Sie herein und hören Sie mir ein paar Minuten zu. Sie werden dann sicherlich die Zusammenhänge verstehen, und sich wohl auch in Ihren Vermutungen bestätigt sehen."

Neumann und der Kommissar sahen sich verwundert an, folgten Christine Akebe aber in deren Wohnung. Bevor Markowitsch die Türe hinter sich schloss, blickte er noch einmal mit besorgtem Blick nach oben in das Treppenhaus.

Was zum Teufel geht hier vor? fragte er sich.

Nachdem sie das Wohnzimmer betreten hatten, fing Christine ohne lange Verzögerung an, die beiden Beamten über ihre Erkenntnisse zu informieren. Markowitsch und Neumann erfuhren, was sich in den letzten Tagen aus der Sicht Christine Akebes zugetragen hatte. Mit erstauntem Blick nahmen sie zur Kenntnis, dass Michael Akebe im Besitz eines schriftlichen Geständnisses von Gerd Stetter war.

Der ihnen geschilderte Inhalt dieses Schreibens ließ den Kommissar sofort aufhorchen. Nervös auf seiner Unterlippe kauend marschierte er im Wohnzimmer auf und ab.

„Wenn ich Sie richtig verstanden habe, Frau Akebe, dann deutet alles darauf hin, dass sich auch Albert Urban in Lebensgefahr befindet. Ich kann nur hoffen, dass es für ihn und Gerd Stetter nicht schon zu spät ist. Warum haben Sie so lange damit gewartet, uns über die Existenz dieses Geständnisses zu unterrichten? Sie hätten verdammt noch mal sofort zu uns kommen müssen, denn mit Ihrem Zögern setzen Sie das Leben von zwei Menschen aufs Spiel. Darüber sind Sie sich doch im Klaren?"

Mit gesenktem Kopf saß Christine Akebe in ihrem Sessel und hielt sich die Hände vors Gesicht, um ihre Tränen zu verbergen. Als der Kommissar auf sie zutrat, sah sie ihn mit leerem Blick an.

„Würden Sie so ganz einfach den eigenen Sohn an die Polizei ausliefern, Herr Markowitsch? Mir ist leider erst in den letzten Stunden klar geworden, dass sich Michael auf einem verbotenen Weg befindet. Aber bis dahin sah ich es als meine Mutterpflicht an, an die Unschuld meines Kindes zu glauben."

Dann senkte sie wieder ihren Kopf.

„Allerdings hat mir Michael diesen Glauben heute Nachmittag genommen. Bitte versuchen Sie ihn von seinem Vorhaben abzubringen. Es darf nicht noch mehr Unheil geschehen in unserer Familie."

Der Kommissar lauschte den dumpfen Trommelklängen, die durch das Haus drangen. Nach einem raschen Blick auf Peter Neumann trat er vor Christine Akebe hin und zog sie ruhig an beiden Schultern aus ihrem Sessel heraus.

„Erzählen Sie uns jetzt bitte noch einmal genau, was Sie in den letzten Tagen beobachtet haben, und was sich seit unserer Abreise heute Mittag zugetragen hat. Vielleicht können wir so herausfinden, was Ihr Sohn nun vorhat."

Nachdem Christine den beiden Männern ihre Beobachtungen und Befürchtungen schließlich kurz und prägnant geschildert hatte, überkamen den Kommissar einige Zweifel.

„Ich habe es meinem Kollegen bereits auf dem Weg hierher erklärt, Frau Akebe. Gegen einen körperlichen Angriff, egal mit welchen Mitteln dieser durchgeführt wird, könnte ich aktiv etwas unternehmen. Aber wie soll ich gegen einen Menschen vorgehen, der dabei ist, mit der Kraft seiner Gedanken andere in den Tod zu treiben? Das wäre wohl genau so, als würde ich versuchen, einen Hypnotiseur zu hypnotisieren."

„Keine schlechte Überlegung", mischte sich Peter Neumann in den Dialog zwischen Markowitsch und Christine Akebe ein. „Man müsste versuchen, ihn mit seinen eigenen Mitteln zu schlagen."

„Mensch, Neumann. Was erzählen Sie denn da? Sehen Sie sich etwa in der Lage dazu?"

„Nein, ich nicht, Chef. Aber vielleicht kann uns Frau Akebe dabei behilflich sein?"

Als Christine diesen Satz vernahm, zuckte sie merklich zusammen. Peter Neumann konnte sehen, wie sich ihre von den Tränen geröteten Augen erschrocken weiteten, und sie in diesem Augenblick jegliche Gesichtsfarbe verlor. Was hatte dieser Mann da eben gesagt? Verlangte er wirklich von ihr, dass sie sich noch mehr als ohnehin schon gegen ihr eigenes Fleisch und Blut stellte?

„Ich weiß, dass ich schier Unmögliches von Ihnen verlange, Frau Akebe, aber es scheint mir der einzige Ausweg aus dieser Situation zu sein. Sie dürfen uns Ihre Hilfe nicht verweigern. Niemand kennt Doktor Akebe so gut wie Sie. Ich bitte Sie um Ihre Hilfe, noch Schlimmeres zu verhindern."

Eindringlich sprach Peter Neumann mit wie zu einem Gebet gefalteten Händen auf die Frau ein. Auch Markowitsch, der diesen Vorschlag als den wohl einzig vernünftigen empfand, pflichtete ihm bei.

„Ich sehe es genauso wie mein Kollege. Es gibt

in dieser Situation keinen anderen Weg. Wir beide würden hier allein auf verlorenem Posten stehen. Vor Gericht hätten wir angesichts der Sachlage wohl niemals eine reelle Chance, Doktor Akebe als Schuldigen zu überführen, denn dort zählen nur Tatsachen und Beweise. Könnten Sie es vor Ihrem Gewissen verantworten, wenn noch weitere Menschen durch das Handeln Ihres Sohnes sterben?"

Es war Christine Akebe anzusehen, dass sie in ihrem Innersten den wohl größten Kampf ihres Lebens austrug. Wie sollte sie sich entscheiden?

Den beiden Beamten kamen die folgenden Sekunden schier endlos vor, bis sich Christine schließlich von ihrem Platz erhob, eine der Türen am Wohnzimmerschrank öffnete, und etwas daraus hervor nahm. Sie trat vor Markowitsch hin und reichte ihm diesen Gegenstand.

Als Peter Neumann diesen erblickte, sah er erstaunt auf Christine Akebe.

„Pot te tête?"

Christine Akebe blickte ihn überrascht an, als sie seine Worte vernahm.

„Ja. Woher wissen Sie das?"

Peter Neumann holte die Voodoo-Puppe aus seinem Sakko hervor, die er sich in einem einschlägigen Geschäft in Augsburg besorgt hatte, und zeigte sie der Frau.

„Weil ich anscheinend den gleichen Gedanken hatte, Frau Akebe."

Christine nahm die Figur aus Peter Neumanns Hand und betrachtete sie kurz.

„Damit würden Sie keinen Erfolg haben. Diese

Figur würde Ihnen nichts nützen, da es sich nur um ein billiges Touristengeschenk handelt."

Peter Neumann schluckte, sah dabei auf den Kommissar. Dieser zog kurz seine Augenbrauen in die Höhe, scherzte trotz der momentan angespannten Situation.

„Ich hoffe, dass Sie sich beim Kauf dieses Andenkens nicht übers Ohr hauen ließen, Neumann. Schon gar nicht, wenn Sie dafür Steuergelder ausgeben haben sollten."

Der junge Beamte schien sich ertappt zu fühlen, denn eine leichte Röte überzog augenblicklich sein Gesicht.

„Keine Sorge, Herr Kommissar. Sie müssen sich um die Staatskasse keine Gedanken machen. Hab ich aus meiner eigenen Tasche bezahlt."

„Nehmen Sie diese", unterbrach Christine Akebe den Dialog. „Sie wurde von Michaels Großvater angefertigt nach den Gesetzen des Vodún. Er hat sie uns zu unserem Schutz hinterlassen. Sie wird ihnen helfen, sich gegen den negativen Einfluss des Voodoozaubers zu wehren.

Ich habe sie in einem unbeobachteten Moment vom Dachboden aus seiner Truhe genommen. Warum ich dies tat, kann ich selbst nicht sagen, aber es musste wohl so sein. Mehr kann ich für Sie nicht tun."

Sie drehte sich um, ging zur Türe und bat die beiden Beamten hinaus.

„Bitte verstehen Sie mich, wenn ich nun allein sein möchte. Ich wünsche Ihnen alles Gute."

Markowitsch und Peter Neumann sahen sich

überrascht an, kamen aber der Bitte Christine Akebes nach, und verließen die Wohnung.

Im Treppenhaus war noch immer der dumpfe Klang der Trommel zu hören.

„Wir gehen runter ins Auto", sprach der Kommissar zu Peter Neumann. „Ich muss kurz meine Gedanken sortieren."

Nachdem die beiden in Markowitsch's Dienstwagen Platz genommen hatten, begann der Kommissar laut zu denken.

„Unterbrechen Sie mich, Neumann, falls ich etwas Falsches sagen sollte.

Wenn dieser Doktor Akebe gerade wieder dabei ist, seine verfluchten Zauberspielchen durchzuführen, kann es sich bei dem oder den davon betroffenen Personen doch nur um Gerd Stetter oder Albert Urban handeln. Oder sogar um beide, habe ich recht?"

„Das sehe ich auch so, Herr Kommissar", gab ihm Pit Neumann zur Antwort.

„Um einen weiteren Toten zu verhindern hieße das also, wir müssten herausfinden, wo sich die zwei gerade aufhalten. Wie ich Sie kenne, Neumann, haben Sie sicherlich die Telefonnummern der Herrschaften in Ihrem Telefon gespeichert."

„Mit dieser Annahme liegen Sie richtig, Chef", gab Neumann zurück.

Sekunden später hatte er die Namen der beiden Männer eingetippt.

„Beide Nummern da", sagte er kurz.

„Rufen Sie an. Ich möchte wissen, ob sich die beiden Herren zu Hause befinden."

Peter Neumann wählte zunächst die den Anschluss von Gerd Stetter, hatte aber keinen Erfolg. Resigniert schüttelte er seinen Kopf.

„Ich kann Stetter nicht erreichen, Herr Kommissar."

Er versuchte es anschließend mit der Nummer von Albert Urban. Nach einer kurzen Wartepause wurde am anderen Ende der Leitung abgehoben, und Urbans Frau meldete sich. Auf seine Frage nach dem Verbleib ihres Mannes wusste sie lediglich zu sagen, dass er sich am Nachmittag mit Gerd Stetter in Nördlingen verabredet hätte. Peter Neumann bedankte sich für die Auskunft und beendete das Telefonat.

„Albert Urban trifft sich zur Zeit mit Gerd Stetter hier in Nördlingen", sagte Peter Neumann zu Markowitsch, der sofort zu überlegen begann.

„Versuchen wir uns an Akebes Stelle zu versetzen, Neumann. Wo würden Sie einen Menschen zur Strecke bringen, der Schuld am Tod ihres Vaters hat, und der allem Anschein nach in der Öffentlichkeit gedemütigt wurde. So sieht es jedenfalls aus, wenn ich das Geständnis von Gerd Stetter und die Aussagen von Frau Akebe richtig interpretiere."

„Na ja", meinte Peter Neumann. „Ich würde wohl nach dem Grundsatz handeln:

Wie du mir, so ich Dir.

Einen Politiker zum Beispiel kann man am empfindlichsten treffen, wenn man ihn in der Öffentlichkeit bloßstellt. Dazu könnte jedoch eine Veröffentlichung von Gerd Stetters Geständnis über die Presse ausreichen. Das dürfte mit ziemlicher Sicherheit Urbans gesellschaftliches Aus bedeuten."

„Schon", meinte Markowitsch. „Aber dadurch allein würde Akebe den Tod seines Vaters sicherlich nicht ausreichend gesühnt sehen. Nein, er muss irgendetwas anderes im Schilde führen.

Mal angenommen, Neumann, Doktor Akebe hat tatsächlich mit seinen, nennen wir es mal übernatürlichen Fähigkeiten, den Tod von Markus Stetter herbeigeführt. Dies würde für mich bedeuten, dass er der Öffentlichkeit durch dieses makabre Szenario etwas beweisen will."

„Damit dürften Sie richtig liegen, Herr Kommissar. Es könnte bedeuten, dass für jede Schuld, und dauert es auch noch so lange, irgendwann bezahlt werden muss."

„Ja", gab Markowitsch zurück. „Und mit dem Ort an dem Markus Stetter gestorben ist, hat er jegliche Aufmerksamkeit auf sein Vorhaben gezogen."

Peter Neumann schlug sich plötzlich mit der rechten Hand an die Stirn.

„Natürlich, der Daniel", rief er.

Markowitsch sah Peter Neumann überrascht an.

„Sie glauben doch nicht etwa, dass Akebe die beiden auf dem Turm treffen will? Es wäre viel zu auffällig, zwei Menschen dort oben ins Jenseits zu befördern."

„Das schon. Aber Akebe ist ja offensichtlich gar nicht dabei. So wie es aussieht befindet er sich momentan auf dem Dachboden seines Hauses, und will anscheinend von dort aus versuchen, das Ganze mit Hilfe seiner Voodoo-Puppen oder was auch immer zu inszenieren. Ein besseres Alibi als seine Abwesenheit könnte er doch gar nicht vorweisen."

„Neumann, Neumann", murmelte Markowitsch. „Dass ich selbst nicht schon eher daran gedacht habe. Sie marschieren auf schnellstem Wege auf den Daniel. Im Eiltempo bitte. Ich werde mich in der Zwischenzeit auf diesen Dachboden dort oben begeben."

Der Kommissar deutete mit dem Finger in Richtung Akebes Haus.

„Vielleicht können wir das Schlimmste ja noch verhindern."

„Warum gehen Sie nicht auf den Turm, Herr Kommissar, und überlassen mir diesen Doktor Akebe?", fragte Peter Neumann angesichts der Tatsache, dass er sozusagen im Laufschritt die 350 Stufen auf den Daniel hinauf sollte.

„Weil Sie die jüngeren Beine haben, Herr Neumann", antwortete Markowitsch grinsend.

„Meine Mutter sagte aber immer, dass man die alten Sachen zuerst aufbrauchen sollte", gab dieser mit gespielter Beleidigung zurück.

„Raus", antwortete Markowitsch, während er die Fahrertüre seiner Limousine öffnete. „Jetzt ist keine Zeit für dumme Scherze."

37. KAPITEL

Gerd Stetter blickte mit weit aufgerissenen Augen auf den Inhalt des Kuverts in seiner Hand. Das Foto zeigte eine Aufnahme seines Sohnes. Erschreckend daran waren jedoch die Augen, die ihn anblickten.

Diese Augen.

Sie schienen Gerd Stetters Gehirn durchdringen zu wollen in der Absicht, seinen eigenen bereits geschwächten Willen nun völlig außer Kraft zu setzen. Der Blick des alten Mannes wurde zunehmend starr, fast ausdruckslos. Wie hypnotisiert drehte er sich um, stieg die letzten Stufen hinauf und begab sich hinaus auf die Aussichtsbrüstung des Turmes. Gerd Stetters schütteres Haar wurde von den aufkommenden Windböen zerzaust, doch er schenkte der aufkommenden Gewitterstimmung keine Beachtung

Albert Urban bemerkte, dass sich Gerd Stetter hinaus begab. Vielleicht fand sich ja dort draußen endlich eine Möglichkeit, ihn von seinem Vorhaben abzuhalten, die Geschichte von damals an die Öffentlichkeit zu bringen. Er wusste noch nicht genau, wie er dies anstellen wollte, aber notfalls würde er beim Abstieg vom Turm einfach einen kleinen Unfall inszenieren, bei dem Gerd Stetter ins Stolpern geriet, und sich hoffentlich das Genick brach. Albert Urban war in seiner Verzweiflung nun zu allem bereit. Er folgte Stetter und trat hinter ihm ins Freie hinaus.

Da sich kein weiterer Besucher in diesem Augenblick in seiner unmittelbaren Nähe befand, begann Urban auf den alten Mann einzureden, der jedoch keinerlei Reaktion zeigte. Er starrte nur unentwegt auf das Foto in seiner Hand.

Der ehemalige Politiker spürte langsam aber sicher den Zorn auf diesen Mann in sich hochsteigen. Er fühlte sich ignoriert durch die scheinbar geistige Abwesenheit seines Gegenübers. Mit keinem seiner zunächst beschwichtigenden, zuletzt gar drohenden Argumente konnte er Gerd Stetter dazu bewegen, ihm seine Aufmerksamkeit zu schenken. Schließlich packte er den Mann an seiner Jacke, als dieser sich mit einem Mal zu ihm umdrehte, und ihm das Foto seines verstorbenen Sohnes unter die Augen hielt.

„Das ist mein Sohn Markus. Er wartet dort unten auf mich."

Gerd Stetter deutete mit einer Hand über die Brüstung des Turmes.

Der Alte fantasiert doch, dachte sich Albert Urban. Anscheinend war er vom Tod seines Sohnes und seiner Frau so betroffen, dass er am helllichten Tage Gespenster sah.

„Sehen Sie doch nur, dort unten. Er wartet auf mich."

Wiederum deutete Stetter auf den Kirchenvorplatz hinunter. Albert Urban wollte ihm nun um des Friedens willen den Gefallen tun, beugte sich mit dem Oberkörper kurz über die Absperrung und sah in die Tiefe. Abgesehen von dem momentan verständlichen Touristenrummel konnte er außer dem gewöhnlichen Alltagstreiben an einem ganz normalen Spätnachmittag aber nichts Ungewöhnliches erkennen.

Als er sich wieder aufrichtete, konnte er in diesem Augenblick gerade noch aus den Augenwinkeln heraus erkennen, dass sich Gerd Stetter daran machte, auf die Brüstung zu steigen. Wollte sich dieser alte Narr in seiner Verzweiflung etwa dort hinunter stürzen?

Dadurch würde ich meine Sorgen auf einen Schlag loswerden, dachte Albert Urban bei sich. Doch ein letzter Rest menschlichen Verstandes ließ ihn instinktiv nach Stetters Jacke greifen.

„Sind Sie verrückt geworden, Stetter?", rief er ihm zu, während er ihn zurückriss. „Was um alles in der Welt wollen Sie damit erreichen?"

„Lassen Sie mich. Ich muss zu meinem Sohn. Er wartet dort unten. So lassen Sie mich doch endlich los."

Albert Urban blickte in zwei völlig verwirrte Augen eines scheinbar geistig weggetretenen Menschen. Er versuchte, noch um Hilfe zu rufen. Irgendjemand musste ihn doch hören, ihm dabei helfen, Gerd Stetter von seinem unsinnigen Plan abzuhalten.

Doch es schien gerade so, als wollten die gewaltigen Kräfte der Natur dies verhindern. Ein greller Blitz zuckte über den dunklen Himmel, und die verzweifelten Versuche des ehemaligen Staatssekretärs gingen im fast gleichzeitigen Donnergetöse ungehört unter. Gerd Stetter entwickelte in seiner scheinbar ausweglosen Situation ungeahnte Kräfte. Sein wirrer Blick traf Albert Urban.

Er riss sich los aus dessen Griff, stieß ihn ein Stück von sich weg, und kletterte wieder auf die Brüstung. Urban taumelte und fiel fast auf die Knie.

Als sich nun doch auf Grund dieser scheinbaren Streitsituation die ersten aufmerksam gewordenen Besucher näherten, raffte sich der einstige Politiker hoch, sprang auf Gerd Stetter zu, um ihn erneut zurückzuhalten, doch er bekam lediglich dessen Jackentasche zu fassen. Durch das Körpergewicht Gerd Stetters riss die Tasche aus den Nähten, und alle inzwischen auf der Brüstung versammelten Besucher konnten sehen, wie der Mann innerhalb weniger Sekunden lautlos in die Tiefe fiel.

38. KAPITEL

Michael Akebe befand sich in einem Trance-zustand, in dem er durch die Kraft seines vom Körper getrennten Geistes und den genauestens durchgeführten Vorbereitungen die vollkommene Kontrolle über Gerd Stetter übernommen hatte. Ougun hatte ihn erhört, sich mit ihm verbunden, und hatte ihm die Kraft verliehen, die Macht des Voodoo für seine Pläne einzusetzen. Unaufhörlich schlugen die Hände des Arztes auf die Djembe-Trommel ein.

Er führte Gerd Stetter hinaus auf die Brüstung des Daniel und gaukelte ihm die Stimme seines Sohnes vor. Es dauerte nur wenige Augenblicke, bis der bereits seelisch gebrochene Mann sich von ihm vollkommen in die Irre führen ließ. Auch Albert Urban reagierte ganz genau so, wie er es vorausgeahnt hatte.

Nun konnte er wieder ins Gleichgewicht bringen, was seiner Meinung nach durch den Tod seines Vaters nicht mehr stimmte. Er würde das Leben der beiden Hauptschuldigen ebenso zerstören, wie diese es mit dem Leben seines Vaters getan hatten. Fast noch hätte Urban durch seine Gewissensbisse alles vereitelt, doch als er in seiner Verzweiflung nach Hilfe rufen wollte, spielte die Natur ihre Gewalt aus. Albert Urbans Rufen ging unter im Krachen eines gewaltigen Blitzschlages.

Ougun zeigte seine Macht.

Der Arzt sah Gerd Stetter in die Tiefe fallen, Albert Urban hilflos daneben stehend. Möglicherweise rechnete sich der ehemalige Staatssekretär bereits aus, dass er sich in einer für ihn wohl aussichtslosen Lage befand.

Unbedachte Zeugenaussagen würden wohl dazu führen, dass man ihm einen handfesten Streit mit Gerd Stetter anhängen, und ihn so des Mordes beschuldigen würde. Michael Akebe kannte die Mühlen der Justiz nur zur Genüge. Dass durch die Existenz von Stetters schriftlichem Geständnis eine juristische Lawine ins Rollen kommen würde, die für Urban vermutlich das Gefängnis, mit Sicherheit aber das gesellschaftliche Aus, und somit eine lebensunwerte Zukunft bedeutete, war ihm nun Vergeltung genug. Ihn würde der Verlust seiner Privilegien und seines Ansehens in der Öffentlichkeit schlimmer treffen als der Tod. Dessen war sich Michael Akebe in diesem Augenblick sicher.

Nun wollte er seinen Geist zurückführen in den Körper, der noch immer die Trommel schlagend auf dem Dachboden saß, und die Verbindung zu Ougun herstellte. Der Ruf der Petra Loa hatte ihm diese Macht verliehen, nun wollte er sein Ritual beenden. Doch irgendetwas hinderte ihn daran, seinen Geist wieder mit dem Körper zu vereinen.

Urplötzlich wurden Michaels Sinne von einem Gefühl erfasst, das er bisher so noch nicht kennen gelernt hatte: grenzenlose Panik in der Vorahnung auf eine unerwartete Situation. Fast schon verzweifelt versuchte er, die Nebelschleier zu durchdringen. Als sich die Umgebung auf dem Dachboden langsam vor ihm klärte, das momentane Geschehen zu erkennen gab, erblickte Michael aus seinem astralen Zustand heraus die Gefahr.

Was er nun sah, ließ ihn erschaudern und er öffnete seinen Mund zu einem stummen Schrei. Sekunden später fühlte er nur noch Schwärze um sich.

39. KAPITEL

Peter Neumann brauchte im Laufschritt nur eine knappe Minute, bis er den Vorplatz der St. Georgskirche erreicht hatte, und der Gedanke an den Aufstieg auf den Daniel steigerte seine Laune nicht gerade. Doch als er schon von weitem die Menschenansammlung vor dem Turm erblickte, sich seine Augen nach oben zu dessen Spitze richtete, wusste er, dass ihm zumindest im Moment die 350 Stufen erspart blieben. Denn das was sich dort oben abzuspielen schien, war offensichtlich nicht mehr zu verhindern.

Die beiden Männer, die auf der Brüstung scheinbar eine Auseinandersetzung hatten, hätte er nicht mehr rechtzeitig erreicht. So blieb ihm in diesem Augenblick nichts anderes übrig, als das folgende Geschehen von unten her zu beobachten.

Um wen es sich genau bei den beiden handelte, konnte man aus dieser Entfernung auch wegen des aufkommenden Gewitters und der einsetzenden Dämmerung nicht erkennen. Jedoch ahnte der Kriminalbeamte auf Grund der Sachlage, dass es sich dabei nur um Gerd Stetter und Albert Urban handeln konnte. Es war für Peter Neumann und die umstehenden Passanten nicht auszumachen, wie der scheinbare Streit auf der nordöstlichen Seite des Turmes im Einzelnen ablief.

Einer der beiden Männer befand sich plötzlich auf der Absperrung, verschwand kurz darauf aber wieder kurzzeitig aus dem Blickfeld. Die aufgeregt durcheinander sprechenden Menschen am Fuße des Daniel verstummten. Alle Augen richteten sich nach oben, dorthin wo sich auf Grund der Wetterlage in einem merkwürdig gespenstischen Licht eine makabre Szene anbahnte.

Ein greller Blitz ließ die Menschenmenge zusammenschrecken, doch keiner wandte seinen Blick von der Turmspitze. Der Körper des Mannes erschien in diesem Moment wieder auf der Brüstung, wobei einige undeutliche und kaum vernehmbare Wortfetzen nach unten drangen. Die Hand seines Kontrahenten griff nach ihm, doch es war aus der Sicht der Beobachter dabei nicht eindeutig auszumachen, ob er ihn nun festhalten und am Springen hindern, oder ihn einfach hinunter stoßen wollte.

Die umherstehenden Menschen hielten den Atem an, und es schien Peter Neumann in diesem Moment, als hätte irgendjemand die Zeit angehalten. Einige Sekunden lang schien der Körper regungslos zu verharren, bevor er schließlich in die Tiefe fiel. Kein Laut, kein Schrei kam in diesem Augenblick von den Lippen des Herabstürzenden. Dessen Fall wurde nur kurz vom Aufprall auf das Ende des Kirchendaches abgebremst, bevor er letztendlich auf dem Kopfsteinpflaster vor dem Kirchenportal aufschlug.

Peter Neumann hatte bereits sein Handy aus der Tasche gezogen, die Nummer seines Chefs per Kurzwahl eingetippt, als er den zerschmetterten, leblosen Körper Gerd Stetters in seinem Blut nur wenige Meter von sich entfernt liegen sah. Wie durch einen dichten Nebel vernahm er irgendwo im

Hintergrund die Schreie und aufgeregten Rufe der umstehenden Menschen.

„Neumann? Was ist denn da los bei Ihnen? Mensch, so melden Sie sich doch."

Als Peter Neumann die Stimme des Kommissars durch das Telefon vernahm, kehrte sein Verstand langsam wieder in die Wirklichkeit zurück.

„Tot", sagte er nur. „Wir sind zu spät gekommen."

„Tot?", hörte er Markowitsch durch das Telefon schreien. „Wer ist tot, Neumann? Nun reden Sie schon. Was ist denn das für ein Geschrei?"

„Gerd Stetter", antwortete Peter Neumann, der sich nun langsam wieder in den Griff bekam. „Sie werden es nicht glauben, aber Gerd Stetter ist soeben vom Turm gestürzt, oder gestürzt worden. Ich weiß es nicht. Verdammt, wir sind zu spät gekommen."

„Verflucht, Neumann. Ich kann hier im Moment noch nicht weg. Alarmieren Sie die Nördlinger Kollegen. Ich komme, sobald ich diesen Doktor Akebe gefunden habe."

„Die Kollegen sind schon da", antwortete Peter Neumann, der in diesem Moment die Sirenen der herannahenden Polizeifahrzeuge hörte.

„Was ist mit Urban?", fragte Markowitsch. „Ist er auch bei Ihnen?"

„Gesehen habe ich ihn noch nicht. Aber ich vermute, dass er mit Gerd Stetter oben auf dem Daniel war."

„Falls dies der Fall ist, dann sehen Sie zu, dass er sich nicht aus dem Staub macht. Ich werde jetzt diese verflixte Türe auf dem Dachboden eintreten und diesen Doktor Akebe zur Rede stellen. Anschließend komme ich zu Ihnen. Sie versuchen inzwischen, die Lage dort in den Griff zu kriegen. Nehmen Sie sich notfalls einige der Kollegen vor Ort dazu. Bis gleich, Neumann."

40. KAPITEL

Der Kommissar befand sich bereits auf dem Weg zum Dachboden von Akebes Haus, als er sein Telefon in die Tasche zurücksteckte. Als er an Christine Akebes Wohnung vorbeikam, stand diese vor ihre Tür. Ausdruckslos sah sie Markowitsch an, der kurz stoppte, und vor ihr stehen blieb.

„Was wird mich da oben erwarten, Frau Akebe?

„Ich weiß es nicht, Herr Kommissar", antwortete Christine. „Aber wenn Sie nichts dagegen haben, werde ich Sie begleiten. Vielleicht kann ich mit meinem Sohn sprechen und ihn davon abhalten, noch mehr Schaden anzurichten."

„Dazu ist es anscheinend schon zu spät. Mein Kollege hat mir soeben mitgeteilt, dass Gerd Stetter seinem Sohn in den Tod gefolgt ist."

Christine Akebe blieb wie vom Blitz getroffen stehen.

„Wie um Gottes Willen ist das passiert?"

„Genau wie bei seinem Sohn", entgegnete Markowitsch. „Er ist vom Daniel gestürzt, wobei noch nicht feststeht, ob er das freiwillig getan hat. Mein Kollege ist dabei, dies zu klären."

Als der Kommissar zusammen mit der Frau die Tür des Dachbodens erreicht hatte, fasste er sie an der Schulter.

„Bitte gehen Sie etwas zur Seite", sprach er mit entschlossener Stimme. Dabei griff er an sein Schulterhalfter und zog seine Dienstpistole hervor.

Markowitsch sah in das erschrockene Gesicht von Christine Akebe.

„Nur zur Sicherheit", sprach er leise. „Ich hoffe nicht, dass ich sie benutzen muss, denn normalerweise bin ich kein Freund von Schießereien."

Markowitsch nahm drei Schritte Anlauf und warf seine fünfundachtzig Kilogramm Körpergewicht gegen das Holz. Das rostige Schloss leistete keinen großen Widerstand, und der Kommissar flog förmlich durch die aufspringende Tür in den Raum. Er hatte dabei Mühe seinen Schwung abzufangen und nicht zu stürzen.

Fremdartiger Geruch stieg ihm in die Nase, es dauerte einige Sekunden, bis sich seine Augen an das Licht auf dem Dachboden gewöhnt hatten. Robert Markowitsch traute seinen Augen kaum, als er auf die Szene vor sich blickte.

In der Mitte des Raumes saß Michael Akebe auf einem Teppich, die Beine überkreuzt, zwischen ihnen die Trommel. Unaufhörlich schlugen seine Hände auf das Instrument ein und erzeugten dabei diesen Klang, der sich seit seiner Ankunft in seinen Ohren festgesetzt hatte.

Markowitsch war gerade im Begriff Michael Akebe zum Aufstehen aufzufordern, als er in dessen Gesicht blickte. Die scheinbar verdrehten Augen weit geöffnet, schien er sich nicht in der Gegenwart zu befinden. Er wirkte abwesend, geistig weggetreten.

Der Kriminalkommissar drehte sich nach Christine Akebe um, sah die Frau mit vor den Mund gehaltenen Händen in der offenen Türe stehen.

„Ist alles in Ordnung mit Ihnen, Frau Akebe?“, fragte er besorgt.

Christine starrte auf ihren Sohn, wobei sie ihre Hände sinken ließ.

„Er hat es also wirklich getan“, sprach sie mit resignierter Stimme.

„Er hat was getan?“, fragte der Kommissar. „Ich verstehe nicht wovon Sie sprechen?“

Er ging auf Christine Akebe zu, fasste sie an beiden Schultern und wiederholte dabei noch einmal eindringlich seine eben gestellte Frage.

„Was hat Ihr Sohn getan, Frau Akebe?“

„Er hat sich mit Ihnen verbündet. So wie Michael da auf dem Boden sitzt, in tiefe Trance versunken, nichts mehr von seiner Umwelt wahrnehmend, gehört sein Körper nicht mehr ihm selbst. Die Götter des Voodoo haben ihn in Besitz genommen. So saß sein Großvater immer da, wenn er eine seiner heiligen Zeremonien durchführte. Er war dabei stets nur noch das Medium für seinen Glauben. Doch ich fürchte, mein Sohn missbraucht diesen Glauben und hat die Petro-Loa angerufen. Die Macht der Voodoogötter kann genauso zerstörerisch sein, wie sie auch zu helfen vermag.“

Markowitsch versuchte, das Gehörte zu begreifen. Er hatte zwar keine Ahnung, wie dies alles hier im Einzelnen zusammenhing, hielt aber auf Grund der Geschehnisse in den letzten Tagen nichts mehr für unmöglich. Mehrmals versuchte er, Michael Akebe anzusprechen, der jedoch keinerlei Reaktion darauf zeigte.

„Wer oder was in Gottes Namen sind diese Petro-Loa?", rief er zu Christine.

„Es würde zu lange dauern, Ihnen das zu erklären, Herr Kommissar", antwortete sie.

„Wie kann ich ihn aus diesem Zustand herausholen? Ich kann ihn doch nicht einfach erschießen."

„Das würde nichts nützen", antwortete Christine fast tonlos. „Sie würden in diesem Zustand nur seinen Körper töten, nicht aber seinen Geist. Und glauben Sie mir, Herr Kommissar: sie würden bis ans Ende Ihrer Tage, und vielleicht sogar darüber hinaus, keine Ruhe mehr finden."

Die Art und Weise wie Christine Akebe diese letzten Sätze gesprochen hatte, jagte Markowitsch einen Kälteschauer über den Rücken. Er schüttelte sich kurz, so als wollte er diesen Zustand schnellstmöglich wieder loswerden.

„Dann muss ich Ihnen jetzt gestehen, dass ich mit meinem Latein am Ende bin, Frau Akebe. Anscheinend habe ich es hier mit einer Welt zu tun, in der ich machtlos bin. Deshalb möchte ich Sie inständig bitten: helfen Sie mir zu verhindern, dass noch ein weiteres Unglück geschieht. Auch wenn Sie sich dadurch gegen ihren eigenen Sohn stellen müssen."

Wie Donnerschläge drangen die letzten Worte des Kommissars an Christines Ohren. Verlangte er tatsächlich, dass sie sich gegen Michael entschied? Sie schloss entsetzt ihre Augen. Was würde Abedi dazu sagen? Wie würde er an ihrer Stelle entscheiden?

„Frau Akebe, bitte!", versuchte Markowitsch noch einmal, an Christine zu appellieren. „Ich weiß, dass ich sehr viel von Ihnen verlange. Aber wollen Sie sich letztendlich mitschuldig machen am Tod eines Menschen?"

Der Kommissar blickte Christine Akebe bittend an, sah sie trotz ihrer geschlossenen Augen weinen. Tränen liefen über ihre Wangen.

„Die Puppe", sagte sie nur mit leiser Stimme.

Markowitsch wusste im ersten Moment nicht, was er mit dieser Aussage anfangen sollte. Fragend blickte er sie an.

„Nehmen Sie die Puppe die ich Ihnen gegeben habe. Sie ist das einzige, das Michael, bei dem was er tut, vor einem so genannten Bumerang-Effekt schützen kann. Denn wer die Kräfte des Voodoo missbraucht muss immer damit rechnen, ihnen selbst zum Opfer zu fallen. Zerstören Sie die Puppe."

Die letzten Worte konnte Markowitsch nur noch undeutlich im Schluchzen der Frau vernehmen, während sie sich umdrehte, und mit schnellen Schritten eilig den Dachboden verließ.

Natürlich, die Puppe, ging es Markowitsch durch den Kopf.

Er steckte seine Dienstwaffe zurück in das Halfter, griff in die Innentasche seiner Jacke und holte die weiße Figur hervor, die ihm Christine Akebe selbst überreicht hatte. Für einige Augenblicke betrachtete er sie und sah dann auf den Ausgang des Dachbodens, durch den die Frau eben verschwunden war. Wusste sie zu diesem Zeitpunkt vielleicht schon, was kommen würde, fragte er sich in diesem Moment?

Doch dann schien sich die Situation auf dem Dachboden plötzlich zu verändern, und der Kommissar versuchte sich sofort wieder auf die veränderte Lage zu konzentrieren. Er blickte auf Michael Akebe, dessen Hände nun immer langsamer auf die Trommel zwischen seinen Beinen schlugen. Sein Atem schien schneller und flacher zu werden. Seine Augenlider flatterten. Markowitsch wusste nicht, was dies zu bedeuten hatte und so hielt er es für besser, den Rat von Christine Akebe zu befolgen. Er nahm die Figur zwischen beide Hände, sah noch einmal auf Michael Akebe, und brach dann mit einem einzigen, heftigen Ruck den Kopf vom Rumpf.

Nur wenige Sekunden später reagierte der Körper Michael Akebes. Kommissar Markowitsch sah das wie zu Tode erschrockene Gesicht des Mannes vor ihm. Dessen Mund öffnete sich, so als wollte er rufen: *Neiiin!*

Doch es drang nur ein undefinierbares Gurgeln zwischen seinen Lippen hervor, und innerhalb weniger Sekunden kippte Michael Akebe leblos zur Seite. Markowitsch starrte auf die zerbrochene Figur in seinen Händen. Hatte er dadurch nun einen Menschen getötet?

Als er in die gebrochenen Augen des am Boden liegenden Mannes sah, ging er in die Hocke, und versuchte am Hals des Arztes einen Pulsschlag zu fühlen. Robert Markowitsch sah sich in seiner Annahme bestätigt. Michael Akebe war tot!

Der Augsburger Kommissar horchte einige Sekunden in sich hinein. Er fühlte sich irgendwo erschöpft, gleichzeitig aber auch angespannt, keineswegs jedoch als Mörder. Er glaubte eher daran, dass dadurch der Gerechtigkeit zum Ziel verholfen wurde.

Seine Gedanken rissen ihn zurück in die Gegenwart und er erhob sich wieder, um den Dachboden zu verlassen. Noch war er nicht am Ende des Falles angelangt. Als er die Treppe hinunter ging, sah er Christine Akebe in ihrer offenen Wohnungstüre stehen.

Der Kommissar ging auf sie zu und reichte ihr mit einem stummen Dank seine Hände. Nun die richtigen Worte für sie zu finden wäre ihm sicherlich misslungen, deshalb zog er es vor, lieber zu schweigen. Christine jedoch sah ihn ganz offen an.

„Es ist seltsam, Herr Kommissar, aber ich kann keinerlei Trauer empfinden. Ich hatte mich in den letzten Tagen wohl schon viel zu weit von Michael entfernt, und er sich anscheinend auch von mir. Wie sonst sollte ich mir sein derartiges Verhalten erklären? Ich weiß nicht mehr, was in ihm vorging.

Der Schmerz über den Verlust seines Vaters und die damit zusammenhängenden Umstände haben ihn über all die Jahre wohl so werden lassen wie sie ihn erlebt haben. Aber glauben Sie mir: Er war nicht immer so."

Markowitsch antwortete nicht. Er nickte Christine Akebe nur freundlich verständnisvoll zu und nahm sie kurz in den Arm.

„Wir werden in den nächsten Tagen noch genügend Zeit finden um uns ausführlich zu unterhalten, Frau Akebe. Aber nun muss ich los. Mein Kollege wartet bereits auf mich."

Mit diesen Worten verließ er schnellen Schrittes das Haus.

Nachdem er sich kurze Zeit später mit seinem Wagen der St. Georgskirche näherte, sah er sich in einer ähnlichen Situation wie nur wenige Tage zuvor. Er dachte an den Abend zurück, an dem er mit Staatsanwalt Berger hier erschien, als das ganze Geschehen seinen Anfang nahm.

Markowitsch stellte das Fahrzeug vor der Polizeisperre ab und wurde nach dem Aussteigen sofort von einem der Nördlinger Beamten in Empfang genommen.

„Guten Tag, Herr Kommissar", begrüßte ihn dieser. Markowitsch erinnerte sich an das Gesicht des Polizisten, der ihn schon beim Tode von Markus Stetter in Empfang genommen hatte. Als er Peter Neumann auf sich zukommen sah, klärte er diesen mit kurzen Sätzen darüber auf, was sich auf dem Dachboden in Akebes Haus zugetragen hatte. Peter Neumann fühlte für einen Moment Kälteschauer über seinen Rücken streichen, die ihm eine Gänsehaut verursachten.

„Ich habe nur noch nicht den leisesten Schimmer wie ich das in den Ermittlungsakten protokollieren soll, Neumann. Dabei hoffe ich nur, dass uns die Staatsanwaltschaft da Verständnis entgegenbringen wird."

„Ich denke, dass wir mit einer entsprechenden Aussage von Frau Akebe die ganze Geschichte einigermaßen verständlich darlegen können", meinte Peter Neumann. „Ansonsten gibt es eben eine weitere Akte für unerklärliche Todesfälle."

„Ihr Wort in Gottes Gehör, Neumann", brummte Markowitsch. „Wie weit sind sie inzwischen mit Ihren Ermittlungen hier?"

„Die Sachlage ist leider nicht ganz eindeutig zu klären", meinte dieser, und kratzte sich dabei am Hinterkopf. „Jedenfalls nicht im ersten Moment. Ich habe das ganze Geschehen ja mit eigenen Augen verfolgen können.

Es war von hier unten lediglich zu sehen, dass Gerd Stetter mit einem weiteren Mann dort oben eine scheinbare Auseinandersetzung hatte. Zeugenaussagen zufolge handelt es sich bei dieser Person eindeutig um Albert Urban. Ob Stetter nun selbst über die Absperrung geklettert und gesprungen ist, oder ob Albert Urban dabei nachgeholfen hat, war dabei von ihnen nicht eindeutig zu erkennen. Aus den Beobachtungen war bis jetzt nur herauszuhören, dass Urban Gerd Stetter an dessen Jacke gefasst hatte. Er selbst behauptet, dass er ihn daran hindern wollte über die Brüstung zu klettern."

„Na ja, was sollte er in seiner Situation auch anderes aussagen", meinte Markowitsch nachdenklich. „Er wird sich ja wohl kaum selbst des Mordes bezichtigen wollen. Ansonsten noch keinerlei Spuren die uns irgendwie weiterhelfen könnten?"

„Nein", entgegnete Peter Neumann etwas resigniert. „Ich habe lediglich in der Zwischenzeit durch die Kollegen aus Nördlingen den Turm räumen lassen, damit die Spurensicherung ihre Arbeit machen kann. Wir haben den Leichnam Gerd Stetters abgedeckt, ansonsten waren wir bisher mit der Vernehmung der Zeugen beschäftigt, was uns bisher jedoch nicht viel weiter gebracht hat. Den Staatsanwalt habe ich ebenfalls verständigt."

„Und der ist dank eines Polizeihelikopters auch schon zur Stelle", vernahm der Kommissar plötzlich eine Stimme hinter sich. „Ich hoffe Sie nehmen es mir nicht übel, Markowitsch, dass ich den Kollegen Freiberg gebeten habe mir diesen Fall zu überlassen, nachdem ich dank Ihnen ja sowieso schon mittendrin stecke. Der Tod von diesem Gerd Stetter macht uns unsere Ermittlungen allerdings in keiner Weise leichter.

Ich hatte eigentlich auf Grund seiner angekündigten Aussage darauf gehofft, diesen ehemaligen Staatssekretär auf die Hörner nehmen zu können. Denn was ich absolut nicht ausstehen kann sind Staatsdiener, die mit dem Gesetz in Konflikt kommen, und die Politiker zähle ich nun auch einmal dazu. Selbst wenn nicht immer unbedingt alle dem Staat dienen."

„Kann durchaus sein, dass Sie trotz Stetters Tod, oder vielleicht gerade deshalb noch zu ihrem Vergnügen kommen, Herr Staatsanwalt. Freut mich übrigens ungemein, sie hier zu sehen.

Das gibt mir doch irgendwie das Gefühl, dass Sie mich ein wenig mögen, wenn Sie es vorziehen, mich persönlich bei meiner Arbeit zu unterstützen."

Der Kommissar konnte sich trotz der makabren Situation ein Lächeln in Richtung Frank Berger nicht verkneifen.

„Wie kann ich denn das nun wieder verstehen, Markowitsch? Können Sie sich nicht irgendwann einmal abgewöhnen, mir gegenüber immer in Rätseln zu sprechen?"

„Ganz einfach: Albert Urban scheint mehr oder weniger direkt am Tode von Gerd Stetter beteiligt zu sein. Wie tief er genau mit drin steckt, werden unsere weiteren Ermittlungen ergeben, und genau damit sollten wir uns jetzt beschäftigen. Kommen Sie mit?"

Er zog Frank Berger hinüber vor das Eingangsportal der Kirche, in dessen Nähe Gerd Stetters Leichnam noch immer unverändert auf dem Pflaster lag. Auf dem Weg dorthin klärte er ihn mit einigen kurzen Sätzen über die Sachlage auf.

Die mit dem Staatsanwalt eingetroffenen Beamten der Spurensicherung hatten zusammen mit dem anwesenden Notarzt bereits die Kleidung Gerd Stetters durchsucht, und dabei alle gefundenen Gegenstände gesichert. Unter diesen war auch ein Brief, den sich Staatsanwalt Berger sofort griff. Nachdem er die Zeilen überflogen hatte, kam ein leiser Pfiff durch seine Lippen.

„Irgendetwas Interessantes entdeckt, Herr Staatsanwalt?", fragte Markowitsch neugierig.

„Kann man wohl so sagen", antwortete Frank Berger und hielt dem Kommissar das Papier unter die Nase. „Lesen Sie, Markowitsch. Wenn diese Zeilen mit dem übereinstimmen sollten was uns Gerd Stetter mitteilen wollte, wird sich dieser Urban ganz schön warm anziehen müssen. Dies würde einer Anklage wegen Bestechung gleichkommen, und außerdem ein hervorragendes Motiv für Albert Urban bieten, Stetter deshalb aus dem Weg zu räumen."

„Diesen Inhalt kenne ich bereits", gab der Kommissar zurück, nachdem er den Brief überflogen hatte. „Er deckt sich mit dem, was Frau Akebe bereits heute uns gegenüber gesagt hat. Anscheinend hatte Gerd Stetter seinem Arzt dieses Geständnis auch schon gemacht."

„Ach ja?", fragte Berger nun erstaunt. „Was ist denn jetzt genau mit diesem Doktor Akebe geschehen? Ich habe bisher ja nur aus einigen Wortfetzen erfahren können, dass er ebenfalls tot ist. Ihre dubiosen Mordfälle gehen mir langsam an die Nieren, Herr Kommissar, wissen Sie das?"

„Dieses *zauberhafte* Gespräch, Herr Staatsanwalt", betonte der Kriminalbeamte seltsam lächelnd, „werden wir besser in meinem Büro führen. Das alles jetzt hier ausführlich zu schildern würde unseren zeitlichen Rahmen sprengen. Lassen Sie uns das in den nächsten Tagen klären."

Frank Berger zog seine Augenbrauen in die Höhe und verdrehte die Augen dabei.

„Sie machen mich wahnsinnig, Markowitsch."

Nachdem letztendlich auch die Spurensicherung die Untersuchung Gerd Stetters beendet hatte, gab Berger den Leichnam zum Abtransport frei, und machte sich darauf gemeinsam mit Kommissar Markowitsch und Peter Neumann auf den Weg hinüber zu dem Polizeitransporter, in dem Albert Urban auf seine Vernehmung wartete.

Als sie ihm kurz danach den bei Stetter gefundenen Brief präsentierten, wurde der ehemalige Politiker kalkweiß im Gesicht und sank in sich zusammen.

Hatte er sich noch bis vor wenigen Minuten vehement gegen seine Festnahme gewehrt und den Beamten mit seinen Beziehungen zu höchster Stelle gedroht, so ließ er sich nun ohne jeglichen Widerstand von ihnen abführen.

„Da liegen ja nun ein paar aufregende Tage hinter uns, Herr Kommissar", sprach Frank Berger zu Markowitsch, als sie sich zu ihren Fahrzeugen begaben. „Aber ich bin der Meinung, dass wir diesen Fall dennoch zu einem aus unserer Sicht versöhnlichen Ende bringen werden.

Selbst wenn ich diesen Urban nicht wegen Mordes hinter Gitter bringen kann, so wird er dennoch für das was damals geschehen ist seine gerechte Strafe erhalten. Wenn Sie mir jetzt noch in den nächsten Tagen die Umstände, die zum Tod dieses Doktor Akebe geführt haben, einigermaßen verständlich machen könnten?"

„Na, *das* wird nicht ganz einfach werden", meinte Markowitsch mit einem Augenzwinkern zu seinem Kollegen.

„Nicht wahr, Neumann?"

Frank Berger reichte dem Kommissar und Peter Neumann die Hand, und mit einem Blick hinauf zur Spitze des Daniels verabschiedete er sich von den beiden Beamten.

ENDE

208 Seiten   12,90 €
ISBN-13:   978-3837054163

204 Seiten   12,50 €

ISBN-13:   978-3848225644

Günter Schäfer

Der
Rain - Fall

Eine Kriminalgeschichte aus der Stadt am Lech

204 Seiten   12,50 €
ISBN-13:   978-3732285112

Günter Schäfer

Unser Lehrer hat 'nen Vogel !

Eine Kriminalgeschichte aus Nördlingen

136 Seiten   8,90 €
ISBN-13:   978-3842384118

160 Seiten   9,90 €
ISBN-13:   978-3831149100

Günter Schäfer

DER HENKER
von Nördlingen

Ein Krimi aus der Riesmetropole

228 Seiten   9,90 €
ISBN-13:   978-3738650006

Die Nördlinger
Krimi-Trilogie

Tod auf dem Daniel

Endstation Alte Bastei

Der Henker von Nördlingen

Günter Schäfer

548 Seiten   22,50 €
ISBN-13:   978-3738650181

Ein Donau-Ries-Krimi

von Günter Schäfer

220 Seiten   9,90 €
ISBN-13:   978-3743192447